"现实"之重与"观念"之轻

论20世纪90年代以来的乡村小说叙事

李 勇 著

中国社会科学出版社

图书在版编目（CIP）数据

"现实"之重与"观念"之轻／李勇著．—北京：中国社会科学
出版社，2013.7

ISBN 978 - 7 - 5161 - 2894 - 7

Ⅰ.①现… Ⅱ.①李… Ⅲ.①乡土文学 - 叙事文学 - 文学研究 -
中国 - 当代 Ⅳ.①I206.7

中国版本图书馆 CIP 数据核字（2013）第 142404 号

出 版 人 赵剑英
责任编辑 曲弘梅
责任校对 徐 楠
责任印制 李 建

出 版 中国社会科学出版社
社 址 北京鼓楼西大街甲 158 号 （邮编100720）
网 址 http://www.csspw.cn
中文域名：中国社科网 010 - 64070619
发 行 部 010 - 84083685
门 市 部 010 - 84029450
经 销 新华书店及其他书店

印 刷 北京奥隆印刷厂
装 订 北京市兴怀印刷厂
版 次 2013 年 7 月第 1 版
印 次 2013 年 7 月第 1 次印刷

开 本 710×1000 1/16
印 张 14
插 页 2
字 数 220 千字
定 价 39.00 元

序

於可训

中国是一个文明古国，在中国的文明史上，农业文明或曰农耕文明，又占有绝大的比重，有着与这部文明史几乎等长的悠久历史。直到19世纪中叶，西方列强以坚船利炮打开古老中国的大门，这种形态的文明，才受到了无情的冲击。结果是，中国由此开始了一段被政治家也被学者称作半封建半殖民地的屈辱历史。这原本是一个耳熟能详的常识问题，长期以来，几乎成了现代中国人的一个下意识的心理认知。但是，在晚近三十年，尤其是最近二十余年来，受西方现代化理论的影响，中国人开始修正这种常识性的认知，在确认这部屈辱历史的同时，又不得不承认，中国社会现代化的历史，也肇始于兹。承认这样一个事实，无异于说，西方列强用这种强力的野蛮的方式，在客观上也给我们带来了一个很让人受用的东西，或者说是他们用这种强力的野蛮的方式，推行一种他们认为是带有普适性的东西，这就是现在国人同样都耳熟能详的现代化。从前我们常说，西方列强的入侵，让国人有了觉悟，知道落后就要挨打，要"师夷长技以制夷"，大抵也是这个意思。只不过这夷人的"长技"，不只是坚船利炮，还有能让船坚炮利的现代化。有学者说，中国此前是外在于现代化的历史的，此后才开始加入这个全球化的历史进程。笔者据此曾有一个蹩脚的比喻，把此前现代化的历史看作一列奔驰的火车，中国那时节还是在田间劳作的农夫，后来这农夫渐渐地成了看客，看这火车每日里在铁道上隆隆奔走，颇觉新奇。当这看客有一天被一只多毛的大手，从车门或车窗强行拖进车厢，在惊魂甫定之后，发现这奔跑着的怪物，原来是个很让人受用的地方，于是就思谋着自己也成为它的乘客，或自己也造一列这样的火车。现代化本来是从西方兴起的，是西方文明发展的一种当下形态，因为其中包含某些对人类普遍有用，也普遍适用的东西，所以才被许多人所接受，才在世界范围内得到推广。因为西方的现代化在先，其他地区的在后，西方的现代化是来自内部的动力，其他地区的现代化则是外力推动的，所以就有先后内外之别。有学者把西方的现代化称作先发（或早发，实际是原发）内生型的，中国的现代化与许多东方国家和其他发展中国家一样，是后发外生型的。正因为如此，所以就不免事事落后，处处不如人，就得急起直追，迎头赶上，或用时髦的话说，就得弯道超越。这样一来，虽然启发了国民觉悟，振奋了民族精神，但也容易助长急躁情绪，滋生激进主义，在具体言行中，就免不了急于事功，浮夸冒进。但也有一个好处，就是同时也便于吸收别人搞现代化的经验教训，减少失误，少走弯路。中国的现代化目前就是在这种世界性的背景下，以这样的历史为前提，走着一条属于自己的发展道路。

我说这番话，不是在宣讲社会学常识，而是读了李勇博士的专著之后的一点感慨。他的这本专著研究 20 世纪 90 年代以来的乡村小说叙事，很容易让人从 90 年代以来乡村社会的变动，联想到引起这变动，以及在这变动之下或之后隐含的上述历史因素。虽然中国乡村社会受现代化浪潮的冲击而起变动，并非始于 90 年代，而是 20 世纪初，乃至更早一个时期，但 90 年代以来乡村社会所发生的变动，却是前所未有的。就现代化所特有的也是最主要的表现形式——城市化进程而言，20 世纪初的城市和乡村还保持着二元分立的古老格局，处在文明与愚昧，启蒙与被启蒙的对峙状态，这期间的"乡土文学"作家往往把乡村看作封建制度的罪恶渊薮，把农民身上的"劣根"看作批判改造的对象，并没有想到有一天会把乡村提升为城市，把农民提升为城里人。到了革命烽火燃起的三四十年代，中国的乡村不但没有城市化，反而让城市成了农村包围的对象。直到革命胜利后的五六十年代，乃至其后一个相当长的时间，革命者虽然已经"城市化"了，革命也确立了以城市为中心的"苏维埃加电气化（即工业化）"的现代化建设理念，但就精神文化层面而言，似乎依旧是乡村意识和农耕传统在对城市发生影响，甚至起着主导作用，离现代性的目标相去甚远。凡此种种，所有这一切，到了 20 世纪 90 年代，都发生了变化。虽然不能否定此前为这种变化所打下的种种基础，所做的种种准备，包括从近代以来的种种改良和革命所创造的历史前提，但 90 年代以来的变化毕竟是根本性的，或曰实质性的。这个变化就是以市场经济取代计划经济为标志，重新回归或再度加入马克思和恩格斯在《共产党宣言》中所说的"世界市场"，并借助新的全球性的经济一体化趋势，将中国社会的现代化进程推向一个新阶段。20 世纪 90 年代以来，中国农村的城市化也是现代化进程，所遭遇的就是这样的一种历史情境。这样的历史情境，与原发内生型的西方现代化不同，它不是用强制的手段剥夺农民（例如"圈地运动"），将农民变成现代产业工人，而是用温和的办法，通过劳动力的流动，逐渐改变农民的身份。与半封建、半殖民地时代的中国所追求的现代化不同，它不是全盘接受由西方"植入"的现代化模式和"推销"的现代化成品，而是根据中国的国情，依靠自身的力量，探索适合于自己的发展道路。与计划经济时代苏联模式的现代化不同，它不是单一的、封闭的，靠政治和行政的手段规划的，而是多元的、开放的，借市场的力量推动的。凡此种种，正因为存在这些区别，所以它虽然是后发的、外生的，但却是以独立自主的现代民族国家为主体，建立在深厚的民族传统和独特的"中国经验"的基础上，以自己所特有的方式所追求的现代化。用一个政治化的术语说，就是具有"中国特色"的现代化。这样的现代化追求，影响于文学，尤其是乡村小说叙事的，自然既不同于西方，也不同于过去年代的中国，但却因为与西方和过去年代的中国有着紧密的历史关联，而综合了西方的现代化和过去年代中国的现代化追求的各种因素，因而显得异常复杂。李勇的这部专著，用历史的比较的方法，通过具体的个案分析，用丰富的实证材料，论述了这种复杂性的种种表现，以及过去年代乡村小说叙事的种种变化，是中国社会现代化进程，和中国文学现代性观念演变的一个极好的注脚。从这个意义上说，李勇的这部专著，在显示其独特的文学史价值的同时，也兼有重要的社会学的价值。

当然，要把这件事说清楚，也不容易。就拿李勇所关注的农民的命运和作家的心态来说，现代化既然要从根本上取代农业文明，对中国这样一个农业文明历史悠久、农耕传统渊源深厚的国家来说，无异于掘了祖宗的坟茔，断了后世的香火，它对农民的人生和命运、心理和精神的影响，不啻脱胎换骨，对一切与农民和农村社会有着千丝万缕的联系的所有中国人，包括中国作家来说，也不啻回生再造。从前把农民走合作化道路，叫做向旧的生活形式告别，现在把乡村社会的城市化进程，叫做社会转型，都认为这是历史的发展和进步，但这个过程，正如本书第二章所论，却伴随着极大的痛苦和牺牲，要付出极大的代价，因而必然要激起情感和理智的巨大反弹。20世纪90年代以来乡村小说作家笔下的悲歌、挽歌、恋歌、怨歌（或许也有颂歌），以及其中所隐含的矛盾和困惑（如本书第三章所论），就是这种反弹的结果。这同时也是现代性或现代化的后果。因为在启蒙现代性中，本身就包含有对个体的情感和理智的尊重，因而不论作家对乡村社会的改变持何种态度，抱何种想象，都有其合理性或合法性的依据，是不宜用一些抽象的历史标准或道德标准，妄加评判的。现代化在西方虽然已经有两百多年的历史，但在中国，诸多现代性因素，尚在发育之中，包括乡村社会的城市化过程之中的现代性问题，也处于一种"未完成"状态。只要这个过程没有结束，这种复杂的现代性情感，在文学中还将反复出现，从这个意义上说，李勇的这部专著，无疑给未来的研究者留下了一份珍贵的历史记录。

　　序此。

　　　　　　　　　　　　　　　　　2012年11月4日写于珞珈山两不厌楼

内 容 摘 要

"现代化"意味着乡土中国的终结,这决定了乡村、农民在这一历史发展进程中必然遭受的"断裂"之痛,然而受各种"现代化"观念的影响,五四以来的乡村叙事在大多数时候并没有直面这一疼痛,反而是一再为其寻求某种"解释";而20世纪90年代以来,随着现代化转型的加速以及文学对转型期中国发展现实的书写日趋频繁,乡村叙事也开始大规模地转向了对农村现状、农民当下性生存处境的观照,以关注"现实"、表达创作者迷惘和悲哀、以写实为主要艺术表现手法的叙事潮流从90年代后期以来逐渐发展成为乡村叙事的主流。我们认为,乡村叙事的这一"现实转向",其最大的意义便在于它直面了乡土中国(乡村、农民)在文明更替和社会转型中那种本然性的历史悲剧命运;然而客观地看,这样一种"直面"更多地却不是出于文学对自身的反思,而是受惠于时代现实的动变本身——创作主体的迷惘和困惑更显现出作家一种理性能力的不足,理性之不足唯使其漂浮于现实的表面,无法获致对社会历史的深度认知。这样一种紧贴现实又无法深入现实的表达毕竟能够以其对自我内心的诚实面对而酿成一种独特的诗意,只是它的过于感性却可能将使其无法保持一种持久性罢了。本书题为《"现实"之重与"观念"之轻——论20世纪90年代以来的乡村小说叙事》,即主要围绕对90年代以来乡村叙事"新变"的认识,侧重从文学与社会的关系、作家心理及其文化人格等角度入手,力图对这一"新变"的思想价值和艺术价值进行确认和分析,同时在这种因素分析、价值分析和历史性梳理的基础上,也试图对乡村叙事的总体发展趋势作出预估。本书共分五个部分,内容如下:

"绪论"首先对"乡村小说叙事"的概念进行了辨析,即从概念使用者价值取向和文学观念的不同以及概念所指涉的对象的变异两个角度，分析了"乡土小说"、"农村题材小说"、"新乡土小说"等概念出现和使用的背景，并阐明了本书使用"乡村小说叙事"的原因及其内涵；其次从当下乡村叙事与时代现实的关系入手，分析了"新变"的实质，进而阐明论题，也介绍了选择此论题的缘起；最后介绍了选择90年代以来乡村小说叙事"新变"作为研究对象的原因、学界相关的研究成果以及本书的研究方法等。

主体部分共分三章。第一章首先从思潮演变的角度对90年代以来的乡村小说叙事作出整体的描述，即认为90年代以来的乡村小说叙事呈现以"观念"消解、"现实"凸显的过程，从格局演变的角度看这则是一个"解体——凝聚"的过程，即90年代之前"现代化"话语占主导的一体化格局进入90年代则演变为一种"观念"表达、关注"现实"相分立的二元形态。而随着社会转型的不断加剧，关注"现实"的表达日渐频繁而普遍，并在新世纪之后"凝聚"成当下乡村叙事的主流。然而因为主要是对于时代动变的一种仓促应对，所以"主流"必然会形成一种表达的压力，这种压力一方面是美学形式上的，另一方面也是思想、情感上的，所以反拨和"逸变"也便成为必然。本章即以"解体"、"凝聚"、"逸散"为题，分三节按历时的顺序对这样一个思潮演变的过程进行描述、分析和预测。其间，主题分析是重点，同时兼及艺术分析。

第二章侧重人物分析。即主要从农民的现代主体建构角度，关注90年代以来乡村叙事对农民形象的塑造，看其究竟多大程度地表现了在社会转型加剧时期中国农民所经历的那种心灵挣扎和人格蜕变。本章从90年代以来农民作为建构中的现代主体所经历的精神蜕变过程展开论述：第一节写农民作为社会"底层"的"失落之痛"，主要从"身体"受难和"身份"焦虑两个角度入手，考察农民在经历从"主人"到"底层"的坠落过程中身体和精神的双重失重以及文学对此的表现；第二节写农民作为建构中的现代主体所经历的"蜕变之痛"，主要从农民在"传统"与"现代"之间尴尬的文化处境入手，以此为基点看取90年代以来乡村叙事在现实介入能力上的优长与不足；第三节主要关注农民在城市与乡村、"传统"与"现代"之间所经受的一种"中间物"式的"彷徨之痛"，追寻其在城乡"交叉地带"不断蔓延、扩大和自身作为现代文明"侨寓者"在城乡间不断迁徙共同作用下所产生的"恍惚"心理,进而透视当代作家对社会历史和时代现实是否具有一种宏观的、敏锐的把握能力。

第三章则在第一章、第二章现象分析的基础上,对乡土作家的创作心态进行有针对性的分析。这一章主要从现代以来乡村叙事者在面对"乡村"时惯有的那种情感与理智的矛盾入手,观察、分析在现实发生激烈动变的情况下,传统乡村叙事方式所面临的蹉跎困境。第一节主要以阎连科为例探讨经典启蒙叙事那种"怒其不争"的"怨怒"情绪在当下时代环境中给乡村叙事造成的束缚;第二节主要以刘庆邦为例探讨当下的乡村浪漫叙事对"乡村"所持有的那种个人化的抒情态度如何在新的时代现实面前日益退变为一种封闭、保守的趣味主义书写;第三节以贾平凹为例,通过对其近作的"症候"式分析,探讨在"情感"与"理智"相冲突的背后所深藏的中国作家较普遍的一种理性能力的不足和文化人格上的缺陷。

"结语"探讨了文学"返乡"的潜意识动机,并对乡村叙事的未来进行了瞻望。

Abstract

"Modernization" entails the termination of rural China, which leads to the inevitable pain of "split" for villages and farmers during the historical process. However, due to influences of various "modernization" concepts, the rural narratives since the May 4th Movement sought some "interpretations" for it in most times instead of facing the pain directly; in contrast, with the acceleration of modernization transformation and the increase of literary works reflecting the development reality in the transformation period in 1990s, the rural narratives also began to pay attention to the current situation in rural areas and present life of farmers frequently, as the result, the trend of following closely "the reality" and expressing the loss and sorrow of the authors mainly by realistic writing gradually becomes the "mainstream" in rural narratives since the late 1990s. The greatest significance of "realistic turn" of rural narratives, we believe, lies in that it faced the historical fate tragedy that the rural China (villages and farmers) was in for during the replacement of civilization and social transformation directly; but in fact, it was not attributed to introspection of literature; rather, it benefited from the dynamic changes of the times. The confusion and perplexity of authors highlights their lack of rational capacity. Therefore, they could only grasp the surface and failed to obtain the in-depth cognition of social history. This expression, though close to reality yet can not touch the reality, is unique and poetic with the honesty of its inner self. Nevertheless, its sensitivity was incapable of maintaining its persistency. This book, entitled *On the Rural Novel Narratives since the* 1990s, centers around the understanding of "new changes" of rural narratives since 1990s and attempts to identify and analyze the ideological value and artistic value of the "new changes" through focusing on the relationship between literature and society and author's psychology and cultural personality and other angles and seeks to forecast the overall development trend of rural narratives based on the factorial analysis, value analysis and historical analysis. The five parts that comprise the book are as follows:

The "Introduction" section analyzes the concept of "country novel narrative" in the first place, that is, analyzes the emergence and use background of "Vernacular Novel", "Rural Subject Novel" and "New Vernacular Novel" and illustrates the connotation of "rural novel narrative" and the reason in using this concept in this book through the two angles of comparison of values and literary concepts between users and variation of objects referred by different concepts; secondly, it analyzes the true nature of "new changes" from the perspective of relationship between current rural novel narrative and reality of the times, clarifies the arguments and also describes the origin of the selection of this topic; finally, it elaborates the reason of selecting "new changes" of rural novel narratives as the study object, related academic research and the research methods in this book.

The main body consists of three chapters. Chapter I makes an overall description of rural narratives since the 1990s from the perspective of evolution of ideological trend. It is believed that rural narratives since the 1990s showed a decrease of "concept" and increase of "reality". Seen from the perspective of pattern evolution, this is a process of "disintegration-cohesion", that is, the change of dominance of "modernization" in an oneness situation before the 1990s into a binary situation in which "concept" and "reality" were contradicted. Along with the growing social transformation, expression about concern for "reality" was increasingly frequent and widespread, and became the "mainstream" of contemporary rural novel narratives in the new century. However, as it was mainly a hasty response to dynamic changes of the times, the "mainstream" was bound to bring about a kind of expression pressure which was aesthetic on the one hand and ideological and emotional on the other hand. Therefore, "Resistance" and "Changes" became a necessity. By taking "disintegration", "cohesion" and "dispersion" as its theme, the book describes, analyzes and forecasts the process of the ideological evolution in three sections in a diachronic order. In the meantime, thematic analysis is given first priority while artistic analysis is taken into account as well.

Chapter II focuses on character analysis, i. e. pays close attention to images of farmers created in the rural novel narratives since 1990s from modern construction of farmers to see to what extent the narratives demonstrates the soul struggles and personality transformation Chinese farmers had gone through during the acceleration of social transformation. This chapter starts its argument from the spiritual metamorphosis process that farmers had experienced as the construction main body since 1990s: the first section focuses on the "pain of loss" of farmers as the social "underclass". It mainly examines the physical and spiritual weight loss after having experienced the fall from "masters" to "underclass" and the descriptions in the literature from the perspectives of "physical" suffering and "identity" anxiety. The second section mainly deals with the "pain of metamorphosis" farmers had experienced as the modern construction main body. It commences from the awkward situation of farmers when facing both "tradition" and "modern" to see weak points and strong points of rural narratives in the realistic intervention abilities. The third section mainly focuses on farmers' "intermediate" "pain of wandering" between city and villages and "tradition" and "modern". It seeks to track down the farmers' "trance" as a result of co-action of continuous expansion of "cross zones" of cities and villages and their constant migration between cities and villages as modern civilization "sojourners" and then to see if the contemporary writers have a macroscopic and keen ability to grasp the social history and contemporary reality.

Based on the first two chapters' analysis of the phenomenon, Chapter III conducts a targeted analysis of the mentality of those writers when they write. Starting with the contradiction between sense and sensibility that those writers habitually come across when facing the "villages", it observes and analyzes the dilemma traditional rural narratives face during the dynamic and fierce changes in the reality. The first section discusses the restrictions on rural narratives caused by the "resentment and anger" of classic enlightenment narratives by taking Yan Lianke as the example. The second section, exemplified by Liu Qingbang, mainly discusses how the individualistic lyrical approach that the contemporary rural romantic narratives hold towards "villages" regress to a kind of closed and conservative interest-ism writing before the reality of the new era. The third section, through the analysis of "symptom" of Jia Pingwa's recent works, explores the lack of rational capacity and cultural personality defects of Chinese writers generally behind the contradiction between "emotion" and "reason".

The "Conclusion" discusses the subconscious motive of "regression" of literature and forecasts the future of rural narratives.

目　　录

绪　　论

进入 20 世纪 90 年代之后，中国社会现实动变日趋激烈，李陀在回顾这一时期的文学创作时仍余怒未消地说："在这么剧烈的社会变迁中，当中国改革出现新的非常复杂和尖锐的社会问题的时候；当社会各个阶层在复杂的社会现实面前，都在进行激烈的、充满激情的思考的时候，九十年代的大多数作家并没有把自己的写作介入到这些思考激动当中，反而陷入到'纯文学'这样一个固定的观念里，越来越拒绝了解社会，越来越拒绝和社会以文学的方式进行互动。"① 李陀的批评是针对当时整体的文学创作而言的，然而 90 年代中后期以"现实主义冲击波"创作为代表的关注当时中国社会转型的小说创作潮流却已经构成了一种与李陀所不满的那种"个人化"写作、"纯文学"之风完全不同的存在——"到 90 年代晚期，那主要是在大批新作家的写作中泗染开来的、刻意营造'不确定性'的'先锋'写作的风气，已经基本消退，一种从雷同化的、与世隔绝的'个人'和迷宫般的'语言'、'形式'那里退出身来，转向更宽阔、也更实在的生活经验和文学想象的强大冲劲，正在越来越多的写作当中显露出来。"② 可以说，90 年代的文学发展具有一种显著的过渡性，它一方面承续了 80 年代尚"文化"、重"形式"的余脉，一方面也将关注的视角逐渐转向了日趋"剧烈的社会变迁"。

乡村叙事③在这一文学转向的过程中表现得最为踊跃，以刘醒龙、关仁山等为代表的青年作家在 90 年代中期前后便率先将目光投向了转

---

① 李陀、李静：《漫说"纯文学"——李陀访谈录》，《上海文学》2001 年第 3 期。

② 王晓明：《从"淮海路"到"梅家桥"——从王安忆小说创作的转变谈起》，《文学评论》2002 年第 3 期。

③ 从文学体裁来看，"乡村叙事"这一概念还应该包括叙事诗歌、叙事散文、戏剧等对"乡村"这一题材的书写，本书特指小说。

型期的乡土中国，继之而起的"底层叙事"更是将触角伸向了农村的当下性现实，及至当前，这一以底层民生为视点、以乡土中国的现代化转型为总主题的乡村"底层叙事"已经成为乡村叙事的主流。90年代以来乡村叙事的这一"现实转向"所体现出来的是作家积极的现实介入精神和强烈的人道悲悯情怀，然而与这种精神姿态形成鲜明对照的是作家主体所流露出来的那种无法把握历史与现实的困惑、无奈。李锐在21世纪之后出版了他的系列短篇小说集《太平风物——农具系列小说展览》，其中频繁写到了落日余晖中乡土中国的"最后一个"农民以及他们的"最后一次"劳作，贾平凹的《秦腔》也以呈现故乡最后仪容的方式为乡土中国唱响了悲怆的"挽歌"……这种洋溢着浓重伤感情绪的诗化表达背后所隐的其实是作家"历史意识的分裂"①和由此导致的把握当下现实能力的欠缺。但与此同时也应该看到的是，有的作家并不甘于为这种悲观、伤感的情绪所主宰，他们同样是面对纷乱复杂的现实，却试图寻找一种基于文学自身的、更积极地应对这一新型现实的方式——李洱新世纪之后写下了《石榴树上结樱桃》，他说："我写的是九十年代以后中国的乡村，这个乡村与《边城》、《白鹿原》、《山乡巨变》里的乡村已经大不相同……其中很多问题，都超出了我们的想象。"因此他主张应该"重建小说与现实的联系。"②

　　不管是坦承自我的困惑和无奈，还是主张重建与现实的联系，这一切都在表明，"五四"以来的乡村叙事在90年代之后正发生着自身的一种新变，而且这种新变到今天仍属于刚刚展开的阶段，它源于动变的时代现实本身，也必将随着时代现实的进一步发展而发展。李洱说："我写的好坏是一回事，但一定要触及，我觉得我触及了。"③——正是在这种与时代现实积极寻求连通的过程中，新的感受、新的理解和新的表达似乎也正在应运而生。然而事实却必定没有这么简单，对乡村叙事新变的批评远大于它所得到的肯定，"新变"在蕴含希望的同时，更暴露着它的可反思、待反思之处。那么，究竟该如何认识90年代以来的乡

---

　　① 王光东：《"乡土世界"文学表达的新因素》，《文学评论》2007年第4期。
　　② 李洱：《为什么写，写什么，怎么写——在苏州大学"小说家讲坛"上的讲演》，《当代作家评论》2005年第3期。
　　③ 同上。

村小说叙事新变，它是怎样发生的，它的可反思、待反思之处又在哪里，笔者力图对此一探究竟。

一　概念辨析：何谓"乡村小说叙事"

"乡村小说叙事"①，从字面上理解即以小说这种体裁所进行的关于中国乡村的书写。关于此类题材作品的研究可谓汗牛充栋，而研究者在指涉这一研究对象时所使用的称谓也不尽相同——较早出现过的有"乡土小说"、"农村题材小说"、"乡土文学"②、"乡村小说"，当下正在出现和使用的则有"新乡土小说"、"农民工小说"、"亚乡土叙事"……这些概念交并共存所反映出的一方面是概念使用者价值取向和文学观念的不同，另一方面则是概念本身所指涉的对象的变异。

在由于概念使用者价值取向和文学观念的不同所导致的命名差异中，"乡土"和"农村"的区别最为研究者所关注。③ "乡土文学"和"乡土小说"是乡村小说叙事④研究中最常见的概念。⑤ 围绕"乡土"最早的理论探讨来自周作人，他在 20 世纪 20 年代发表的《在希腊诸岛》、《地方与文艺》、《自己的园地·旧梦》 等文章中曾明确表示过自己对于"地方色彩"的重视。在《地方与文艺》中他这样说过：

> ……因为无论如何说法，人总是"地之子"不能离地而生活，所以忠于地可以说是人生的正当的道路。现在的人太喜欢凌空的生

---

① 本书对"乡村"、"乡村叙事"的界定，主要依凭和采用的是王又平教授、叶君博士、刘海军博士等在这个问题上的相关论述。可参见王又平《从"乡土"到"农村"——关于中国当代文学主导题材形成的一个发生学考察》，《华中师范大学学报》（人文社会科学版）2003年第7期；叶君《乡土·农村·家园·荒野——论中国当代作家的乡村想象》，中国社会科学出版社2007年版；刘海军《乡土中国的续写——论新世纪乡村叙事的审美新变》，博士论文，华中师范大学，2009年。

② 特指刘绍棠在80年代所提倡的以"中国气派、民族风格、地方特色、乡土题材"为特色的"乡土文学"。

③ 参见王又平《从"乡土"到"农村"——关于中国当代文学主导题材形成的一个发生学考察》，《华中师范大学学报》（人文社会科学版）2003年第7期；叶君、王又平《他者的进入——论从乡土向农村的蜕变》，《华中师范大学学报》（人文社会科学版）2005年第1期；周水涛《"乡土小说"的涵盖能力及其他》，《当代文坛》2003年第1期。

④ 暂时使用"乡村小说叙事"这一概念是为了叙述和论证方便，它在此只是一个模糊概念，指涉这一范畴内的所有创作，后文亦是如此。

⑤ 参见周水涛《"乡土小说"的涵盖能力及其他》，《当代文坛》2003年第1期。

活，生活在美丽而空虚的理论里，正如以前在道学古文里一般，这是极可惜的，须得跳到地面上来，把土气息、泥滋味透过了他的脉搏，表现在文学上，这才是真实的思想与文艺。这不限于描写地方生活的"乡土艺术"，一切的文艺都是如此。①

这里的"地之子"、"忠于地"、"土气息、泥滋味"虽不限于"乡土艺术"，但是这种富有形象力的描述却为"乡土文学"作为文学史概念的定型和使用提供了最早的经验性依据。而他所注重的"土气息、泥滋味"也成为后世界定"乡土文学"最重要的区别性特征：丁帆在《作为世界性母题的"乡土小说"》一文中便指出，对"地方色彩"和"风俗画面"的强调"虽没有成为世界性的理论经典"，但却是"各国'乡土小说'共同的自觉或不自觉的约定俗成"。② 在丁帆的论著《中国乡土小说史》中，他更是将所谓"三画"（风景画、风俗画、风情画）、"四彩"（自然色彩、神性色彩、流寓色彩、悲情色彩）提炼为"乡土文学"基本的文化审美特质。③

周作人对"乡土"的阐释与提倡直接推动了 20 世纪 20 年代"乡土文学"的发生、发展，然而更直接、更有力的推动却是来自鲁迅。除了以创作树立典范之外，理论方面鲁迅在 1935 年的《〈中国新文学大系·小说二集〉序》中的一段话则被后世广为征引：

　　蹇先艾叙述过贵州，裴文中关心着榆关，凡在北京用笔写出他的胸臆来的人们，无论他自称为用主观或客观，其实往往是乡土文学，从北京这方面说，则是侨寓文学的作者。但这又非如勃兰兑斯（G·Brandes）所说的"侨民文学"，侨寓的只是作者自己，却不是这作者所写的文章，因此也只见隐现着乡愁，很难有异域情调来开拓读者的心胸，或者炫耀他的眼界。④

---

① 周作人：《地方与文艺》，《谈龙集》，上海书店 1987 年版，第 15 页。
② 丁帆：《作为世界性母题的"乡土小说"》，《南京社会科学》1994 年第 2 期。
③ 丁帆等：《中国乡土小说史》，北京大学出版社 2007 年版，第 21—28 页。
④ 鲁迅：《中国新文学大系·小说二集：序》，《鲁迅全集》第 6 卷，人民文学出版社 1982 年版，第 247 页。

正如许多研究者所指出的，鲁迅关于"乡土文学"的"界定"最重要的贡献在于他提出了"乡愁"这一至关重要的概念。鲁迅所谓的"乡愁""一方面源于作者对故乡风物消逝的留恋、眷顾或伤感……另一方面源于作者在现代观念烛照下对沉重凝滞的宗法社会的慨叹以及被'乡土人'的国民劣根性所引发的怅惘与悲哀"。① 所以，"乡愁"的提出不仅提示了乡土作家与实在乡村之间的距离，更标示出了作为现代知识者的乡土作家的文化身份。鲁迅的"界定"影响深远，后世对于"乡土文学"的定义多由此出，如钱理群等所著《中国现代文学三十年》便称，"所谓'乡土小说'主要是指这类靠回忆重组来描写故乡农村（包括乡镇）的生活，带有浓重的乡土气息和地方色彩的小说"，② 这里既突出了"回忆"，又强调了"乡土气息和地方色彩"。

相对于周作人、鲁迅对"乡土"的倡扬，茅盾则侧重使用"农村生活"、"农民小说"这样的字眼。而之所以要做这样的区分，他显然不是为了标新立异，在1936年发表的《关于乡土文学》一文中他这样表示——

> 关于"乡土文学"，我以为单有了特殊的风土人情的描写，只不过像是看一幅异域的图画，虽能引起我们的惊异，然而给我们的，只是好奇心的餍足。因此在特殊的风土人情而外，应当还有普遍性的于我们共同的对于运命的挣扎。一个只有游历家的眼光的作者，往往只能给我们以前者；必须是一个具有一定世界观与人生观的作者方能把后者作为主要的一点而给与了我们。③

由这段话可以看出，相比周作人对"地方色彩"的重视，茅盾更突出的是"特殊的地方风土人情"背后的时代性、政治性的因素，因为那是"我们共同的对于运命的挣扎"的背景，而理所当然地，在对创

---

① 王又平：《从"乡土"到"农村"——关于中国当代文学主导题材形成的一个发生学考察》，《华中师范大学学报》（人文社会科学版）2003年第7期。

② 钱理群、温儒敏、吴福辉：《中国现代文学三十年》，北京大学出版社1998年版，第67页。

③ 茅盾：《关于乡土文学》，《茅盾文艺杂论集》上，上海文艺出版社1981年版，第576页。

作者提出要求方面，"一定世界观与人生观"也便被突出出来。所以，茅盾在这里所特意标举的"农村生活的小说"在他心目中必然是与一种进步的、革命的意识形态观念紧密相连的。① 也就是说，茅盾无形中对"乡土"和"农村"（以及"乡土文学"和"农村生活小说"）所作的"区分"其实划出了二者作为两个文学史概念各自的范畴："'乡土文学'缺少'革命性'的内涵，更多地着眼于中国乡村的传统性（不论是批判还是眷顾），而'农村生活小说'更多地着眼于中国乡村的现代变革（不论是资本主义因素的侵蚀还是社会主义萌芽的成长）。"② 正如论者所言，"'乡土'和'农村'的共同所指可以说都是中国乡村，但其不同的称谓，却意指着不同的社会、历史和文化的内涵；至于'乡土文学'和'农村题材小说'则更可以视为包含着不同的价值取向和历史形态的文学史范畴。"③

茅盾对于"农村"的标举让我们看到了当时乡村小说叙事从关注乡村的文化相到突出其政治经济的"综合相"、从描画农民的内在精神状态到关注其外在的生存处境背后政治意识形态的推动力量。也正是因为这种政治意识形态力量的推动，从30年代左翼文学到40年代解放区文学，再到新中国成立之后的"十七年"和"文革"文学，曾经的"乡土文学"和"乡土小说"已经为更具革命内涵的"农村题材小说"所替代。而随着70年代末极左文艺思路的被终结，以及多样化的对中国社会进行反思的路径的被打开，不管是作为文学史事实还是作为描述性概念的"农村"为更"具有浓郁文化色彩或强调作品文化内涵"④ 的"乡土"所置换也便是理所当然的了。

由此可见"乡土"和"农村"在这种不断被界定、言说的过程中已经逐渐地定型化，它们承载着不同的意义、价值和内涵，而失去了最初的对于作为客观存在的中国乡村的指称能力。鉴于此，有论者于是提

---

① 王又平：《从"乡土"到"农村"——关于中国当代文学主导题材形成的一个发生学考察》，《华中师范大学学报》（人文社会科学版）2003 年第 7 期。

② 刘海军：《乡土中国的续写——论新世纪乡村叙事的审美新变》，博士论文，华中师范大学，2009 年，第 3—4 页。

③ 王又平：《从"乡土"到"农村"——关于中国当代文学主导题材形成的一个发生学考察》，《华中师范大学学报》（人文社会科学版）2003 年第 7 期。

④ 周水涛：《"乡土小说"的涵盖能力及其他》，《当代文坛》2003 年第 1 期。

出"把'乡村'作为一个中性词，意指作家言说的'客观'对象"，以此来与"'乡土'和'农村'这两个经过文学言说而被赋予了特定意义、内涵和价值的'想象性构成物'"① 相区分，而这也正是本文使用"乡村"的原因之一，即作为"中性词"和"作家言说的'客观'对象"的"乡村"，它使作为文学史概念的"乡村文学"能够最大限度地包蕴基于不同价值取向和文学观念的对乡村的书写。②

　　然而文学史概念的衍变还有另一个推动因素，那就是概念指涉对象的变异——"随着越来越多的乡村人来到城市谋生，90 年代以来乡土小说的题材范围有明确的拓展和变异，在呈现出更丰富多样的生活画面和生活世界的同时，对传统'乡土小说'概念也产生了冲击"③；学者丁帆则更详细地描述道，"既然作为乡土的主体的人已经开始了大迁徙，城市已经成为他们刨食的别无选择的选择，那么，乡土的边界就开始扩大和膨胀了。许许多多的乡村已经成为'空心村'，其'农耕'形式已经成为城市的'工作'形式；同样，许许多多的牧场已经荒芜，其'游牧'形式已经成为商业性的'都市放牛'。'农民工'或'打工者'这一特殊的命名就决定了他们是寄身在都市里觅食的'另类'，他们是一群被列入'另册'的城市'游牧群体'。在那种千百年来恪守土地的农耕观念遭到了根本性颠覆的时刻，乡土外延的边界在扩张，乡土文学的内涵也就相应地要扩展到'都市里的村庄'中去，扩展到'都市里的异乡者'的生存现实与精神灵魂的每一个角落中去。"④ 正是基于这样一种现实状况的变化，丁帆在新世纪出版的《中国乡土小说史》中对"乡土小说"作了重新界定，即将"描写农民进城'打工'生活的

---

　　① 王又平：《从"乡土"到"农村"——关于中国当代文学主导题材形成的一个发生学考察》，《华中师范大学学报》（人文社会科学版）2003 年第 7 期。

　　② 周水涛认为："与'乡土小说'相比较，'乡村小说'既像'乡土小说'一样富有文化意味和诗意，又具有'乡土小说'无法比拟的涵盖能力，它宽展的外延能包容'农村小说'、'农民文学'、'乡镇小说'、'乡土小说'、'农村题材小说'等许多概念。因为'乡村小说'既有较长的存在历史，又未在其存在过程中形成特定的内涵规定与外延限制，所以它可以用来指称所有描写乡村（乡镇）生活、揭示农民生存状态和文化性格的小说，以及那些由描写乡村生活而思考民族文化、民族个性、人类生存等一系列形而上命题的小说。"参见周水涛《"乡土小说"的涵盖能力及其他》，《当代文坛》2003 年第 1 期。

　　③ 贺仲明：《论 1990 年代以来乡土小说的新趋向》，《南京师范大学学报》（社会科学版）2005 年第 6 期。

　　④ 丁帆：《中国乡土小说生存的特殊背景与价值的失范》，《文艺研究》2005 年第 8 期。

题材"的小说纳入到新世纪乡土小说的范畴中。然而，可以想见的是，这种"旧瓶装新酒"的做法显然会随着社会动变的日益加剧而面临越来越多的困难。

新质的介入带来"乡土"边界的扩张，进而"使一种比较清晰甚至约定俗成的言说变得困难"①，"乡下人进城"、"打工文学"、"城市异乡者"等概念的纷纷出场既体现出一种认知和言说的焦虑，又反映出人们对"乡土"这一现有文学史概念的不满。如前所述，"乡土"对于"农村"的置换是与新时期之后政治意识形态调整同步的，但它本身既已负载着的意义、内涵和价值以及由此所形成的人们直观的审美经验早已决定了它对新的现实应对能力的有限。周水涛在《"乡土小说"的涵盖能力及其他》一文中便指出了"作为批评概念的'乡土小说'的理论概括的三大局限"，即"其特定的观照视角使与其同名的批评概念无法涵盖新时期乡村小说丰富多样的创作内容和多向的文化拓展"；"特定的美学规范使与其同名的文学批评概念拒斥那些不具备'地方色彩'和'风俗画面'的作品"；"特有的乡土情感与新时期阶段的部分乡村小说的情感存在着明显的差异"②。而当现实生活本身发生了更为显著的变化，"乡土小说"这一批评概念的局限性便被进一步放大了。

在这样的情况下，通过对"乡土小说"这一既有的概念进行重新阐释、扩展其边界以增强其对当下乡村书写的概括能力便是不合适的了，因为"'乡土小说'就是'乡土小说'，它是乡村小说中一个独具特色的品种，如果我们不顾历史的传承和现实的创作状况而对其妄加'改造'，其行为同扩展'现实主义'的外延之后把现代主义强行塞进去的理论行为一样可笑"③。那么，除了强行拓展旧有概念（"乡土小说"）的边界之外，另一种缓解文学对现实的言说焦虑的方式是在既有的文学史概念之外确立新的概念称谓。邵明在《何处是归程——"新乡土小说"论》一文中表示支持"新乡土小说"这一提法，原因在于："一、以农民为表现对象无疑承接了五四新文学运动以来所形成的'乡土小

---

① 叶君：《乡土·农村·家园·荒野——论中国当代作家的乡村想象》，中国社会科学出版社 2007 年版，第 26 页。

② 周水涛：《"乡土小说"的涵盖能力及其他》，《当代文坛》2003 年第 1 期。

③ 同上。

说'的核心视角,所以仍然可以将之归入'乡土小说'的范畴。二、由于它所表现的对象往往在宏观社会经济变迁的背景下返于城乡两域,其思想和行为展示着异质性文化价值的冲撞,从而使得这一创作在叙事空间、价值判断等方面体现出新的特点,所以,又须在'乡土小说'之前冠之以'新'。"① 除此之外,"亚乡土叙事"②、"新乡土叙事"等概念的提出也都包含了同样的思路。

然而,"新乡土小说"也好,"亚乡土叙事"也好,它们都只是对当下具有"新变"性质创作的局部性的概括,它们并不能实现"新变"与传统的有效整合,不管冠之以"新"还是"亚",都仅仅是一种权宜之计。当然,从逻辑上来说,乡村书写随着城乡交叉不断加剧而演变出一种完全"新质"的文学类型是有可能的,然而当下乡村书写的"新变"却还没有表现出足够使其与现有题材和风格体系相脱离的质素,所谓"新变"多表现于叙事空间的扩大、题材表现领域的拓展等,③ 而在主题和情感方面,乡土中国现代化的主题诉求和悲怆忧郁的情感诉求都没有改变,尤其是从表现主体来看,农民始终是叙事的核心,只要这一"核心视角"不发生改变,以其为主要表现对象的文学便难脱"乡土文学"的"本色"。

换句话说,叙事空间的扩大和题材表现领域的拓展并不代表"乡土文学"发生了实质性的改变,这仍旧只是质变(如果会有的话)之前的量变。其实早在80年代,路遥便提出了"农村和城市'交叉地带'"这一概念,他说,"随着城市和农村本身的变化与发展,城市生活对农村生活的冲击,农村生活对城市生活的影响,农村生活城市化的追求倾向;现代生活方式和古老生活方式的冲突,文明与落后,现代思想意识和传统道德观念的冲突等等,构成了当代生活的一些极其重要的方面。

---

① 邵明:《何处是归程——"新乡土小说"论》,《晋阳学刊》2006年第3期。
② 雷达认为,所谓"亚乡土叙事","就是指当前一大批笔触伸向城市,不再显得'纯粹'的准乡土文学,这类作品一般聚焦于城乡结合部或者城市边缘地带,描写了乡下人进城过程中的灵魂漂浮状态,反映了现代化进程中我国农民必然经历的精神变迁。"参见雷达《新世纪文学的精神生态》,《解放日报》2007年1月21日。
③ 丁帆阅读近年来几百部乡土小说,归纳出三种题材类型:一类是仍描写乡土社会生活的旧题材作品,一类是描写农民进城"打工"生活的作品,一类是所谓生态题材小说。参见丁帆《中国乡土小说生存的特殊背景与价值的失范》,《文艺研究》2005年第8期。

这一切矛盾在我们社会的政治、经济、文化、思想意识、精神道德方面都表现了出来，又是那么突出和复杂"。① 而路遥对自己创作的概括和定位就是对这种城乡"交叉地带"的书写。90 年代以来乡村小说叙事对城乡互渗、农民进城的书写与路遥的作品相比同样还是属于对那种城乡"交叉地带"的书写，只是程度有所不同，而无本质性的差异。

也就是说，当下"新变"了的乡村写作并未与传统和母体失去最重要的关联，一种完全新型的命名尚没有必要出现，在这样的情况下，确立一些徒增烦乱的过渡性、临时性的概念，还不如充分发挥既有的"乡村"这一概念的作用。因为正如我们前面已经提到的，如果把"乡村"作为一个中性词，意指作家言说的"客观"对象，② 那么它将作为一个属概念首先将已经被文学史言说定型化的"乡土"、"农村"涵盖进来。与此同时，在包蕴当下乡村叙事"新变"方面尽管其缺乏直观的对应性，③ 但是从穿越表象把握实质，以及避免表述混乱和顾全文学史叙述的惯性方面来看，它也不失为一个较相宜的选择。

因此，笔者在此选择使用"乡村小说叙事"（后文有的地方将简称"乡村叙事"）这一概念，即指以小说这种体裁所进行的关于中国乡村和中国农民的书写。在这一概念中，"乡村"作为一个中性词的使用，最大限度地包蕴了"乡土"、"农村"等具有不同价值取向和观念侧重的概念指称；对"农民"这一"核心视角"的强调则将当下"新变"的叙事作品囊括其中；而"叙事"则在"乡村"被"中性化"处理之后相应地突出了这一中性事物（实在客体）的被言说、被表述特征。

---

① 路遥：《关于〈人生〉和阎纲的通信》，《路遥文集》（2），陕西人民出版社1993年版，第400、401页。

② 叶君对此进一步解释说，"在我看来，作为有待言说的客体，'乡村'往往与'城市'对举，即'城/乡'（此处的'乡'显然是'乡村'之'乡'，而非'乡土'之'乡'），分别指涉两种基本的、互有差异的经济形态、文化形态、生活方式和社会组织结构等等"。参见叶君《乡土·农村·家园·荒野——论中国当代作家的乡村想象》，中国社会科学出版社2007年版，第26页。

③ 段崇轩却不这样认为，在《农村小说：概念与内涵的演进》（《晋阳学刊》1997年第1期）一文中，他提倡使用"乡村小说"这一概念的理由之一是，它"是一个很有弹性的概念"，他认为"乡村是整个社会背景下的乡村，是同城市相比照下的乡村，其边界是模糊的，其外延是开放的。乡村小说可以写'农工商'联合运行的乡村生活，也可以写进城打工、闯荡的农民，还可以写从城市流向农村的科技人员……"所以他是在一种毫无保留的情况下使用"乡村小说"这一概念的，与我们这里有所不同。

二　论题的提出及缘起

从社会历史的演变规律和发展轨迹来看，工业文明取代农耕文明这一现代化进程是不可逆转的人类发展阶段。而从这一文明更替过程所包含的社会结构、价值体系、思维方式的全方位、剧烈变迁来看，它甚至可称为一种"裂变"。和此前的文明更迭更有所不同的是，现代化对于中国这种"后发"国家来说表现出了更大程度的对人类创造"历史"的愿望和主观能动性的有效利用——所谓"裂变"一方面表现为一种客观发生着的事实，另一方面更表现为一种主动寻求断裂和超越的姿态："'断裂'在中国的现代性发展中表现得更为突出和彻底。由此也就不难理解，现代以来的中国历史中，充满了那么多的结束和开始。一个时代结束，另一个时代重新开始，这不仅表现在大的社会变迁方面，即使在那些阶段性的政治变动，也经常被叙述为（宣布为）一个新的时代开始。急迫地抛弃过去，与过去决裂，追求变迁的速度，以至于人们只有时刻生活在'新的'状态中，才能体会到社会的前进。这一切当然都导源于'落后'的焦虑情结，都来自渴求超越历史、迅速自我更新的理想。"① 事实性的"裂变"是一个痛苦的过程，充满着实在的血泪和疼痛，而对"断裂"和"超越"的主动寻求却在某种程度上起到一种激励和抚慰作用。这其中，作为"观念"的现代化伦理价值体系至关重要，它一方面对疼痛和血泪进行解释，另一方面帮助确立一种美好的前景和预期，同时也在现实中竭力制造关于"进步"和"超越"的某种事实性表象。当然，从现实来看，"观念"与"事实"之间的裂隙却始终难以弥合，这样一种裂隙在文学表达方面又表现得分外明显，这主要是因为"一方面，文学艺术作为一种激进的思想形式，直接表达现代性的意义，它表达现代性急迫的历史愿望，它为那些历史变革开道呐喊，当然也强化了历史断裂的鸿沟。另一方面，文学艺术又是一种保守性的情感力量，它不断地对现代性的历史变革进行质疑和反思，它始终眷恋历史的连续性，在反抗历史断裂的同时，也遮蔽和抚平历史断裂的

---

① 陈晓明：《现代性与文学研究的新视野》，《文学评论》2002年第6期。

鸿沟"①。五四以来的乡村小说叙事典型地体现了这样一种"观念"与
"事实"、情感与理智的分裂：在鲁迅身上，它表现以"现代理性精神
与关涉传统的文化情感"那种"难以弥合的紧张"②；在沈从文身上，
它表现以浪漫美好的文化乌托邦和残忍现实的惊人对照；而在赵树理那
里，忠贞的革命意志与朴素的"实事求是"态度所酿成的人生悲剧不
能不说与此有关；而在贾平凹、阎连科、莫言等新一代乡村叙事者那
里，对故乡的爱与恨、恋与弃也无不与这种分裂相关。这是被时代所决
定了的现代知识者的命运，也是五四以来乡村小说叙事的命运。

　　现代作家在反观"乡村"时，他们所撷取和展现的只是一种回忆性
的乡土，隐现着鲁迅所谓的"侨寓者"的"乡愁"，亦如莫言说的写作
就是为了"寻找失去的故乡"③。故乡的"失去"或者"侨寓者"的
"侨寓"是一个双重的"漂泊"过程，它既是身体性的（即时空上的），
又是精神性的（即文化上的）；既包含着被迫，又体现着主动——"被
迫"是针对于关涉传统的文化情感来说的，"主动"则指涉了作家作为
现代知识者的文化立场和价值选择。赵园热情地肯定这种现代知识者的
文化立场和价值选择，并认为"鲁迅并不'属于'乡村的、农民的中
国，这才使他有可能汇集过渡、转型期中国诸种矛盾的文化因素，并由
此铸成有如大海、大地一般广阔的文化性格"④。但是在有些人的眼里，
这样一种"不属于"的姿态更需要反省，因为它在对乡土中国和传统
文化保持着理性批判的同时，已经不由自主地将"乡村"纳入了一种
既定的现代性叙事的等级视野，而这种等级视野势必将导致对"事
实"——进而也就是对整个"乡村"世界——的遮蔽以至"湮没"：
"现代性表达建构等级序列的一个重要策略就是将现代性核心之外的人
群和地域本质化，作为现代性的对立物，实质上是对其构成霸权，实行
榨取。这一建构行为贯穿了现代性的整个过程，它既是一个全球性的行
为，同时，对于中国这样一个地广人众的'后发'国家来说，更是一
个内部性的行为。正如我们无法想象第三世界如拉美、非洲（那是一块

---

①　陈晓明：《现代性与文学研究的新视野》，《文学评论》2002 年第 6 期。
②　丁帆等：《中国乡土小说历史》，北京大学出版社 2007 年版，第 30 页。
③　莫言：《超越故乡》，《会唱歌的墙》，作家出版社 2005 年版，第 201 页。
④　赵园：《地之子·自序》，北京大学出版社 2007 年版，第 11 页。

地广人稀、人比兽瘦、兽比人强的'绝望'的土地？那是一块人在'笼车'中行，兽在'笼车'外跑的充满'异国情调的'人类的'次大陆'？）一样，我们已无法想象我们'置身其外'的农村，更遑论去表达那生活在广袤大地上的多数人的绝望、挣扎而丰富的生活了！仿佛那是一块冥寂无声的土地，那是一种与'现代人'无关的本质化的生活。"①

　　正如此论者所言，"乡村"以及作为乡村主体的"农民"在五四以来的新文学叙事中大多数时候都是与某种特定的"本质"相连的。在鲁迅以及"乡土小说派"笔下，"乡村"是封建中国的象征，"农民"则是封建文化治下国民"劣根性"的代表；而在左翼文学那里，"救亡"对"启蒙"的压倒导致了对"乡村"和"农民"的性质指认发生了根本性反转——它们由封建的渊薮、"愚昧和麻木的文化符号"② 一变而为革命的火源地和新历史的创造者；而新中国成立后的"十七年"和"文革"文学更将"乡村"和"农民"的这种"革命"本质进一步地纯化，并推向了极致。当然，与"启蒙"和"革命"那种施予"提升"或"牵引"的"正向用力"方式不同，以沈从文的乡村写作为代表的乡村浪漫派叙事对"乡村"和"农民"的想象性建构是一个"反向用力"的过程。与激进的"启蒙"和"革命"叙事相比，浪漫派反公共化的想象力、反"进化"的历史观以及尚"传统"的意象主义审美追求所捧举出的是一个混沌而朦胧、意象化的"乡村"，作为现代作家寓居都市而心意难平的反现代情绪的产物，这个乌托邦式的"乡村"在文化、人性或审美等意义上的"本质化"特征其实更加鲜明，只是与"启蒙"和"革命"相比，这里的"本质"更加飘忽，富有魅惑。也因此，在一元化的现代性叙事趋于瓦解的 20 世纪八九十年代，我们看到，在莫言、张炜、贾平凹、陈忠实、韩少功、刘恒等具有代表性的乡村叙事者那里，对"乡村"的文化和人性演绎成为了当时乡村小说叙事最重要的表现主题。

---

　　① 何吉贤：《农村的"发现"和"湮没"——20 世纪中国文学视野中的农村》，《文艺理论与批评》2004 年第 2 期。
　　② 罗关德：《风筝与土地：20 世纪中国文化乡土小说家的视角和心态》，《文学评论》2005 年第 4 期。

对于"乡村"的"本质化"建构自然会造成对乡村客体的某种遮蔽。施战军在其博士论文《中国小说的现代嬗变与类型生成研究》中对以鲁迅为代表的启蒙思想实践提出批判，认为"这一思想实践在'启蒙乡土小说'中，村民就被符号化为'国民'，于是这个麻木愚钝的'他者'被取消了自言权，真正乡村身份的人物的言行似乎都是作为愚顽的把柄和病根的证据。目的和倾向已定，乡民的实在生活和心思就被空心化和遮蔽掉了，启蒙者揭示'国民'的精神病相的主体性远远大于对乡民实际生活状况的关切"。他认为，《药》"主要表达对先驱的血被'愚弱的国民'用做药引的悲愤，而对羸弱害病者生命苦痛和生活挣扎的情感理解显然让位于前者那种情绪了，至少是被掩饰和冲淡了"，而《祝福》"为了揭示那些滋养和纵容了'国民劣根性'的礼俗风习的'吃人'本质"而将"乡村本身的文化和日子"处理成"'非人'的、没有意义可言的"，这正是一个"将乡村的自在与实在状态'他者'化"的过程。①

然而，不管是乡村启蒙叙事还是浪漫叙事，乡村的这种被"遮蔽"或"他者化"从某种程度上来看委实是一个难免的过程，呈现"乡村的自在与实在状态"对文学来说不是痴妄也是一项不可能完成的任务，文学叙事作为一种意识实践活动根本不可能摆脱主体的"观念"，中国乡村叙事更无法摆脱在一个"后发"国家所必然要面对的那种时代性焦虑——"作为20世纪中国乡土文学的主题话语，乡土中国的现代转化问题一直困扰着一代又一代的中国乡土作家们，并形成他们心理上的现代性焦虑进而成为乡土叙事的内在驱动力"②。然而，这却都不是"乡村"被遗忘（或者"湮没"）的理由，因为作为"一种保守性的情感力量"，文学世界相对于纯粹的"观念"来说始终具有一种丰富的混沌性，这种混沌性是文学实现"自为"的根基所在——所谓"自为"按照阿多诺（Theodor W. Adorno）的说法就是一种艺术的"自律"，在他眼里，这种"自律"是艺术批判功能得以实现的关键："艺术是社会

---

① 施战军：《中国小说的现代嬗变与类型生成研究》，博士论文，山东大学，2007年，第25—26页。
② 许志英、丁帆：《中国新时期小说主潮》上卷，人民文学出版社2002年版，第594页。

的，这主要是因为它就站在社会的对立面。只有在变得自律时，这种对立的艺术才会出现。通过凝聚成一个自在的实体——而不是屈从于现存社会规范进而证实自身的'社会效用'——艺术正是经由自身的存在而实现社会批判的。"① 而显而易见的是，艺术的"自律"不可能取决于艺术自身，而是更多地取决于艺术家对客观现实世界或者说"事实"（而非"观念"和"现存社会规范"）的贴近和感应，只有这样，它才能真正地"凝聚成一个自在的实体"。

　　然而，中国现代以来的乡村叙事者在理智与情感的纠结中却往往很轻易地便失去了这样一种对"事实"的贴近和感应，这鲜明地反映在叙事者对于现代化"观念"的迷恋和盲从，以及这种迷恋和盲从所导致的对"广袤大地上的多数人的绝望、挣扎而丰富的生活"的轻忽上。当然，我们并不否认在"那些激进的寻求变革的思想家和文学家的思想立场中，也有可能看到反抗现代性的那种情感意向"，而且它们往往"是以非常隐蔽而微妙的形式存在于宏大的历史叙事之下的"②，但是，在"观念"统辖的世界里，"反抗现代性的情感意象"无论如何都是非常微弱的，甚而它们只是在一种对比意义上才凸显其价值，如同鲁迅的《故乡》、《社戏》等如果失去了《阿Q正传》、《祝福》和《药》所确立起的启蒙叙事参照系便很可能会失去其被言说的特殊价值，也像贾平凹创作初期那种空灵优美的"明月"③ 风格只是在当时那样一个政治化年代里才会成为一种独特存在④ 一样，它们真实所处的是一种被压抑的状态，尽管其执拗的存在印证着艺术本身天赋所具的"否定性"，但这种"否定性"在明晰的"观念化"世界里却势必会被无限削弱，至多只造成一种可供分析的"症候"。

　　当然，更严重的还是迷恋"观念"所导致的对"事实"的轻忽。

---

　　① Theodor W. Adorno, *Aesthetic Theory*，转引自周宪《现代性的张力——现代主义的一种解读》，《文学评论》1999年第1期。

　　② 陈晓明：《现代性与文学研究的新视野》，《文学评论》2002年第6期。

　　③ 参见贾平凹《山石、明月和美中的我》，载雷达主编《贾平凹研究资料》乙种，山东文艺出版社2006年版，第5页。

　　④ 谈到贾平凹创作早期那种对"空灵"美的追求时，有人认为："这给他这一时期创作带来的积极影响是，在大家都强调作品内容的社会功能而忽视艺术性时，他却以许多淡远静美的作品独树一帜，给人以欣赏的满足。"参见李星、孙见喜《贾平凹评传》，郑州大学出版社2004年版，第207页。

对乡土中国现代化这一文明交替的社会历史现实来说，最大的"事实"莫过于广大的不具有自我言说能力的农民的悲剧性命运。农民是历史"断裂"之痛的最直接、最主要的承担者，他们的悲剧命运对于和乡土有着紧密联系的乡村叙事者而言应该是最直接而强烈的刺痛，但是从百年乡村叙事的表现来看，真正能够直抵这一历史命运主体及其悲剧性历史命运的却并不多见。20 世纪 30 年代叶紫、吴组缃等人反映农村破产的作品曾以某种较为"冷静"的态度揭露了当时乡村的破败和农民生存境遇的悲惨，然而正如茅盾对吴组缃那时创作的评价——"吴先生的写作态度是非常客观的，然而有时太客观"①——所体现出来的那样，吴组缃等人的作品在当时日渐高涨的"革命"氛围中显然已经有些不合时宜了，"太客观"的态度尽管使其触及了乡村和农民的那种悲剧性的历史命运事实，但茅盾的"微词"和"不满"却已经暗示了它的不受待见。70 年代末 80 年代初的"伤痕"、"反思"和"改革"小说中同样也有过对乡村和农民悲剧性历史命运的明显触及，高晓声的《李顺大造屋》、《"漏斗户"主》便是从农民基本的生存需要入手写出了他们固有的社会底层地位，这种易受侮辱受损害的底层地位在张一弓、何士光、叶蔚林等反映农村"伤痕"的作品中也能见出，只是当时过于突出的政治批判意识最终还是限制了它们对"事实"揭露的力度。

20 世纪 30 年代与 70、80 年代之交是现代化"观念"自我"更新"和调整的动荡期，那种束缚力的暂时松动使"事实"有了浮出水面的可能，然而现代性"观念"的真正松动以至瓦解是发生在 90 年代之后。"在 90 年代，一方面，'现代化'作为一种具体的社会组织形式得到充分的实践和展开，另一方面，知识界对'现代化'的态度和文化想象却发生了不同于 80 年代的改变。在 80 年代，'现代化'作为一种告别'历史暴政'和解决社会矛盾的新的发展方案，在知识界的想象中，是充满希望的乐观前景……但在具体的实践真正降临之后，人们却发现理想和现实之间的偏差；尤其是现代化进程中出现的种种负面效应，使他们意识到现代化发展本身具有的矛盾。"②"现代化发展本身具有的矛

①　茅盾（惕若）：《西柳集》，《文学》1934 年第 3 卷第 5 期。
②　洪子诚：《中国当代文学史》，北京大学出版社 1999 年版，第 385 页。

盾"及"负面效应"的显现是 90 年代中国社会转型加剧的必然结果，现代化转型加剧所激发的社会深层次矛盾的显露一方面使原本统一的"现代化"期望和想象走向解体，另一方面也促使人们发现和直面了一种日渐膨大起来的新型"现实"，从 90 年代"现实主义冲击波"到 21 世纪的"底层写作"，以刘醒龙、何申、孙慧芬、陈应松等为代表的乡村写作者普遍转向对当下农村发展现实的书写，与"老一辈"乡村叙事者相比，他们在关注乡村、农民在"现代化"进程中的历史命运方面虽然更显出了一分清醒和主动，但在把握时代整体和阐释"现实"方面却也多了一分茫然和困惑——"作家能做什么呢，他的认知如地震前的老鼠，复杂的矛盾的东西完全罩住了他，他所能写出的东西就只能是暧昧、晦暗和多元混杂"。① 其实茫然和困惑很大程度上是源于现代化"观念"的解体，所以茫然和困惑中的写作未必像作家说的那么不堪，贾平凹的《秦腔》便让我们看出，"暧昧、晦暗和多元混杂"（作为一种精神状态）反而使作者回到了自己"写作的一种本真状态"，"回到纯粹的乡土生活本身，回到那些生活的直接性，那些最原始的风土人性，最本真的生活事相"，② 从而也就回到了乡土中国最本然的历史命运真实。

从 90 年代刘醒龙、关仁山、何申、王祥夫等人的乡村写作开始，直到 21 世纪后方兴未艾的"底层写作"，文学大规模地转向了对当下中国乡村发展现实的关注，这确实使文学与长久被"遮蔽"的乡村、农民的自在的历史命运"事实"发生了趋近。然而，这种趋近却并非源于乡村叙事的自我反思，而是源于日渐膨大的时代现实本身。也就是说，作家在与时代现实发生趋近的过程中不是主动的，而是被动的。贾平凹说："以前的观念没有办法再套用。我并不觉得我能站得更高来俯视生活，解释生活，我完全没有这个能力了。"③ 当"以前的观念"不能帮助自己"俯视生活"、"解释生活"，茫然和困惑也便油然而生。也

---

① 贾平凹、黄平：《贾平凹与新时期文学三十年》，《南方文坛》2007 年第 5 期。
② 陈晓明：《乡土叙事的终结和开启——贾平凹的〈秦腔〉预示的新世纪的美学意义》，《文艺争鸣》2005 年第 6 期。
③ 贾平凹、郜元宝：《关于〈秦腔〉和乡土文学的对谈》，《河北日报》2005 年 4 月 29 日。

就是说，乡村叙事在 90 年代以来所表现出的诸种"新质"固然让我们看到了它在新时代条件下创生的希望和契机，但创作主体的茫然和困惑以及它背后所彰显的创作者精神能力的欠缺却不能不让我们担忧。有学者认为，作家主体的价值困惑与失范已经成为制约当下乡村小说创作发展的瓶颈。① 而更进一步地说，主体的价值困惑与失范是与作家自身理性能力不足和文化人格的缺陷密切相关的，因此对于中国乡村小说叙事来讲，只有从其发展历史、现状中发现那些深层的文化和心理制约因素才能使其在新的历史条件下实现真正的创生与发展，这正是本书写作的缘起和出发点。

三 研究对象、研究现状

之所以选择 20 世纪 90 年代以来的乡村叙事作为研究对象，是因为在这一历史时段，随着中国社会转型的加速，乡村叙事与之前的乡村叙事相比，无论在作家姿态、观念、题材还是艺术上确实都表现出了一种新的变化。② 这一变化是隶属于 90 年代以来整个中国文学的新变化的，正如有论者所言，这一新的变化所包含的诸种品质"在上个世纪 90 年代，还处在一种萌芽状态，有些虽初露端倪，但总体上却混沌一团。经过近二十年的蜕变、分离、凝聚、发展，逐渐变得清晰、明朗起来"③。而乡村小说叙事"新变"的发生、发展同样也是这样一个渐进的过程，段崇轩在 1998 年发表的《90 年代乡村小说综论》一文中指出，随着城乡冲突的尖锐化以及作家对乡村现实的理性认识的加强，90 年代的乡村写作与 80 年代相比呈现出现实、生存、文化、家园四种主题类型"多元而有序"的动态发展格局。而在这一"多元而有序"的动态发展格局中，"直面现实"的乡村书写，无论在当时还是在现在来看显然更带有一种"新变"性质，因为它是对当时时代动变的最直接的反应——"它继承了传统乡村小说那种开阔、凝重的品格，以现实主义的魄力和勇气，直接深入到已进入市场经济的广大农村，强烈地表现了农村变革

---

① 丁帆：《中国乡土小说生存的特殊背景与价值的失范》，《文艺研究》2005 年第 8 期。
② 贺仲明：《论 1990 年代以来乡土小说的新趋向》，《南京师范大学学报》（社会科学版）2005 年第 6 期。
③ 於可训：《新世纪文学研究断想》，《文艺争鸣》2010 年第 3 期。

是农业文明同工业科技文明的对峙与较量，展示了各种各样的农民在商品化潮流中的盲目、困惑、痛苦和蜕变"①。这股关注"现实"的创作在90年代"多元化"的动态发展格局中据守一隅，20世纪末呈现出扩散、蔓延之势，及至21世纪之后则变得蔚为大观起来，而且在这一由"点"及"面"的发展过程中，其"新质"也越来越显著。

　　这种乡村叙事的"新质"自然不仅仅是相对于20世纪80—90年代的文学创作背景而言的，它不仅仅在关注"现实"的题材内容层面上与90年代已备受指摘的形式主义文风发生了分野，而且在情感和艺术形式等其他方面也与以往的现实主义创作相比表现出差异。如果将80年代的"改革文学"与其作一对比，这种差异便十分显著：同样是关注转型期的中国现实，"改革文学"一方面无法摆脱"疼痛"的现实本身，同时却又更试图给"疼痛"寻找一种"解释"，路遥在长篇创作谈《早晨从中午开始——〈平凡的世界〉创作随笔》中铿锵有力地宣称："作者应该站在历史的高度上，真正体现巴尔扎克所说的'书记官'的职能"，"作家对生活的态度绝对不可能'中立'，他必须做出哲学判断（即使不准确），并要充满激情地、真诚地向读者表明自己的人生观和个性"②。而90年代之后，关注"现实"的乡村书写却在自身发展的过程中逐渐承认了"解释"的失效和"疼痛"的不可理喻。80年代作家那种力图把握历史的焦灼和痛苦，被替代成为一种浓重的迷惘、悲哀，而在艺术表现形式上，这一变化相应地反映为了一种"细节化叙述方式"对于"宏大叙事"的取代。③那么，对于这样一种"新变"究竟该如何认识、评价？这是时下文学批评所面临的任务。

　　正如前面所指出的，这种"新变"我们认为它根本上是受当下中国社会转型加速这一现实的影响所致——所谓"新质"更多的是文学对时代变动的一种本能反应。而在这种被动反映的过程中，文学自身是否能够（或者已经）形成其特有的美学品质？当下"底层叙事"那种艺术创造性上的平庸和保守并不能掩盖《秦腔》（也包括《石榴树上结樱

---

　　①　段崇轩：《90年代乡村小说综论》，《文学评论》1998年第3期。
　　②　路遥：《早晨从中午开始——〈平凡的世界〉创作随笔》，《路遥文集》（2），陕西人民出版社1993年版，第20页。
　　③　王光东：《"乡土世界"文学表达的新因素》，《文学评论》2007年第4期。

桃》等）这些高质量作品的光彩，但对这些高质量作品所具有的思想、艺术价值究竟又该做怎样的认定？某种程度上说，我们认为，90 年代开始转向现实的乡村叙事从百年乡村叙事的整体发展历史来看，它所表现出来的更多的是一种"过渡性"，对这一"过渡性"的文学创作做出一种社会性的理解、分析并不难，难的是对其作出价值（尤其是艺术价值）上的判定。

　　我们在揭示乡村、农民的在社会转型和文明更替过程中历史悲剧命运方面肯定 90 年代以来尤其是新世纪之后乡村小说叙事所表现出来的意义，然而它本身是否有更值得认可和借鉴的思想、艺术价值？纵观近期对于 90 年代以来尤其是新世纪之后乡村小说叙事的研究我们发现，多数研究者对此持否定态度，丁帆在《中国乡土小说生存的特殊背景与价值的失范》一文中在指出了当下乡村叙事面临的"生存的特殊背景"的同时，也指出这种"生存的特殊背景"给作家带来了"极大的价值困惑"，而在《论近期小说中乡土与都市的精神蜕变——以〈黑猪毛白猪毛〉和〈瓦城上空的麦田〉为考察对象》、《"城市异乡者"的梦想与现实——关于文明冲突中乡土描写的转型》等系列文章中，他则直接对作家主体的"价值困惑"所导致的当下乡村叙事"思辨理性"（尤其是"历史和社会的宏观理性认识"）的不足提出了批评，并指出"要在提高作家人文意识的基础上加强他们对历史和社会的宏观理性认识"，使作家能够"用历史的、辩证的理性思考去观察一切人和事"，从而"强化作品思辨理性的钙质"①。施战军在《时代之变与文学之难》一文中虽然表示了对乡村叙事"新变"一种有限度的认可（即他认为当下乡村叙事在表现现实时的"客观化"态度打开了"乡村小说与实在的乡村相洽的通道"），但他同时指出这样一种艺术表现方式"当然也会带来另一面的问题：叙事的力量有所减弱，语势变得相对懒散，思辨的内在力量置换为某种过渡性的原始呈现"，而在进一步的分析中他认为，这样一种艺术表现其实与作家"对新的变化的敏感度和乡村结构的深度探掘上用心用力不够"有极大的关系。② 王光东在《"乡土世界"文学

---

　　① 丁帆：《"城市异乡者"的梦想与现实——关于文明冲突中乡土描写的转型》，《文学评论》2005 年第 4 期。
　　② 施战军：《时代之变与文学之难》，《上海文学》2007 年第 10 期。

表达的新因素》一文中则直接对当下乡村叙事所表现出来的那种"碎片化"、"细节化"的新的美学形式表达了不满,他认为这样一种艺术形式是作家"分裂的历史意识"和"价值判断上呈现出茫然和困惑"的结果,他质疑并强调道:"历史意识的分裂所呈现出的碎片化的现实,是当下文学进入乡村历史、现实的一条有效途径吗?作家历史意识的分裂是社会转型导致现实碎片化而引起的后果,但是在艺术创作过程中作家的历史意识是不能与现实一起碎片化的","作家应有一种超越'碎片化现实'的历史意识、一种人类终极价值的关怀,才能获得对现实的美学表现",因此他同样得出结论认为,作家"应该具有超越现实的思想能力和把握现实的能力",从而不仅仅"呈现'现象'",更能去探索"'现象'之外的意义"①。诚然,这些批评者所指出的当下乡村叙事所存在的诸种问题和不足是存在的,但是他们在探讨问题的原因和解决方法的时候简单或笼统地将作家主体的"思想能力"、"理性能力"置于受批判和被要求的位置究竟是否合适,这显然值得更进一步商榷。陈剑澜便直言:"这涉及一个老问题:文学和文学家是否有义务、有能力和足够的经验支持来履行社会理论和历史叙述的职责?"②

　　受观察视角和评价标准的限制,多数批评者在对当下乡村叙事的"新变"做出一种事实和现象指认的同时,并没有对这种"新变"做出真正积极的、富有的建设性的价值辨析。艺术家毕竟与思想家不同,他的所长不在于"理性",所以我们认为,对作家缺乏历史判断能力的批评着实有些大而无当,尤其是在历史迷向的当下,历史意识的分裂显然并不为作家所独有,它是一种时代性的精神困顿,是整个人文思想界、知识界的普遍的迷思。而对于一直为"现代化"话语所笼占的乡村叙事来说,作家主体的精神困惑却反而使得他们能够复原文学的混沌性从而撇清"观念"、贴近"事实",而这也正是90年代以来的乡村叙事确立其真正的"新质"的基点之一(另外是巨变的现实本身)。因此,正是在这样的情况下我们认为,对于当下的乡村叙事所表现出来的"新变"在作出判断、分析时,批评者首先应该持有一种历史的、开放的态

---

① 王光东:《"乡土世界"文学表达的新因素》,《文学评论》2007年第4期。
② 参见《当代小说中的"乡土"、"方言"与"人性"》,《文艺研究》2005年第8期。

度。在这一点上，陈晓明的观点对我们有很大的启发性——这得益于他在艺术创新和发展问题上一贯的"激进"态度。无论是对阎连科的《受活》、贾平凹的《秦腔》，还是对新近刘震云的《一句顶一万句》的阐释和批评，① 陈晓明都致力于通过这些创作发现当下乡村小说叙事中富有创新性和启示性的新元素，尤其是对《秦腔》的解读，他将自己对当下乡村叙事充满希冀的乐观态度表现得淋漓尽致。在《乡土叙事的终结和开启——贾平凹的〈秦腔〉预示的新世纪的美学意义》一文中，他从乡村叙事历史的宏观角度，看取《秦腔》叙事所蕴含的革命性和创造力，即它不仅以"回到纯粹的乡土生活本身"的叙事方式"表达了乡土美学的终结"，从而使以"现代性文学叙事"为主导的中国乡土叙事的主流历史走向了"终结"，而且以富有"中国本土性特征"的"表意策略"，"展示出建立在新世纪'后改革'时期的本土性上面的那种美学变革"。他称赞贾平凹的文学写作"相比较而言具有比较单纯的经验纯朴性特征，他是少数以经验、体验和文学语言来推动小说叙事的人，恰恰是他这种写作所表现出的美学特征，可以说是最具有自在性的乡土叙事"，所以他称赞《秦腔》说："正是这个破碎的寓言，它使乡土中国叙事在最具有中国本土性的特征时，又具有美学上的前进性。这是中国新世纪文学历经现代主义后现代主义所想要而无法得到的意外收获，他具有更加单纯的中国本土性，但是这样的叙事和美学表现却又突破经典性的乡土叙事的樊篱，它不可界定，也无规范可寻，它展示了另一种可能性——或许这就是新世纪文学在其本土性意义上最内在的可能性。"正是《秦腔》所显示出来的这种极富革命性的创造力，使陈晓明对于当下的乡村小说叙事抱有积极的、乐观期待的态度——"乡土文化崩溃了，消失于杂乱发展的时代，但对其消失的书写本身又构成另一种存在"。②

陈晓明对于《秦腔》的阐释是从现代以来的乡村叙事这一总体历史

① 对《受活》的评价见《墓地写作与乡土的后现代性》，《吉林大学社会科学学报》2004年第6期；对《秦腔》的评价见《乡土叙事的终结和开启——贾平凹的〈秦腔〉预示的新世纪的美学意义》，《文艺争鸣》2005年第6期；对《一句顶一万句》的评价见《"喊丧"、幸存与去历史化——〈一句顶一万句〉开启的乡土叙事新面向》，《南方文坛》2009年第5期。

② 以上均引自陈晓明《乡土叙事的终结和开启——贾平凹的〈秦腔〉预示的新世纪的美学意义》，《文艺争鸣》2005年第6期。

背景出发，力图发现作品本身所具有的特殊意义和价值的，而且难能可贵的是，他竭力对作品的艺术特性做出了充分的分析和肯定，而没有简单地从"思想"抑或"哲学"的角度轻易、笼统地加以判定。当然，在以《秦腔》作为参照对五四以来的"经典性的乡土叙事"做出判断时，文章显得有些论证乏力，然而我们认为这也许正是其"高明"之处，因为力图通过历史的比较来印证当下乡村叙事的思想和艺术价值显然不是明智的——现代以来的乡村叙事即便自身存在着问题（比如对所谓"本然性乡土"的遮蔽），但这并不是我们确认当下乡村叙事思想和艺术价值的依据（或者说主要的依据），因为其"新质"的生长更多的是赖于时代现实本身，或者说"新变"本身与其历史和传统之间的关系并不是像表面上那么简单，所以陈文没有完全以对乡村叙事历史的批判来实现对乡村叙事"新变"意义、价值的确认反而"是比较"明智的。因此我们也认为，基于上面的理由，以及一定时代的文学必然是对于时代现实的一种反映，对 90 年代以来乡村叙事意义和价值的确认更主要地应该是从其与时代现实的连通、接洽这一层面上进行，与此同时还应该在与（乡村叙事的）历史和传统的比较中分析"新变"的成色（即"新变"是何种意义上的"新变"，其中又包含着怎样的沉疴与痼疾），从而对其意义、价值进行真正有说服力的判定。因此，在对 90 年代以来的乡村叙事"新变"做出批判性审视时，我们侧重思索和追问的是：它是否有力地、有创造性地介入了它所面对的乡村现实？在阻碍作家和当下新的乡村现实相接洽、连通的力量中，哪些是惯有的或常有的？正是基于这样的追问，我们认为，对于 90 年代以来的乡村叙事研究来说大致有以下三个方面的工作需要用力：首先是现象辨析和价值（尤其是艺术价值）确认；其次是进行历史的、文化的、心理的深度分析；最后可能的话，从未来发展的角度做出某种预测或者指引。

而当我们以这样的观念和思路首先对当下 90 年代以来的乡村小说叙事研究进行审视时，我们发现其存在以下几个方面的缺憾和问题：

第一，没有对 90 年代以来的乡村小说叙事"新变"的价值（尤其是艺术价值）进行充分的确认。研究者一般都指出了 90 年代以来乡村叙事的"新变"，以及这种"新变"在整个乡村叙事历史发展过程中的"过渡性"，但是没有对这种"新变"本身进行积极的、有创见的价值

（尤其是艺术价值）确认，他们在指认这种"新变"的时候更侧重于从社会历史批评的角度分析其表现、成因，即"是什么"、"为什么"，但却往往有意无意地忽略对其做真正的艺术品质分析，即"写得怎么样"。

第二，对"新变"进行思想价值确认的时候往往拘泥于对"问题"和"不足"的表层理解，从而仓促定论，缺乏一种细致的历史、文化和心理的考察与分析，进而也就在如何解决这些"问题"上难以提出真正切实有效的见解和思路，要么就事论事或大而无当地止于否定和批判，要么将对问题的研究最终引向一些无法得到答案的"老问题"。

第三，因为对"问题"缺乏有力的分析，所以无法对"新变"做出很好的预测和指引，比如许多研究者都认为，当下的乡村小说叙事对传统乡村小说叙事来讲意味着某种意义上的"终结"，但是对"终结"之后再"开启"方面却缺乏探讨。

正是在这样的背景之下，本研究的展开主要围绕着对 90 年代以来乡村叙事"新变"这一现象的认识，侧重从文学与社会现实的关系、创作过程中作家的心理和文化人格等因素入手，力图对"新变"的思想价值和艺术价值进行分析和确认，同时在这种因素分析、价值分析和历史性梳理的基础上，对五四来的乡村叙事在 90 年代之后所发生的这种显著变化做出较为深入的评析。

本书主要运用的是社会历史批评的方法，同时兼以文化学、心理学的考察。而在研究对象（即作品）的选取上，不局限于长篇、中篇或者短篇小说，而是以"质"（即自身的思想艺术水准、对论题的说明能力）为凭，当然这样阅读量也便陡然增大，因为 90 年代以来乡村小说创作数量确实十分庞大，鉴于此，笔者在阅读上也不得不有所侧重——基于与论题（"新变"）的相关程度，对 90 年代末和新世纪之后的作品进行了全面阅读，90 年代中前期和之前的作品则有一定的舍取，这也是一个不大不小的遗憾。

第一章

嬗变：90 年代以来乡村
叙事的主题、艺术分析

第一节　解体：在"现实"与"观念"之间

20 世纪 90 年代乡村小说叙事引人注目的特点是向"现实"的复归，尤其是以刘醒龙、关仁山、何申、谭文峰、陈源斌、张继等为代表的一大批中青年小说作家，他们以强烈的现实热忱关注和表现了中国农村在新的社会历史条件下纷纭复杂的现实状况，尽管从整体来看，这些描写当时乡村现实的小说创作可能尚算不上当时绝对的主流，但作为继 80 年代先锋和"新写实"小说之后，更具当下意识的一股新的小说创作潮流，再加上文学评论和传媒的刻意宣传、推介，它毕竟对当时的文坛乃至整个社会都带来了不小的冲击。而与此同时，在已成名的乡村题材小说创作者那里，对乡村现实状况的反应却似乎没有那么灵敏，以莫言、韩少功、贾平凹、陈忠实、张炜为例，在他们此间所创作的具有代表性的作品中，创作主体的历史、文化和哲学观念表达依旧处于支配性的地位，从某种角度来讲，他们是在完成着 80 年代"文化寻根"未竟的历史使命。两种不同的创作取向构成了 90 年代乡村小说叙事的整体，但从长远来看，关注现实的创作显然预示且代表了未来一段时期乡村小说叙事发展的主流，因为"现实"的复归不是出于偶然，而是时代和社会历史形势以及文学自身发展规律共同作用下的一种必然。

一　"现实"的复归

大约从 1994 年开始，一度沉寂的小说界喧闹起来，以关注现实为特征的一股小说创作潮流在文学界的鼓吹和推动下逐渐发展起来，尤其是 1996 年左右，以湖北作家刘醒龙和所谓河北"三驾马车"的关仁山、何申、谈歌为代表的"现实主义冲击波"① 小说的出现，可以说将这股现实主义创作潮流推向了高潮。无论当时还是现在，对 90 年代"现实主义冲击波"为代表的现实主义小说创作的评价始终存在争议，肯定者赞其介入现实的社会责任感和勇气，批评者则谴责其缺乏"人文关怀"、"历史理性"以及创造性的艺术形式（主要是针对"现实主义冲击波"）。② 其实这种或肯定或否定的评价多是源于静态的观察，而若以一种历史的发展眼光来审视，也许我们能对这股小说创作潮流做出更深刻的理解。具体到我们这里所谈论的乡村题材的"现实主义冲击波"小说创作而言，我们所关心的不是他们究竟写得怎样，而是看他们作为一个文学创作潮流为何会出现，他们的出现究竟意味着什么？

尽管有人曾将"现实主义冲击波"小说和 80 年代改革小说作类比，并指出其情节和人物设置方面的相似，但显而易见的是，二者无论在主题还是情感上都存在着较大的差异：改革小说属带有理想和浪漫色彩的现代性叙事，而"现实主义冲击波"小说则更具"新写实"特征，其"原生态"特点特别鲜明，对乡村尤其是市场经济条件下乡村严峻复杂的现实的表现，无论从广度还是琐细程度上来看都达到了改革小说所不曾达到的程度。然而，这是不是说刘醒龙、何申的作品比 80 年代何士光、王润滋的作品更能反映乡村现实？显然不能作如此简单的理解，我们只能说，从实际的情况来看，90 年代的乡村现实较之 80 年代已经发生了较大的变化，而不同时代文学的差异——在相当大的程度上——正是这种时代差异的反映。

90 年代是中国改革开放全面深入的阶段，市场经济体制的逐步建立和完善从整体上推动了整个国民经济的发展，但与此同时随着改革的深入，各种各样的社会矛盾和问题也开始大量出现，城市有下岗失业问题、流动人口问题，而在农村，人口和土地、土地和粮食、粮食产量和价格、乡镇企业和市场、农民和基层权力组织等各种矛盾、问题层出不穷，农村的发展此时已进入了一个极为艰难的时期。可以说，"现实主

　　① 参见雷达《现实主义冲击波及其局限》，《文学报》1996 年 5 月 24 日。
　　② 童庆炳、陶东风：《人文关怀与历史理性的缺失——"新现实主义小说"再评价》，《文学评论》1998 年第 4 期。

义冲击波"小说正是这一时期乡村艰难现实的产物，这一点可以从两个方面来深入理解。首先是从作家身份来看，"现实主义冲击波"作者基本都与乡村保持着切近的距离，有的甚至就是直接从事农村工作的基层干部，和那些专业的、功成名就的作家相比，他们更了解乡村的"当下"和现实，而且他们自己也有意识地将这种"当下"和现实作为自己创作的出发点。何申说，"我靠什么去写农村？答案很简单，就是利用一切条件去了解下面的种种实情"，据他自己讲，整个 80 年代的十年里他几乎"跑遍了承德四万多平方公里的大小山川"。① 刘醒龙也说，"世界上没有什么学问比生活本身更深刻"，在现实生活面前自己坚决不做那种"隔岸观火者"。② 而之所以如此，除了作家自身的文学价值观念使然外，更重要的是乡村现实本身的严峻性——它已经到了让人无法再回避的程度。而这也直接牵扯我们这里所要讲的第二个方面，即"现实主义冲击波"小说对乡村现实所作的事无巨细、琐碎不堪的描写本身便反映了当时乡村现实的严峻，及其对作家本人所造成的巨大的压力，如某些评论者所批评的"对现实的妥协"其实正好从侧面反映出了"现实主义冲击波"小说所直面的那种乡村现实的巨大。

当然，文学思潮的演进一方面是时代变迁的反映，另一方面也有文学自身活动规律方面的原因使然。"现实主义冲击波"小说的出现不仅是 90 年代中国社会现实发生变化的反映，而且也是文学思潮内部的一次反拨，一次文学在新的社会形势下求得自身更好的生存的策略调整。"现实主义冲击波"以现实主义作为其创作的基本形式，这是对 80 年代以先锋小说为代表的形式主义创作倾向的反拨，这种反拨从"新写实"已经开始，但是"新写实"的反拨囿于其过于强烈的针对意识和创作者难以泯灭的形而上理想，其仍旧属于"纯文学"③ 内部的角力，这从方方和刘震云的作品中便可以看得非常清楚，方方自始至终都没有放弃她内在的现代主义写作立场，而刘震云在"故乡"系列中则直接堕入

① 何申：《为了心中那份实情》，《北京文学》1997 年第 9 期。
② 刘醒龙：《仅有热爱是不够的》，《当代作家评论》1997 年第 5 期。
③ "纯文学"概念存在颇多争议，大致来说有三种，第一种是与古代"文学"概念相对的现代独立的文学学科观念；第二种是指与工具论文学观相对立的自律的审美的文学观；第三种是与商业文化相对抗的文学观。参见 http：//baike．baidu．com/view/231．htm？fr = ala0＿1，此处指第二种。

了后现代主义的叙事实验。"现实主义冲击波"则是对整个"纯文学"的反拨，它带有比较鲜明的"问题小说"的性质，而又兼具"新写实"的风貌，它既是"新写实"对"先锋"小说反拨的继续和深入，同时也是对"新写实"本身的反拨。这种反拨主要体现在创作主体对现实的介入方面打破了"新写实"那种"零度情感"式的叙事姿态，表现出了强烈的人道主义的悲天悯人情怀，其鲜明的道德倾向是"新写实"所不具备的。而这一反拨是如何发生的呢？从更根本的角度来看，这其实是文学活动在变化了的社会形势下的一种生存表现，众所周知，对作者抑或文学传播媒介来说，在市场经济条件下，"消费"和"市场"的压力与诱惑是无法回避的，这就势必要求文学打破自己那种"纯文学"的高蹈姿态，去考虑平民、大众，增强自身的当下意识和现实性，可以说，在"现实主义冲击波"的发生、发展过程中，文学传媒（尤其是文学期刊）的运作是起了巨大的作用的，而作家本人也在这种运作和包装中乐得其利，这背后所包含的隐秘的作用力其实综合看来就是一种生存的压力。

　　仅仅从现实和生存的角度来解释以"现实主义冲击波"为代表的这股现实主义小说创作潮流的出现显然是不充分的，而现实生活的变化虽然更根本也更具决定性，但它只是更为宏观而深远的背景因素，更直接地起作用的其实是时代的精神气候。90 年代随着中国市场经济"商品化"的日益加剧，个人主义和实用主义开始主宰公众的伦理和价值观，由此带来的金钱（物质）至上、道德滑坡状况令人担忧，人文知识界疾呼"人文精神的失落"，并试图以精英主义的批判姿态在整个社会范围内唤起对超越性精神价值和信仰的热情，虽然一场"人文精神大讨论"最终在喧嚷和争议中不了了之的结局不过更印证了一个多元主义时代的来临，但它的出现和引起争议本身委实能代表当时社会思想领域的一种较为普遍的忧思。在这样一种精神气候下，文学界开始有有意识地提倡"人文关怀"和"现实主义"，90 年代的"现实主义冲击波"创作可以说正是对这种精神吁求的呼应，而当时与"现实主义冲击波"一同打出的其他小说旗号，诸如"新新闻"、"新状态"、"新体验"、"新市民"、"新都市"等，它们所宣扬的共同的一点就是关注当下、现实，侧重强调文学对现实的反映功能，就其关注现实的热情和介入当下的要求，以及所持的较为普遍的人文立场，有论者甚至干脆主张直接对其冠以"人文现实主义"的称号。①

从时代现实（包括精神气候）和文学活动自身两方面，我们分析了"现实主义冲击波"小说出现的必然性，显然，这种必然性最根本地还是在于社会现实所酿就的时代环境方面。90年代以至新世纪以来中国现代化程度加剧这一巨大的现实，必然导致人文精神领域（包括文学）的各种变化，文学只是反映了时代。而"正是在文学对急剧变动的社会环境的最初反映中，恰恰可能孕含着此后一个相当长的历史时期的成长素质和发展趋势"，"九十年代的中国建设社会主义的市场经济，小而言之，是建国以后的经济从计划体制向市场体制的全面转型，大而言之，则是中国从传统的农业社会向现代的工业社会的一次历史性的跨越。这样巨大的历史变动，不论从哪个方面说，都将把中国文学带入一个全新的历史时期"②。从90年代以及新世纪文学的发展状况来看，这一预言正在被证实。而作为较早出现的这股现实主义创作潮流，就其对这一巨大（广阔而漫长）的现实的反映的敏锐性和局限性来看，它明显带有一种"开风气之先"的特征。

首先，以刘醒龙、何申等为代表的"现实主义冲击波"小说对90年代中国乡村现实的书写是富有冲击力的，他们所反映的一系列现象和问题可以说正是当时中国乡村在经济转型时期真实而严峻的现状，但是他们的这种反映大多还止于现象的描述，尚不够深刻。例如，他们所反映的这些"问题"基本上限于乡村的"物质"层面，而我们较少见到那种有意识地深入乡村精神伦理层面的书写，少数作品——比如张宇的《乡村情感》、谭文峰的《走过乡村》等——虽然涉及了乡村精神伦理的变迁，但这种"涉及"因为作者过于外化和鲜明的情感道德取向而丧失了往更深刻的层面发展的可能。和80年代路遥、贾平凹等的乡村"改革小说"（比如《人生》、《浮躁》）相比，刘醒龙等人的创作更带有社会"问题小说"的特征，而缺少前者那种更深刻而广阔的人性和历史观照视阈，一种较为开阔的精神向度的缺乏也直接影响到了作品的

---

① 於可训：《小说界的新旗号——人文现实主义》，《文学评论》1996年第2期。

② 同上。

思想品格和艺术品格——对于"现实主义冲击波"小说的批评也基本上是从这两个方面展开的。这样一种思想和艺术上的局限其实完全可以看做是一种创作上的急切情绪的体现，从文学与现实生活关系的角度来看，这样一种急切情绪，倒往往是文学反映巨变了的现实时的一种初期的、必然的特点。联系五四时期冰心、王统照的"问题小说"创作，以及新时期之初的"伤痕"、"反思"小说，这一点并不难理解。所以，在对乡村题材的"现实主义冲击波"小说作出评价的时候，我们也便不能不对其所反映的那个巨大的时代现实保持足够清醒的认识：90 年代的乡村破败是乡土中国现代化进程加剧的必然结果，而这一进程对乡村乃至整个社会的影响之巨大是自不待言的，因此对这一现实的反映也必然不是一个短暂的过程。90 年代的"现实主义冲击波"小说仅仅是这个反映的开始，它的急切或许可以看做是源于察觉"事件发生"时的一种慌乱，而可以预见的是，这种慌乱在更长的历史发展过程中必将会被一种更绵延而深广的历史情绪所替代。

　　除此之外，我们还可以从作品所体现出来的"观念"和"现实"之间的关系角度来观察"现实主义冲击波"的这种"初期"特征。这里的"现实"指的是外在于作品的现实本身，"观念"则是指通过作品体现出来的作者对于这一现实所作的理解。从整体来看，"现实主义冲击波"小说对乡村的书写透出一种痛苦和无奈的情绪，这从作品主人公的形象特点上就能够看得出来，这些人物——不管是基层干部，还是普通群众——都苦苦辗转于矛盾纠结的现实中而身心俱疲，他们都属于那种挣扎在"灰色生活"中的"灰色人物"，这充分体现出乡村现实给作家带来的那种令人窒息的压迫。但是即便如此，作家依然没有放弃"解释"这种"现实"的冲动，他们以忧愤的笔墨描写当时现实"艰难"的同时，并没有忘记倡导和呼吁"分享"这一"艰难"的现实，"分享"所体现出来的意识形态功能正是建立在这样一种对现实的理解之上："艰难"是可以化解的，它是暂时的。一方面是"现实"所造成的感性上的颓唐情绪，另一方面是理性上对现实进行解释和超越的冲动，两者之间的冲突造成了"现实主义冲击波"小说双重的表达困境：力图客观地描写"现实"却又因"解释"的冲动而不能深刻地反映"现实"令人绝望的本质，试图为"现实"寻求"解释"却因为"现实"

的难以"解释"而流于浅薄和自欺。也就是说，在"现实主义冲击波"小说中，"现实"尽管已经凸显但还没有达到完全压倒"观念"的程度，而文学对于乡土中国这一现实的反映，正是一个"现实"凸显、"观念"萎缩的过程，"现实主义冲击波"小说所表现出来的所有特征其实都可以看做是这一反映过程的初期性表现。

二　"观念"的遗存

从总体上来看，90 年代的乡村小说叙事正是处于这样一种"现实"凸显而"观念"尚存的历史阶段。虽然以"现实主义冲击波"为代表的乡村小说写作已经开始瞩目乡村"现实"，但就其自身的那种"初期性特征"来讲，毋宁说它所表达的只是正在巨变的乡村现实给人的内心所造成的一种直觉的痛感，尚未上升到真正理性的宏观认识层面。90 年代的现实主义乡村小说创作者大都是关仁山、何申、刘醒龙等这样的青年作家，他们正处于创作生涯之初，心灵最敏感而"观念"相对单薄，因此他们也成了一个新的历史时期来临时最先被"选中"的一批。而与此同时，其他一些作家——尤其是那些成名的乡村小说作家——却似乎是"落伍"了，莫言、贾平凹、陈忠实、韩少功、张炜……尽管他们正在呈现着也许是整个 90 年代（甚至整个新时期以来）乡村小说最有分量的叙事表达，但不可否认的是，他们的表达并没有贴近那种正在日渐巨大起来的乡村"现实"：从时间维度上看，他们放弃不了对"历史"的眷顾；从空间维度上看，他们更回避不了对"文化"的热忱；从心理维度上看，他们也就必然地在展示个人文化心理和道德姿态方面表现得"孜孜不倦"——这都使得他们不由自主地远离了那种具有当下性的乡村现实，而表现出一种超越性。而他们笔下的"乡村"也便不是当下意义上的乡村，而是更抽象、更具有普泛意义的"文化"的乡村。

当然，即便是这样一种"观念"式的表达，在 90 年代的语境当中，也已经表现出了一种相当明显的溃散和多元状态。比如在对待历史的态度方面，同样是对"红色经典"式正史的改写，莫言显然和陈忠实不同。莫言侧重的是本体意义上的"生命"在"历史"中的价值和意义，在《丰乳肥臀》中，莫言的文化立场是"民间"式的，他是站在以上官鲁氏和上官金童为代表的生命个体的立场和角度来叙述历史的，他们身处"民间"，但更游离于任何具有规约性的历史力量（包括所谓"民间"）之外，莫言选取他们作为观察和体验历史的角度，正是想借此获取一种历史之外的眼光，发现所谓历史的"真实"。而陈忠实在历史叙事中却突出展现了人性在历史中的作用和影响，《白鹿原》中革命和政治（甚至文化）对于历史的建构最后都消解于性、贪欲、暴力的侵蚀，万般俱灭的大结局透出苍凉的"末世"意味，那种强烈的历史宿命感的背后埋藏着的其实是对人性之复杂的深刻洞悉。

在90年代的乡村小说叙事当中，莫言和陈忠实可以说是"历史"兴趣最为浓厚的两位，这种"历史"的兴趣不仅仅表现于作品的题材，更主要地反映在他们对于"历史"和历史叙事的价值定位上。陈忠实说，"我过去的中短篇小说几乎全部都是关注现实生活变迁的作品，只有《白鹿原》是写历史的，但即就是《白鹿原》，也是反映以往五十年的我们这个民族的发展历程，充分再现那个时期的社会秩序和人的心理秩序变化所造成的人的各种精神历程，或者说是力争表现我们民族在那五十年的历史进程"。[①] 也就是说，陈忠实对"历史"是一种明确的功利化的实用主义定位，即"历史"的意义是建立在"现实"基础上的，这样一种社会学史观也决定了他对于"历史"的展现虽然在具体实践过程中遭遇到了内在的观念和价值方面的困惑，但在形式上却依然采用了虽有借鉴和吸收但仍较为传统而严正的现实主义的表现方式。而莫言却不同，他从来没有对"历史"寄予过多的现实性期待，所以他的"历史"总是显得那么摇曳多姿，他在其历史叙事当中所看重的不是"历史"，而是"叙事"。在谈到《丰乳肥臀》的写作时，他说："通过对这个家族的命运和对高密东北乡这个我虚构的地方的描写，我表达了我的历史观念。我认为小说家笔下的历史是来自民间的传奇化了的历史，这是象征的历史而不是真实的历史，这是打上了我的个性烙印的历史而不是教科书中的历史。但我认为这样的历史才更加逼近历史的真

---

① 陈忠实：《〈白鹿原〉获茅盾文学奖后问录》，《〈白鹿原〉评论集》，人民文学出版社2000年版，第418页。

实。因为我站在了超越阶级的高度，用同情和悲悯的眼光来关注历史进程中的人和人的命运。"① 显然，莫言所言的"历史的真实"并非通常意义上的"真实"，而是一种文学真实，即基于生命和人类最基本的生存、爱、欲的真实，一种穿越历史的迷障直逼人类生命本质的真实，而实现这种"穿越"的正是文学。然而不管是经由文学"以史鉴今"，还是通过叙事以穿越历史"逼近真实"，以陈忠实和莫言为代表的90 年代的历史叙事，从其鲜明的文化反思和"寻根"意图来看，其都仍旧属于 80 年代以来未竟的现代性叙事。这样一种叙事不是立足于更为具体的"现实"和"乡村"，而是立足于"民族"、"人类"、"文化"等此类更为宏观、抽象的"现实"，这种叙事对于 90 年代日渐萌生并壮大起来的切近当下性现实的乡村小说叙事来说尽管是颇具启发意义的，尤其是从长远来看，前者更应该是后者的坐标和起点，但回到 90 年代的历史现场来看，这一历史叙事显然并没能扣紧当时已经变化且继续变化着的社会现实，它是前一历史阶段文学叙事的强音，而不是新声和起点。

与陈忠实、莫言观照"历史"的方式不同，韩少功和贾平凹对乡村的书写则直接着眼于更具超越性、抽象性的文化层面。韩少功的《马桥词典》选取"语言"作为乡村叙事的起点，通过"方言释义"的方式，展示蕴藏在语言背后的地方文化、风俗民情、价值观念和思维方式，以此完成了一种对"非普通话化或者逆普通话化的过程"的展示，按照作者自己的说法就是，"词是有生命的东西。它们密密繁殖，频频蜕变，聚散无常，沉浮不定，有迁移和婚合，有疾病和遗传，有性格和情感，有兴旺有衰竭还有死亡"，他就是力图用一本书来"发现隐藏在这些词后面的故事"，以激励对一种日渐"普通话化"的现实的"警觉和抗拒"②。小说写的是"马桥弓"这一地方，写到了它的历史和现实，写到了在"语言"背后所隐藏的那些丰富的乡村内容，但"方言释义"的方式本身首先便意味着一个"词语"的筛选、甄别过程，而这种"释义"囿于作者明确而强烈的文化反思意图也不可能不对人物、事件进行剪裁和加工，这样一个双重的处理过程最后产生出来的"马桥"

---

① 莫言：《我的〈丰乳肥臀〉——在哥伦比亚大学的演讲》，《恐惧与希望：演讲创作集》，海天出版社 2007 年版，第 42 页。

② 所引均参见韩少功《马桥词典·后记》，人民文学出版社 2004 年版。

显然已经与真实的乡村拉开了距离，例如，餐风饮露不食人间烟火的
"四大金刚"之一的马鸣、马桥人略显矫情的"晕街"明显都出于作者
的杜撰。可以说，"马桥"虽然依旧保有乡村最基本的物理性特征，但
实际上作为乡村本体的"马桥"整体上已经被功能化、虚化了，它成
为一个具有文化反抗功能的符号，一个具有确定意指的意象。与《马桥
词典》相似，贾平凹的《高老庄》对"乡村"的处理也带有极强的功
能化和意象化特征，在《高老庄》中，贾平凹充满矛盾的文化心态尽
显无遗，小说充分写出了作者在传统与现代、乡村与城市之间那种一贯
的情感和价值选择上的困惑和游移。贾平凹曾经说过："乡村曾经使我
贫穷过，城市却使我心神苦累。两股风的力量形成了龙卷，这或许是时
代的困惑，但我如一片叶子一样搅在其中，又怯弱而敏感，就只有痛苦
了，我的大部分作品，可以说，是在这种'绞杀'中的呼喊，或者是
迷惘中的聊以自救吧。"① 在小说中，高老庄、西京是作为异质的文化
空间被塑造的，高老庄地处偏远，且人种也都是子路那般的"矮体短
腿"形态，与之相应的西京却盛产西夏那种"大宛马"式的"优良品
种"，子路和西夏的结合本身便寓意深长，而子路的"返乡"到"离
乡"与西夏的"排斥"到"留守"更寓示了两种异质文化形态之间的
映照和互补。作为对一种观念的表达，小说是非常清晰的，它试图对
"困惑"做出一种尝试性的解答，虽然贾平凹说自己"怯弱而敏感"，
而且"怯懦"和"敏感"确实也使他紧贴了丰富而实在的生活现实，
但是尝试解答的努力却依旧令小说在总体上显出十分明显的观念化特
征。他说："我的初衷里是要求我尽量原生态地写出生活的流动，行文
越实越好，但整体上却极力去张扬我的意象。"② 在这里，对待现实生
活的态度直接决定了对于艺术的选择，无论作者说自己多么"困惑"
和"痛苦"，现实生活在他这里明显尚处于一种可认识、可把握和可操
控的状态，因此在这种整体与细节、写意与写实的巨大张力中，观念与
现实、理智与情感之间的矛盾也就表现得异常突出，而贾平凹的可贵之
处也正在于他没有急于化解这一矛盾，而是守住这种矛盾以及其带来的

① 李遇春、贾平凹：《传统暗影中的现代灵魂——贾平凹访谈录》，《小说评论》2003 年
第6 期。
② 贾平凹：《高老庄·后记》（评点本），长江文艺出版社1999 年版。

那份困惑和痛苦。

与贾平凹持守自己的困惑和痛苦形成对照，张炜则仿佛根本没有遭遇这样一种困惑和痛苦。张炜 90 年代的乡村叙事是以现实作为其出发点的，但这种"现实"并非乡村的现实，而是当时整个社会的现实，具体地说是 90 年代日渐物化、功利化的中国社会现实。这是一种广泛化的现实，而且它更多的是作为一种背景因素而发生作用的，张炜曾这样谈到他这个时期的创作："《柏慧》前前后后的作品，也许是我一个时期里重要的、成功的作品。它们产生在一个特殊的时期，所表达的激愤让人不太习惯。其实仅仅是激愤也还不够，对应一个时代那时的人会有什么心情，只有当事人才会知道。"①《九月寓言》和《柏慧》中其实都不同程度地写到了乡村遭受现代文明的挤压和破坏这一现实，但就总体来看，它们在作品中的分量是不足道的，因为作者的叙事重心根本不在于此，乡村的颓败只是物化现实的一部分，这种现实所引起的"悲愤"，以及这种"悲愤"所引起的更具悲壮色彩的"拒绝"和"牺牲"才是作者全部叙事的重心。在《家族》中，作者通过塑造宁珂、宁家的后人"我"、"我"的导师朱亚等为代表的革命者和知识分子形象，写出了一种忠于理想和信仰的殉道精神是如何在历史与现实当中被秉持和传承的。而作为姊妹篇的《柏慧》则在此基础上，将这样一种"殉道"精神进一步发展成为一种"逃离"式的"坚守"，主人公"我"依然是宁家的后人，他从受迫害的家庭到大山，从大山到地质学院，再到研究所、杂志社，最后到达平原海边的葡萄园，这是一个不断逃离的过程，这种逃离不是"屈服地撤退"，而是积极的选择，"离去是必须的，它恰恰源于一种渴望"，"我不害怕什么，我只渴望有效地加入"，正是因为"渴望"和"加入"，逃离才成为了一种"坚守"。而乡村（平原、葡萄园）正是他的坚守之地——它是作为一种精神的象征和源地出场的。也就是说，从出发点上来看，张炜的叙事并不是（或不仅仅是）基于乡村的，而在写作过程当中，他更没有将乡村——将当下的具体的乡村现实——作为真正的描写对象。这样，他笔下的乡村也就不可能具备太多的现实特征，无论平原还是葡萄园，它们都是作为最后的

① 张均、张炜：《"劳动使我沉静"——张炜访谈录》，《小说评论》2005 年第 3 期。

"家园"和"归宿"在"寻找"和"逃离"的终端出现的，而张炜的全部叙事也都是在极力展现这样一种对"家园"的"寻找"和找到之后的"陶醉"。在《九月寓言》中，乡村的物事——瓜干、煎饼、打老婆、忆苦——被反复地咏叹，它们仿佛出自梦幻；而《柏慧》虽然也略略写到了乡村现实，但其功能却不在彰显自身，而在突出一种"声音"和"立场"。张炜在这里实际上完成的是将乡村由实向虚、由客观向主观的转换，乡村最终也就被道德化、象征化（虚化）了。张炜对这种写作是满意的，不仅满意，而且自信、骄傲，他说："在我投入的原野上，在万千生灵之间，劳作使我沉静。我获得了这样的状态：对工作和发现的意义坚信不疑。我亲手书下的只是一片稚拙，可这份作业却与俗眼无缘。我的这些文字是为你、为他和她写成的，我爱你们。""因为我在很大程度上摆脱了生命的寂寥，所以我能够走出消极。我的歌声从此不仅为了自慰，而且还用以呼唤。"① 在这里，现实所激起的那种"愤怒"（这是一种痛苦）虽然表面上看起来并没有平息，但是实际上，在那种难以掩饰的道德优越感和自我陶醉中，它已无法再激发起更富有创造力的激情了。张炜倡言要"融入野地"，像一棵树那样抓紧脚下的泥土，但他不曾想到的是，"融入"其实正是一种丧失，而作为"一棵树"，他已无法体味到一种源于自我内在心灵的挣扎与痛苦了。

90年代的乡村小说叙事就是呈现以这样一种分裂的状况："现实"正在凸显，而"观念"尚存。然而即便"观念"，其本身也已经显出一种多元溃散状态，陈忠实、莫言、韩少功、贾平凹、张炜，作为90年代乡村小说叙事最优秀的代表，他们的创作尽管在主题以及文化态度上有所不同，但在总体上却都表现出一种对于"现实"的偏离，然而这种"偏离"毋宁说是一种深究，即在文化或其他更高层次上对乡村乃至民族命运的一种观照和思考，只是这种"深究"在90年代日渐巨大起来的现实面前显得有些抽象化和空泛化罢了。"现实主义冲击波"创作正是在这样一种背景下确立起自己的意义：它直面了日渐巨大起来的现实，并不惜以一种粗糙甚至浅显的表达仓促地介入了这种现实。也因此，"现实主义冲击波"

① 张炜：《融入野地（代后记）》，《九月寓言》，春风出版社2003年版，第315、311页。

小说更多地具有一种现象意义或者说文学史意义，而"深究"对于文学艺术本身（甚至包括现实）来说却是一种更必然也更具深远意义的努力。因此对于90年代陈忠实、莫言、贾平凹等的乡村小说创作来说，他们尽管在日渐巨大的现实面前表现出了程度不同的"偏离"，但他们在更高层次上的"深究"努力却标示了一种高度，同时也为继后的乡村小说叙事创造了一种多元而开阔的精神和艺术空间。当然，对于这些当时即将或已经步入中年的作家个人来讲，90年代是他们的创作进入成熟并期待新的突破的时期，早年乡村生活的积累加上80年代"观念"和"方法"的洗礼，使他们旧有的乡村经验在90年代已经得以相对完整且较高水平的展现，进一步的突破已成必然，何况又正面临了一种正在巨变的生活现实！在这种情况下，态度决定一切，是开放还是保守，是趋向"现实"还是固守"观念"，将直接决定他们今后创作的命运。

第二节　凝聚："新美学"的诞生

随着社会转型的加剧，90年代中国乡村小说叙事的"现实转向"也日趋鲜明起来，这一转向是与作家介入现实的主体意识的增强密切相连的，作家关仁山就说过，"中国是个农业大国，中国农民的生存状态和命运一直是我所关注的"，"不说我们有多高觉悟，不说文学功能大小，但有一点是无疑的。我们以关注这些社会问题反映人民呼声，是不会错的"[①]。这种强烈的关注现实的社会责任感，随着21世纪之后现实变动的加剧，进一步催化和壮大了90年代便已产生的这股关注当下乡村现实的叙事潮流。在促成文学动变的诸要素当中，"现实"始终是第一要素，而一种与众不同的"现实"一旦引起作家的注意，表达便具有了主动性。21世纪以来的乡村小说叙事便是如此，而体现这种表达的主动性最明显的，莫过于"底层叙事"[②]的兴

---

① 关仁山：《我们共有一个家》，《当代作家评论》1997年第2期。

② 文学界近期"底层"话题讨论的热烈展开，约始于《上海文学》2005年第11期发表的南帆、毛丹武、练暑生等人以《底层经验的文学表述如何可能？》为题讨论文章。而人文知识界的关注约从20世纪90年代末廖亦武的《中国底层访谈录》系列开始，到2004年《天涯》杂志的"底层与关于底层的表述"专栏，"底层"概念逐渐进入文论领域并成为受关注的一个重要命题。

起。从90年代后期开始，广西作家鬼子陆续推出了他的"瓦城三部曲"（《被雨淋湿的河》、《上午打瞌睡的女孩》、《瓦城上空的麦田》），这可能是近二十年最早有意识地书写"底层"（包括乡村"底层"）的作品之一。而进入21世纪之后，这种对现实尤其是"底层"化现实的书写已逐渐成为乡村小说叙事的主流，韩少功、贾平凹、李锐、迟子建等都开始瞩目乡村"底层"，文坛甚至涌现出一批专事"底层写作"的创作者，如孙慧芬、陈应松、罗伟章等。最让人感到惊讶的是另外一些原本并不擅长乡村题材或者说对乡村题材创作并没有特别兴趣的作家——比如曾经的先锋作家李洱和"女性主义小说"的代表作家林白——也开始将关注的视角转向了乡村以及"底层"化的乡土中国现实。林白在她写于2004年的长篇小说《妇女闲聊录》的"后记"中详细地描述了自己的这种"转向"：

> 多年来我把自己隔绝在世界之外，内心黑暗阴冷，充满焦虑和不安，对他人强烈不信任。我和世界之间的通道就这样被我关闭了。许多年来，我只热爱纸上的生活，对许多东西视而不见。对我而言，写作就是一切，世界是不存在的。
>
> 我不知道，忽然有一天我会听见别人的声音，人世的一切会从这个声音中汹涌而来，带着世俗生活的全部声色与热闹，它把我席卷而去，把我带到一个辽阔光明的世界，使我重新感到山河日月，千湖浩荡。①

因为耽溺于"纸上的生活"而处于"世界之外"，而忽然有一天当现实的世界"汹涌而来"，"我"便开始"听见别人的声音"，这不正是现实日渐巨大，从而催逼作家突破"观念"、突破狭小的"自我"，走向"辽阔"而"浩荡"的外在世界的过程？林白的话正是对这一过程的坦白。正是这样一个在"现实"和"表达"间并不隐秘的作用过程，使得这股以关注乡村当下现实为基本特征、以"底层叙事"为突出代表的乡村小说叙事潮流在新世纪之后日渐发展成为乡村小说叙事的主

---

① 林白：《后记一 世界如此辽阔》，《妇女闲聊录》，新星出版社2008年版。

流，并在总体上呈现出一种新的美学特征：从叙事内容上来看，它书写的是当下乡村的颓败形态；从叙事情感上来说，它呈现的是一种家园将永逝的迷惘和悲哀；而从形式和语言的角度来看，它将上述内容和情感出之于一种细节化、碎片化的后现代美学样式。下面我们具体来看。

一　"颓败"："后改革"时代的乡村景观

改革开放之初，经过了对新中国成立后以至"文化大革命"极"左"路线的反拨，文学对"伤痕"的揭露和对历史的"反思"也开始自然而然地被导入对现实中国的书写，改革文学正是在新意识形态的鼓舞之下开始致力于勾画一种全新的、具有"进步"前景的中国社会图谱，然而何士光、高晓声、路遥、贾平凹、王润滋等作家当时在描写改革和进步的同时其实也颇为敏锐地触及了"改革"背后所隐藏的那种理想与现实、精神与物质、道德和历史的尖锐冲突，从而展示了现代化变革给传统乡村带来的巨大冲击。但是，总体来看，冲击所造成的痛苦并未导致"失落"，因为它本身便是一种理想高扬而现实掣肘的"浮躁"和"焦虑"，这种"浮躁"和"焦虑"源于"改革"现代性的诱惑和吸引，因此高加林和金狗们悲剧性的命运遭际非但没有让人感到绝望，反而彰显了一种不可逆转的"断裂"和"进步"。改革文学风起云涌的年代是全国上下"现代化"热情高涨的年代，那时"中国正处于对现代性的单一追求时期，从资本主义到社会主义，几乎所有的知识分子都怀着强烈的现代焦虑，从各自的角度思考中国如何实现'现代化'的问题，可以说，大多数思考都陷入现代性话语的霸权之中，对现代性话语的非人化的一面基本没有思考和反省的余裕"①。在这种情形下，人心的挣扎和痛苦，必然被认定为必要的"代价"，不会有人因此而怀疑"改革"和"现代化"的正确性。而到了 90 年代，随着社会结构调整和转型的深入，一系列深层的社会矛盾和问题开始显现，"改革"话语所构筑的未来图景才开始受到冷静的审视和质疑，曾经的向往和憧憬开始被替代为忧患和疑虑，而与此同时，全球化带来的民族危机感又在进一步加剧着这种疑虑，在这一系列因素的作用下，现代性话语的垄断

---

① 刘旭：《底层叙述：现代性话语的裂痕》，上海古籍出版社 2006 年版，第 51 页。

地位开始被打破。"后改革"时代的乡村小说叙事就是在这样的背景下展开的，而它所展示的乡村图景也呈现出与"改革"的"乡村"截然不同的特征："改革"的"乡村"如果说是浮躁但却承载希望的"乐土"的话，后改革时代的"乡村"则已经褪去了所有的诗意，成为一派荒凉而寂寥的"废墟"。

1. "颓败"是物质与精神的双重受困

90 年代的乡村小说叙事对于乡村的书写已经触及了"颓败"，尤其是"现实主义冲击波"小说对于当时农村所面临的政治、经济方面的困难都作了比较生动的"记录"。其中，湖北作家刘醒龙的中篇小说《凤凰琴》、《黄昏放牛》和《挑担茶叶进北京》在这方面非常有代表性。《凤凰琴》讲述的是落榜乡村青年张英才在偏远山区小学一段短暂的从教经历，小说通过他的所见所闻，尤其是由一个教师"转正"名额所引起的风波，展示了一种极端残酷的生存处境，一把凤凰琴是泅染了血泪的生存竞争的见证；《黄昏放牛》则是通过回乡老汉胡长升在家乡的见闻和经历，全景化地展现了后改革时代乡村的衰败，土地荒弃、乱摊派、干部腐败、人心不古……因为开荒种田而备受打击的胡老汉最后吹起了《翻身谣》，"感谢伟大共产党，永远跟着他"，红火的曲子与萧条的现实构成了强烈的对比；《挑担茶叶进北京》是对乡村腐败和官民对立问题的生动反映，乡镇干部为了跟"上面"拉关系不惜破坏基本的耕植规律强行摊派采摘"冬茶"的任务，毁坏了群众赖以生存的依靠，这种政治腐败与经济破败构成了当时乡村最尖锐的颓败图景。

而 21 世纪之后，对乡村物质性颓败的反映更加尖锐了，陈应松的中篇小说《马嘶岭血案》和刘庆邦的中篇小说《神木》可以说将一种物质匮乏的生存疼痛写到了极致，之所以说"极致"，是因为两个小说都不约而同地展示了一种基本的生存需要最后是如何转化成一种毁灭性力量的。《马嘶岭血案》写的是两个农民挑夫杀死勘探队六条人命的惨案，在简单的谋财害命逻辑背后，作者详细备至地向我们展示了犯罪者杀人的动机起因及其发生过程，小说所告诉给我们的是：贫困并不足以导致杀人，真正导致杀人的是仇恨，是巨大的贫富差距下富者对贫者的冷漠和歧视！如果单单是因为穷，九财叔不会杀人，是祝队长等人对他的伤害和不信任，一步步催化了他变态、杀人的心理动机，祝队长只知道犯错就要受罚，他不知道扣掉二十块钱对于九财叔来说意味着什么，他只知道打架生事者不能轻饶，却不知道开除九财叔让他失去这个临时工的工作机会对九财叔意味着什么，这里显示了一种贫富差距悬殊造成的巨大无知——无知带来了冷漠、歧视还有毫不掩饰的提防，仇恨的种子也就此埋下。与《马嘶岭血案》尚寻求杀人动机的合理性相比，《神木》则将"杀人"直接推到了人性恶的极端境地，小说里那两个靠坑杀打工者性命从而向煤窑矿主勒索钱财的杀人犯简直就是两个天良丧尽的恶魔，他们的杀人是经过精心策划的完美骗局：他们诱因"点子"上钩，选定要勒索的窑主，做好必要的时间和情感铺垫，最后抡起罪恶的镐头……整个过程他们没有丝毫矛盾和犹豫，杀人成了他们的"工作"，和其他打工者一样，他们付出"心血"和"操劳"，然后拿到"工钱"回家——心安理得。这里仿佛已经不再是一种具体的生存处境描写，而确乎是对人性恶的纯粹展示，然而仔细体味我们发现，这里实际上依旧不过是对一种具体的生存问题的揭示，小说借其他人物之口透漏说，"打闷棍"这种事在当地是经常发生的，这说明它已不是一种个别行为，而是有着深刻的社会原因，当杀人者之一赵长河回到家乡农村，他所听到和看到的一切无不向我们解释着他"邪恶"的根由：仍然是贫困、是"生存"从根本上刺激和催逼着他们铤而走险，不过为谋财而害命这条路，一旦走上便往往成了一条不归路。

　　与物质性颓败紧密相连是精神性的颓败，即乡村伦理和乡村文化的破败。伦理和文化是乡土社会的精神维系，政治和经济是可以重建的，伦理和文化的溃败却几乎无法逆转，而精神性溃败实际上也反映了乡村的真正颓败。早在80年代，路遥、贾平凹、王润滋以及"寻根"派的一些作家（如李杭育等）便已经深刻地触及了乡村伦理和文化的颓败，而进入90年代乃至21世纪之后，对于乡村精神性颓败的表现已经变得更为经常了。所谓"经常"指的是对伦理和文化颓败的书写已经渗透到了当下日常性的生活叙事当中，它不是疾言厉色的，而是不经意的，却又无处不在的，这其实也从侧面反映出乡村的颓败已经成为一种日常现实。孙惠芬的《上塘书》和毕飞宇的《平原》是两部风格迥异的作品，后者属于典型的情节—人物型小说，前者则是松散的地方志写法，但是作品对乡村的书写却都惊人地相似——无论是上塘还是王家庄，它们都走向了共同的命运结局：破碎与疯狂。而造成这一共同结局的便是一种乡村伦理和文化的日常性颓败。《上塘书》以方志的形式分别从"地理"、"政治"、"交通"、"贸易"、"教育"等角度描写了一个名叫上塘的村庄，这一条分缕析的方式展示了一个乡土中国的完整构造，这里没有中心人物和中心事件，上塘就是"中心"，就是作品的"主人公"。这种写法是带有尝试性的，小说读起来也有些沉闷，但是在最后部分小说的故事性和情节性却陡然增强，一直到最后的结尾，小说在紧张和稠密的叙述中将上塘推向破碎。但上塘的破碎却并非像陡转的情节那样是一种"突变"，它前后有着紧密的因果关联：徐兰公公自杀是因为有关自己续弦的流言对徐兰造成了伤害，而造成续弦不成的关键原因恰恰是徐兰在这件事上不吭不应的态度，而徐兰的这种态度不是出于自私，而是忌惮妯娌间的关系和村人的看法。这是一种无形而庞大的乡村"关系"之网，勾连交叉、缠绕纠结，给人和人之间造成着绵密的障碍。"关系"之形成源于乡村生活的亲密无间："由于世代居住在一起，人们之间联系过于紧密，有了隔阂，也不可能一走了之，从此不再见面，村落文化的邻里之间又常常会形成一种经世的仇恨。这种仇恨能使人们从见面不理不睬，到明枪暗箭无所不用其极……在这种深爱深恨的关系中……人与人之间既没有那种肤浅关系中的彬彬有礼，也没有陌生人之间的疏远淡漠，只有深厚的情谊和痛切的仇恨。"① 正是这样一种无处不在的"深爱和深恨的关系"在整个乡村生活中造成了隔膜和压抑，这也直接导致了《平原》里的王家庄最后陷入了疯狂。毕飞宇曾经说自己写小说侧重表现的就是"人与人的关系"，"关系"涉及"情感"，在情感里他侧重的是"恨、冷漠、嫉妒、贪婪"②，因此在他的作品中我们常常发现的是无处不在的"伤害"。在《平原》里，端方和继父王存粮、红粉和继母沈翠珍、三丫和母亲孔素贞、吴蔓玲和端方，他们相互之间都是一种伤害与被伤害的关系，而造成这种伤害的不是别的，正是那种"深爱和深恨的关系"。端方的家是一个特殊的构成：母

① 李银河：《论村落文化》，载冯小双、孟宪范主编《中国社会科学文丛》（上册），中国政法大学出版社 2005 年版，第 848 页。

② 《语言的宿命——汪政、毕飞宇对谈录》，转引自毕飞宇《地球上的王家庄》，新世界出版社 2002 年版。

亲沈翠珍携带端方、端正改嫁给王存粮，姐姐红粉系王存粮前妻所生，王存粮和沈翠珍又生下了儿子网子。在这个家庭里，存在着极为复杂的关系，这个家在祸事面前能同仇敌忾，而在其他更多的时候则暗藏"杀机"，这使每一个家庭成员都敏感、多疑、小心翼翼，心头笼罩着旷日持久的压抑。而把端方的家庭加以放大就是整个的王家庄，如果说端方家里的"隔"是由于这个家庭的特殊构成的话，王家庄的"隔"代表的却是乡村关系的一种常态或日常性：翠珍和素贞两位母亲在阻止端方和三丫交往的事情上如果不是因为"隔"就不必进行那一场苦楝树下的谈判；翠珍央求大辫子操心端方的亲事，如果不是因为拐弯抹角，也不会有误会和尴尬；端方和吴蔓玲如果不是因为"隔"，也就不会有端方酒醉下跪直接导致的爱情悲剧的发生……隔膜造成了压抑，有压抑也就有宣泄：当端方和继父在"马大棒子事件"了结之后，一起坐下来对着晚霞点起烟卷；当王家庄人聚集在劳动间歇时的田间和地头，肆意开着放浪的玩笑；或者他们在冬闲看电影的夜里陷入集体性的暴力和血腥的尖叫……这些只能证明他们在"关系"之"隔"中被压抑得太久太久，只有在退回到动物性本能的时候他们才能绕过那重重之"隔"，释放压抑已久的生命激情，获得暂时的轻松。《平原》对乡村"关系"的表现是"极端化"的：它将"关系"之复杂推向极致，突出了"关系"造成的"隔"；他将"隔"造成的压抑又推向极致，最后安排一场意味深长的"狂犬事件"将乡村推向最后的爆炸与疯狂。

当然物质性颓败和精神性颓败并不仅仅包括政治、经济、伦理甚至文化，乡村的颓败是整体性的。而不论是政治、经济、伦理还是文化，所有的物质和精神性破败最终都必是作用于具体的心灵，从这个意义上说，"颓败"不仅是外在意义上的，它还是内在的、心灵化的。

2. "颓败"是心灵苦难的本体性显现

乡土中国的现代转变必然是一个生产方式、伦理道德、价值观念和文化习俗的整体变迁，对于土地的亿万生民来讲，这必然意味着"家园"的根本性丧失，身处传统和现代、城市与乡村之间，他们心灵的痛苦首先是一种"失根"之痛，因为"失根"，所以无可依托，也便无以抗避哪怕最微小的伤害。而这样一种"失根"之痛，从乡土中国百年来的历史变迁来看，实在是它根本的命运，它的不可逆转性到 90 年代之后已经愈显愈明。只是在此之前，情况却并非如此，"革命"和"改革"的现代性话语对于"苦难"来说是一套行之有效的消解、转换系统，在"理想"和"承诺"面前，乡土中国的"苦难"不具有本体性。而现在，情况已改变："苦难"对于土地生民来讲，已经失去了任何可转换的可能，苦难就是苦难，它从未间断，更非新生。

在 90 年代以来的乡村小说叙事中，最能体现这种本体性"失根"之痛的莫过于"乡下人进城"的文学叙述。①早在 90 年代后期，鬼子的中篇小说《被雨淋湿的河》便已是比较典型的"乡下人进城"题材小说，只是小说主人公晓雷在城市的遭际并没有被作为作品的主体加以呈现，他的受骗、杀人都是通过自己的主动"讲述"才暴露的，在这里，"我"这一视角的设置起了至关重要的作用："我"作为观察者和"倾听者"是乡村、城市双重苦难的见证，而"我"出离城市、寓居乡下的行为本身也包含着对城市的伦理和道义批判，整个作品弥漫着浓重的压抑、凄冷和绝望气氛，晓雷最后的死更加重了这种气氛，但其正义和无畏的品行本身却似乎保留住了一丝理想的亮色。尤凤伟的《泥鳅》却已经抛弃了任何理想性的成分，小说里进城打工的国瑞等年轻人与颇具知识分子气质的晓雷相比显得更为盲目和愚昧，他们在城市打工、受骗、犯罪、被利用、被陷害，一步步走向毁灭：他们在城市首先遭遇理想的破灭和尊严的丧失，他们怀着对城市的向往来到城市，但城市的繁华却与他们无关，躺在城市夜晚寂寥的广场上，国瑞们发现自己也许永远都不知道城市的大门朝向何方，而即便是甘于做一个"刨食者"辗转于城市的最底层，他们依然无以为生。因为侮辱和伤害如影随形，所以蔡毅江、小解流落成匪，小齐、寇兰堕落成妓，而国瑞一度曾经以为自己"进入"了城市，但结局却更悲惨，小齐说得好："人都知道好歹，都不想堕落，可我们这些人，谁能给一条平坦的路走呢？"《泥鳅》可以说就是一部"乡下人进城"的"受难记"！然而这些受难的"泥鳅"们即便走投无路甚至殒命他乡也坚决不愿回到家乡，家乡究竟发生了什么，以致他们如此决绝地弃绝？

孙慧芬 21 世纪以来的创作一直致力于描写"民工"这一特殊的

①　参见徐德明《"乡下人进城"的文学叙述》，《文学评论》2005 年第 1 期。

"底层"社会群体，她的《民工》、《狗皮袖筒》、《歇马山庄的两个女人》便是集中描写民工"返乡"题材的作品。对漂泊城市异乡的民工来说，"返乡"几乎是他们最盛大的节日，因此也就可以想见，如果家园破碎，他们的心灵将会遭受多么沉重的打击，而孙慧芬上述三部作品共同的主题就是"家园"的丧失。《民工》写外出打工的鞠广大突闻女人病亡，与儿子一起回到乡里，然而他甚至还没来得及悲伤，便又意外地获知了女人的背叛，悲伤、震惊、愤怒之后，他突然变得异常淡漠起来，一切似乎都与己无关……细细体味我们会发现，鞠广大的"淡漠"在这里并非仇恨和麻木，而是包含了他对女人的理解——他深知乡村生活的艰难（连办丧事也要给村长送礼），而当自己和儿子离家后，女人脆弱的肩头已担不起生活的重压！女人在时，家还在，女人去了，鞠广大也便失去了唯一的抚慰和留恋。《歇马山庄的两个女人》同样也是写家园的破碎，而且原因也是女人的"失去"，小说讲述的是发生在歇马山庄的两个女人之间的"伤害"故事，当我们饶有兴味地沉浸于李平和潘桃幽微细致的心理和情感纠葛，并惊叹于亲密无间的乡村"关系"所包含的残忍时，另一种更显在的"残忍"却被我们忽略了：女人间的"伤害"伤害的不仅是她们自己，更是那些返乡的男人——对于李平的丈夫来讲，新婚妻子曾在城里做过柜台小姐这一事实意味着妻子以另一种形式"死亡"了，并给他留下了刻骨的伤害，而且这种"伤害"的制造者是远方的"城市"，"城市"隔着遥远的距离依然可以轻而易举地将他的"家园"击得粉碎！而在《狗皮袖筒》中，吉宽之所以还回到歇马山庄过年，只是出于习惯，母亲已经不在了，空荡荡的房子里只有母亲做的狗皮袖筒是他唯一的留恋，然而这最后的一点温暖后来也被弟弟带走了，弟弟带着它走向了自己已破碎的生命的终点……当吉宽和弟弟隔着冰冷的铁窗两手相握时，我们完全能体会到他心里彻骨的寒冷！小说一再地写到吉宽对母亲活着时家的回忆：

　　他的母亲还活着的时候，年底从外面干活回来，他的母亲就是像二妹子那样，在灶屋里锅上锅下忙碌着。他的母亲，不管怎么忙，从不让他和弟弟帮忙插手，他的母亲，让他们和他们的父亲一样，坐在炕头上看电视等待吃饭。当然，他的母亲比二妹子要心细得多，他的母亲知道人挨了冻，脸、鼻子和耳朵都容易暖，惟手和脚不容易暖，就在他刚进门时，把她亲手缝的狗皮袖筒扔给他，让他把两只手插进去。坐在炕头上，盖着被，手插进狗皮袖筒里，看着电视，门缝里有母亲的身影在蒸汽里飘动，那感觉别提有多么好了，心里身外，哪儿哪儿都是热陶陶暖乎乎的。

母亲、灶台、炕、蒸汽……这些都构成了永远无法磨灭的"家园"记忆。孙惠芬从个体心灵的角度展示了这样一种温暖的记忆，而她写出的却是"家园"事实上的破碎——对于在城乡间辗转的农民来说，这是他们心灵最后慰藉的失去。

通过大量的阅读我们发现，"乡下人进城"的文学叙述对"进城"的"乡下人"的塑造大致存在着两种模式：一是"双重（乡村、城市）受难"的命运模式，二是"离乡—返乡—再离乡（身体和精神的）"的行动线索模式，通过这两种模式作品写出了当下农民的那种"失根"之痛。这种"失根"之痛对于农民来讲无疑是一种毁灭性的打击，丹尼尔·贝尔在讨论资本主义文化矛盾的时候，曾将现代主义的迷失归因于信仰的缺失：

> 在意识的前沿，有一种扩散到整个文化中的普遍的迷向感（此乃现代主义危机的一种源泉）。这是因为缺乏一种能将个人与超验观念——研究原始起因的哲学或终极事物的末世学——充分联系起来的语言所造成的。①

而对于中国农民来讲，因为素来缺乏真正的宗教意识，所以他们与外在世界建立稳固联系的唯一"语言"就是"情感"，当这种"情感"联系一旦被斩断的时候，他们的心灵必然也会出现像丹尼尔·贝尔所说的那种"迷向感"，在孤苦无依的心灵面前，任何可以安妥灵魂之地都已经粉碎了，苦难无以消解，只能沉沉地堆积，"废墟"也便在麻木的

----

① ［美］丹尼尔·贝尔：《资本主义文化矛盾》，赵一凡等译，三联书店1989年版，第134页。

心灵里不断滋长、蔓延。贺雪峰在他的《新乡土中国》一书中曾提及社会学家孙立平讲过的一件事情：人民大学的洪大用教授近年来回安徽老家发现乡下农民的面部表情越来越"麻木"，并出现了"面部表情痴呆化的倾向"。① 表情的麻木是因为心灵的麻木，这种"面部表情痴呆化的倾向"其实最直接地反映着心灵的"废墟化"。这样麻木的灵魂不由得让我们想起鲁迅先生笔下的祥林嫂，然而祥林嫂是被封建旧文化牢牢禁锢的灵魂，而吉宽和国瑞们呢？他们分明已经站在了崭新的时代与文明跟前，可是——谁能为他们叩开那扇紧闭的大门？

"废墟"就是完结，是繁华、梦想的寂灭，是神灵、先知和救世主的退场，是万般俱灭的末世图景。《泥鳅》的结尾写到国瑞的哥哥报丧回来时路遇一片茫茫的大水，他感到眩晕和荒谬，他不知道今后该怎么办，不知道在这块土地上待下去还有什么希望，面对沉沉弥漫起来的黑暗，他连抬腿走路的力气都没有了。这片茫茫的大水和弥漫起来的黑暗氤氲着惶惑、未知和恐怖——路在何方？究竟该往何处去？

二 "迷惘"与"悲哀"："后改革"时代的乡村情感

90 年代以来的乡村小说叙事，随着"现实"的凸显并且渐成当下乡村小说叙事的主流，"底层苦难叙事"也开始日渐风行起来。"苦难"是乡村颓败的真实写照，但当"苦难"成为潮流，"很多作家便开始了为书写苦难而书写苦难，他们笔下的农村过于黑暗，浓重的涂抹和渲染反而蒙蔽了乡村复杂的现实，过度的苦难化叙事流于程式，乡村真正的日常形态被严重地遮蔽了"②。"苦难叙事"彰显出作家艺术创造力的不足，但同时也反映出作家一种普遍的心理不适，即在后改革时代的乡村现实面前，作家对新的乡村经验的认知出现了困难。当原有的乡村认知模式在新的乡村经验面前失效，到底该如何对这样一种新的现实发言？当作家越来越无法超拔于现实之上，对现实、对苦难的直观印象和反应便主宰了他们的表达，关注民生疾苦、倡践人道主义便成了最便捷而有

---

① 贺雪峰：《新乡土中国——转型期乡村社会调查笔记》，广西师范大学出版社 2003 年版，第 36 页。

② 李勇：《面对苦难的方式——评新世纪以来的乡村小说叙事》，《武汉科技大学学报》（社会科学版）2009 年第 2 期。

效的现实介入方式，只是对习惯了观念化表达的中国作家来说，人道主义缺乏了历史观的支撑，往往便只沦为肤浅而空洞的叫喊，这背后显现的其实是"历史迷向"所致的一种迷惘与哀伤。

1. "迷惘"：泥沙俱下的"乡土"

作为对后改革时代乡村的全景式描写，贾平凹的长篇小说《秦腔》便是体现了作家这种迷惘的典型。和当下大多数的乡村小说叙事一样，《秦腔》也是书写的当下中国乡村的颓败，然而贾平凹对于颓败的描写却与众不同：首先，他所展现的颓败是全方位的，不是只择取一点、一面；其次，他对于颓败的表现是日常生活化的，即通过对乡村的细部——日常生活——的描写来实现的。正是在这种全方位、日常化的乡村书写当中，贾平凹呈现了自己的迷惘。

《秦腔》对乡村现实的书写大致可以分成三个层面：一是夏天义、夏君亭为代表的权力和政治生活层面；二是以夏家这个大家族为轴心的伦理和道德生活层面；三是围绕秦腔和白雪、夏风、引生感情纠葛所展开的文化和情感生活层面。这三个层面构成了一个全方位立体的社会结构，作者正是通过对清风街的全面书写，向我们展示了乡村的全面颓败。

首先从乡村权力和政治层面来看，迷惘体现于作者对夏天义和夏君亭二人的态度。夏天义和夏君亭是清风街过去、现在的两代领导人，二人在发展清风街的路向上存在根本性分歧，"土地"是分歧的焦点。夏天义反对土地买卖，主张扎根土地，夏君亭则主张兴建大市场、发展商品经济，一个对土地和传统农业生产方式保持着虔诚信仰，一个对现代工商业文明充满了向往。而作者没有对其中任何一个表示肯定和赞扬：夏天义以义无反顾的姿态固守了对土地的信仰，并最终埋身黄土，然而清风街的人们都不认同甚而嘲笑他的行为；夏君亭同样也无法给清风街以指引和希望，他狠辣的性格和雷厉风行的行事作风也仅仅只维持、周转着清风街的当下现实。清风街的未来在哪里？农村的未来在哪里？贾平凹说"我清楚，故乡将出现另一种形状"①，但它究竟是什么？谁也不知道。

---

① 贾平凹：《秦腔》，作家出版社 2005 年版。

其次看乡村的伦理与道德层面。《秦腔》的主题可以用两个关键词来概括，即"家族"和"土地"：以夏家的衰败为重心的"家族叙事"和围绕对待土地的态度为中心的"土地叙事"构成了《秦腔》伦理叙事的最主要部分。费孝通在《乡土中国》里曾对中国的乡土社会作出过精深分析，他说维系传统乡村的根基是"血缘"，"血缘"是排斥"地缘"的，"血缘"观念形成了扎根故土的意识传统，"血缘"及其支配下的安土重迁观念形成了千年稳固不破的乡土中国。[1] 因此，《秦腔》所呈现的"血缘"与安土重迁观念的松动，便成了乡土中国趋向解体的最突出的表现。清风街的年轻人已经不再像他们的父辈一样紧扒着土地，翠翠他们去向远方的城市，带回来新鲜的服饰和语言，并将更多的年轻人一起带走；留下来的年轻人也不是因为留恋土地，君亭们根本不再景仰和依循那种日出而作、日落而息的生活方式，他们兴建大市场，甚至出租土地，对于传统的关于土地的观念和道德，他们不屑一顾，光利宁愿远下新疆也不回到土地，只有夏天义对土地怀着最古朴、深沉的爱，然而在现实面前他只能喃喃自语，以一种悲壮的坚守姿态表达着对土地的忠诚和眷恋，他也试图想对幼小的孙子们讲述祖先、讲述历史，讲述这块土地上家族的血脉和光荣，然而在更年轻的这些子孙们身上，对土地的情感已经消失得更加干净，他们甚至抱怨祖先当初怎么没有选择繁荣富饶的关中平原和省城，而选择了清风街这样一个没什么发展前途的地方。

传统的乡村观念里面，土地不仅仅是提供粮食和财富的来源，生民脚下的土地还埋着他们的祖先，埋藏着生生不息的家族血脉。《秦腔》里，夏天义是土地最执着的守护者，而夏天智则是最权威、最有力的家族伦理护卫者。他不像《白鹿原》里的白嘉轩一样具有家族权力和号召力，他受到的敬重也许部分得益于他有出息的儿子，他对伦理事务的热忱也许脱离不开他那种有点可爱又有点好笑的虚荣爱显摆的性格，但他在家族里的地位，他的决断力，以及他的不可侵犯的威仪，使得他成了整个家族的纠纷处理者、矛盾调解者和秩序维持者，他以一个传统乡村中必不可少的"家族长者"的身份迎接、处理着所有日常的不睦和

---

[1] 费孝通：《乡土中国 生育制度》，北京大学出版社1998年版，第69—72页。

不孝。然而看看这位夏家乃至整个清风街的"家族长者"遇到的尴尬吧：他处理的邻里纠纷闹出了人命，他正训骂这边的不孝而那边的哭骂声又已响起，而且，连夏家的子孙也似乎越来越不惧怕他的威仪了。清风街老一辈的夏天智四兄弟和以君亭、庆玉等为代表的夏家下一代的伦理情状形成了鲜明的对比，天智四兄弟谁家有一口酒有一口好吃好喝都要叫了另外三个一起享受，儒家的"孝悌"观念在传统乡村社会中创造着最温暖感人的伦理和人情画面，而在下一代当中这种温馨的画面已经荡然无存——庆金四兄弟连奉养父母一瓢粮食都争闹得天翻地覆，传统伦理观念里的温情善意部分被他们抛弃得一干二净。夏天智在这个"礼崩乐坏"的乡村里，维持着它最起码的人伦和宗法，然而乡村伦理的松动、瓦解是他难以挽回的，夏天智在他生命的最后一个春节里已经无法把夏家所有人重新聚集到一起过一个齐齐整整、热热闹闹的节日了。夏天义和夏天智都感到了衰败，作为"土地"和"家族"的守护者，他们都感到了从未有过的恐惧，他们甚至变得愚昧乃至可笑起来：夏天智给夏家各家房前屋后埋下从药堂买来的"固本补气大力丸"，夏天义则试图让夏雨把"泰山石敢当"栽在清风街巷口，然而，夏家的不肖子孙们依旧在吵吵嚷嚷和浑噩猥琐中继续他们麻木、无聊的日子，"泰山石敢当"也被夏雨栽在了他的万宝酒楼门前。

　　最后是乡村的文化层面。共同的文化和心理是一个族群存在的重要标志，也是其最稳定的组成部分，文化的消亡意味着生命群落的最终瓦解。乡村文化的颓败在《秦腔》里最显著的体现就是秦腔无可挽回的衰败。贾平凹早年的散文《秦腔》描写了秦腔与八百里秦川的血脉相连，秦腔与秦地的地貌、陕西人的性格是一体的，秦腔是当地人生活的一部分，"他们大都不识字，但却出奇地能一本一本整套背诵出剧本"，"有了秦腔，生活便有了乐趣，高兴了，唱'快板'，高兴得是被烈性炸药爆炸了一样，要把整个身心粉碎在天空！痛苦了，唱'慢板'，揪心裂肠的唱腔却表现了那么有情有味的美来，美给了别人享受，美也熨平了自己心中愁苦的皱纹"，秦腔是节日的盛典、待客的最高礼节，它渗透着当地人的生命感觉和生存体验，是秦地人民独有的精神形式。①

---

　　① 贾平凹：《人极》，长江文艺出版社2001年版，第374—381页。

然而秦腔却无可挽回地衰败了，清风街年轻人的心轻而易举便被流行歌曲俘虏了，夏天智和白雪老少二人是小说中唯一把秦腔当作生命来待、来爱的人，他们不仅对秦腔难以割舍，甚至要与其共存亡，他们的命运与秦腔的命运何其相似：夏天智在秦腔的哀鸣中入殓，白雪在对秦腔的爱和挚守中默默承受着感情的破碎和生存的艰辛。

《秦腔》呈现了当下乡村的全方位颓败，而这种颓败与作者的迷惘情绪是紧密相连的，因为颓败并未昭示着新生，这只是一片混乱、纠结、泥沙俱下的乡土，贾平凹说："我不知道它（笔者注：故乡）将向哪里去"，"我在写作过程中一直是矛盾的，痛苦的，不知道该怎么办，是歌颂，还是批判？是光明，还是阴暗？以前的观念没有办法再套用。我并不觉得我能站得更高来俯视生活，解释生活，我完全没有这个能力了"①。

2. "悲哀"：沉沉的"乡愁"弥漫

当旧有的"观念"无法解释颓败的现实，而"乡土"又分明是与自己血脉相连的"故乡"，于是悲凉与哀伤便主宰了当下的叙事表达。贾平凹在《秦腔》后记中说："我站在街巷的石碌子碾盘前，想，难道棣花街上我的亲人、熟人就这么很快地要消失吗？这条老街很快就要消失吗？土地也从此要消失吗？"② 在这怅然无主的问声中，一股浓重的悲哀与乡愁已经沉沉地弥漫开来。

如果说贾平凹此前写乡村还带有很强的虚构色彩的话，《秦腔》则是写他"自己的村子"，写他"家族内部的事情"，写故乡留给他的"最后一块宝藏"③，他说："我清楚，故乡将出现另一种形状，我将越来越陌生，它以后或许象有了疤的苹果，苹果腐烂，如一泡脓水，或许它会淤地里生出了荷花，愈开愈艳，但那都再不属于我，而目前的态势与我相宜，我有责任和感情写下它。"④ "我"所眷恋的是属于"我"的故乡，是保留着自己童年记忆、千百次魂牵梦萦的故乡，而这个故乡正

---

① 贾平凹、郜元宝：《关于〈秦腔〉和乡土文学的对谈》，《河北日报》2005 年 4 月 29 日。

② 贾平凹：《秦腔·后记》，作家出版社 2005 年版。

③ 贾平凹、郜元宝：《关于〈秦腔〉和乡土文学的对谈》，《河北日报》2005 年 4 月 29 日。

④ 贾平凹：《秦腔·后记》，作家出版社 2005 年版。

在逝去，那些熟悉的乡亲、那些声音和面孔将永逝不见——故乡正在告别。在这里，故乡的"消失"包含了两种含义：第一是当下性的，即乡土中国的现代变迁；第二是永恒性的，即对于每一个个体生命来讲，故乡并非空间性而是时间性的，当我们长大、离开、衰老，我们失去的是一段曾经的生活，从这个意义上讲，故乡只存在于记忆。贾平凹说："五十岁之后，看世事就不一样了，心态也不一样了。"① 也许，有些东西只有到了一定的年龄才能真正体会，比如这种失去故乡的悲哀。因为要"失去"，也因为"失去了判断"，所以贾平凹说他唯有"呈现"②，以保存对故乡最后的记忆。"呈现"，即不掺杂先入为主的观念，也没有预言和希冀——《秦腔》摄下了乡土中国最后的情态，同时贾平凹也以此寄托了一种属于他自己的（同时也是时代的）莫大悲哀。

作为当下乡村小说叙事主要的情感表达，"迷惘"指向的是未来，它包含了担忧、疑虑甚至惶恐，而"悲哀"则是指向过去，它是对已逝或将逝事物的深切感怀。《秦腔》对于"迷惘"和"悲哀"的表达是日常性的，它呈现的是"全貌"和"实景"，是无择取、无提炼、无升华式的，这展现了一种宏观美学：苍茫、混沌，又平淡、清虚。而与此相对，李锐对于乡土中国颓败的表达则是微观式的，他在21世纪之后陆续写出的"农具系列"短篇小说③指向的是乡土中国的"局部"——生产工具，他从一件件古老的农具入手，从它们所牵连起的那些或残忍、或悲壮、或尴尬、或荒唐的命运故事，写出了一种同样的时代性哀伤。

"农具系列"最引人注目的是它形式方面的"超文本"特征：小说每篇都以某一农具为题，并援引《王祯农书》对此一农具的介绍，同时附录王氏书中农具的照片，放在标题之后、正文之前，是谓李锐所言之"展览"。这种"展览"造成的效果就是一种强烈的对比：一是七百年前农书所记载的丰足、恬静的农耕场面，它曾经深深地打动着王祯——"每见摹为图画，咏以为诗，实古今太平之风物也"；二是李锐

---

① 贾平凹、郜元宝：《关于〈秦腔〉和乡土文学的对谈》，《河北日报》2005年4月29日。

② 同上。

③ 后结集为《太平风物——农具系列小说展览》，三联书店2006年出版。

所呈现的"完全不同的风景"，在这里，"赤裸裸的田园没有半点诗意可言"①。李锐说，写"农具系列"是"出于一种深深的打动，出于一种对知识和历史的震撼，也更是出于对眼前真实情景的震撼"②。这说明，"农具系列"的写作是在一种极其复杂的心境中进行的，在李锐的面前始终晃动着两幅不同的图景，李锐试图也把这两幅图景展示给我们，于是他选择了这样一种"展览"的方式。

"农具系列"中的故事都是取材当下的乡村现实，是叙说发生在当下乡村的血泪故事。这些故事大致可以分成两类：一是写"血"，即主要展示当下乡村的生之艰辛与残忍，其中包括《袴镰》、《桔槔》、《青石碨》、《牧笛》、《樵斧》、《扁担》；二是写"泪"，即主要描写农民在农耕文明即将（或已经）逝去时那种"失根"的失落与悲怆，其中包括《铁锹》、《残摩》、《犁铧》、《耧车》、《锄》。"血"意味着身体的受伤害，它触及的是一种尖锐的生存疼痛，在此类故事中充斥着与暴力、伤残相关的意象，比如《樵斧》中的断指、悬崖、斧头、谋杀，《桔槔》中被火车甩出去的摔得血肉模糊的身体，《扁担》中磨得血淋淋的残肢……在这些"血"的意象的背后是尖锐的生存现实：贫穷，所以仇恨，所以铤而走险，所以杀（伤）人或者被杀（伤）——这是这些生存故事基本的发生、发展"逻辑"。李锐在这里可以说非常生动地展现了一种赤裸裸的生存现实，这种现实"没有半点诗意可言"，"所谓历史的诗意，田园的风光，早已经淹没在现实的血污、挣扎和冷酷当中"。③ 与这种表现尖锐的身体之痛的"血"的故事不同，"泪"的故事主要表现的是一种精神性的疼痛，这种疼痛与身体疼痛相比，更具有弥散性，它是蔓延的、笼罩的，是一种隐隐的而又无限广大的哀伤。在"泪"的故事里面，一个共同的主题便是文明的失落，这些故事多将视角对准那些"衰老者"，写他们在旧文明的大地上的"最后一次耕作"，如《残摩》、《耧车》、《锄》；或者干脆就写那些业已被新文明包围的旧的心灵，写他们的怅惘和失落。"泪"的故事写眼泪，但这里的

---

① 李锐：《前言——农具的教育》，《太平风物——农具系列小说展览》，三联书店2006年版。

② 同上。

③ 同上。

"泪"不是作者的，而是那些痛切地无家可归者的，就像太阳底下的那个哭泣的老人，"身边没有人，漫天漫地的黄土里只有不会说话的黑骡子，只有这盘拉坏了的磨，他就那么坐在大太阳底下，一个人哭。抽一口烟，流一阵眼泪"（《残磨》），还有那些时空变幻中的"眩晕者"，当世代耕作之用的农具变成了民俗表演的道具（《铁锹》），当逝去的故乡田园被"复原"成环绕身边的"风景"（《犁铧》），这些彷徨无依的心灵无法不被无边的孤独、怅惘所淹没。在"泪"的故事中，随处可见的是"最后"和"告别"："这块地可再没有千年万年了，世世代代种它，收它，种了千年万年，收了千年万年，现在就剩下今年这一回啦，今年种了谷子，明年就没人种了，就变成荒地了。"（《耧车》），最后一块田亩、最后一个耕作者、最后一次耕作……"最后一次"成了一种仪式，告别的仪式。

李锐的"血"、"泪"故事呈现了乡村的两面图景，一面是外在的，是由身体、搏击、鲜血组成，一面是内在的，是由怅惘、失落、悲痛组成。然而无论写"血"还是写"泪"，它们都表现着作者的悲哀。在文明进步面前，李锐看到了"血污"，但他没有简单地诅咒这"血污"，他说："我深知，无论是以田园的名义，还是以革命的名义，把亿万人世世代代绑在土地上是这个世界最不人道、最为残忍的一件事情。"[1]所以在对"历史"的态度上，李锐也是矛盾的，他同样感到了困惑和迷惘，只是他无法绕过眼泪和"血污"，并时常让一种激愤主宰了他的表达——就如同那些"血"的故事，它们有着过于明显的道德立场。而在"泪"的故事当中，那种困惑和迷惘所生出的巨大的悲哀则肆无忌惮地爆发出来，李锐说，"廉价的道德感动和对残酷现实虚假的诗意置换"不是他写作的目的，他把"太平风物"和"农具系列小说"跨越七百年连接起来，为的是传达他的"震撼"和"一言难尽的感慨"，而其所写出的也正是一种文明失落的巨大的悲哀。只是和贾平凹相比，因为出身和身份的不同，李锐的悲哀更多属于外发的，即由外在刺激所引发的，而不是像贾平凹那样，因了"故乡"的缘故，更多的是内发的。

---

①　李锐：《前言——农具的教育》，《太平风物——农具系列小说展览》，三联书店2006年版。

所以《秦腔》在写文明失落的悲哀之外，还写出了一种超时代、超历史的个人化的"乡愁"，而且对悲哀的表现，它也是原生的、全景式的、日常的，而"农具系列"对悲哀的表达则相对简单，它是择取的、局部式的、极端的——这正是"体验"和"观察"带来的不同。然而，如果从更宏观的角度来看的话，七百年前农书所描绘的丰足、宁静的田园时光何尝不是我们今天文明的"故乡"？而李锐所描写的它的逝去，以及由此造成的"震撼"与"感慨"，又何尝不是属于我们今天整个时代的"乡愁"？！

三　"细节"与"碎片"："后现代"的美学呈现

进入 21 世纪之后，随着关注"现实"的创作潮流的壮大，"写实"已经成为乡村叙事艺术表现手法的主宰，如同《中国农民调查报告》①2003 年在文学界饱受赞誉所昭示出来的一样，艺术的衡量标准也不约而同地向"形式"以外倾斜，这更推动了"写实"的风行。而且从目前的态势来看，这股写实之风可能在此后相当长一段时间之内还将是乡村叙事的主流。因为"写实"在这里不仅是作家的一种纯粹的艺术选择，更是其面对和处理乡村现实经验时的一种无奈心理的反映。一方面是变化了的巨大的现实，另一方面是面对这种现实时的无奈，这决定了当下"写实"所具有的新质，它必定与传统现实主义（包括批判现实主义和社会主义现实主义）"写实"有所不同。

1. "细节"：本相的生活

传统现实主义注重对生活的"择取"，这源于其叙事的先验目的性，即前述所谓"观念化"特征，而当下的"写实"最突出的特点则是对"观念"的放弃。因为对眼前的现实已经"失去判断"，所以对生活的表现也呈现出一种无择取性。"无择取"是因为观念的丧失，以及惯有的情感、立场的塌陷，叙事不再依托于主观的建构和想象，于是唯有趋近生活的本相，即专注于细节——那种日常的、随机的、偶然的细节，以此呈现生活本然的流动。

① 报告文学《中国农民调查报告》，安徽作家陈桂棣、春桃夫妇著，发表于《当代》2003 年第 6 期，2004 年由人民文学出版社出版，一个多月时间内发行近十万册。

与经过甄别、提取、组合并进而承担着阐释、证明、暗示、象征功能的传统现实主义的细节不同，当下"写实"所描写的细节体现出来的不是对生活的控制，而是对生活的妥协。传统现实主义细节往往承担的那种"意象"功能（即阐释、证明、暗示、象征，如《祝福》对祥林嫂的眼睛描写），在当下的写实中已经被削减甚至弃绝：

> 演员们在夏天智家吃过了浆水面，大部分要连夜回县城，夏天智挽留没挽留住，就让夏雨去叫雷庆送人。雷庆是州运输公司的客车司机，跑的就是县城到省城这一线，每天都是从省城往返回来过夜，第二天一早再去县城载客。夏雨去叫雷庆送人的时候，在中巷见到雷庆的媳妇梅花，梅花不愿意，说你家过事哩，你雷庆哥回来得迟，连一口喜酒都没喝上，这么三更半夜了送什么人呀?! 话说得不中听，夏雨就不再去见雷庆，回来给爹说了，夏天智说："让你叫你雷庆哥，谁让你给她梅花说了?"白雪就亲自去敲雷庆家的门。敲了一阵，睡在门楼边屋里的夏天礼听到了问谁个? 白雪说："三伯，是我!"夏天礼忙高声喊雷庆，说白雪敲门哩! 梅花立即开了院门，笑嘻嘻地说："是白雪啊，晚上我特意去看你的戏哩，你咋没演?"白雪说："我的不好，甭在老家门口丢人。我哥睡了没?"梅花说："你来了，他就是睡了也得起来!"白雪说："想让我哥劳累一下送送剧团里的人。"梅花说："劳累是劳累，他不送谁送? 咱夏家家大业大的，谁个红白事不是他接来送往的?!"当下把雷庆叫出来把要走的人送走了。

在这段描写中，叙述对生活本相的干扰被严格地控制，故事时间的流动运行规律得到了最大限度的尊重，生活得到了近乎原态般的呈现。《秦腔》这种生活流式的写法，作者早有尝试，但碍于此前观念表达的意识太强，直到《秦腔》，这种趋于生活本相的写法才获得情感和经验层面的支持——因为对现实失去判断，所以不能对生活进行裁剪和结构，于是只能专注于细节。当然，这种趋于生活本相、靠"细节的洪流"来推进叙事的写法是需要超凡的语言功力的，它所代表的是一种难得一见的消极美学和微观美学：弃绝观念、专注于细节，与生活本相趋同。

　　当然，《秦腔》不是全部，它只代表了一种方向和趋势，即专注于"细节"和趋近生活的本相。这样的写作取向并非偶然为之，而实在是与时代现实息息相关的。作家李洱说，在 21 世纪的今天写作，他感兴趣的是两个词，"一是'困难'，二是'日常'。这'困难'不单指写作中遇到的困难，也指乡土中国在现代性的进程中遇到的困难。它们都是日常的困难，是每天都能感受到的困难"，因此他坚决反对对现实的"传奇性的表达"，而推崇"复杂的小说"——"不是说形式上一定要多么复杂，而是经验上的复杂性，也就是表达日常背景下的乡土中国的复杂经验的小说。"① 艾伟同样也对当下的写作抱有怀疑——"我们写下的这一切就是历史或现实的真相吗？"甚至，"这一切真的纯然是个人的感受吗？"他说："只有诚实地感知才能解救我们。"② 不同的声音其实传递出同样的信息，即文学应该贴近当下的时代现实。这实在是一种时代性的表达焦虑。

　　2. "碎片"：失序的文本

　　对当代作家来讲，一方面是迫切地想贴近当下时代和眼前的生活现实；而另一方面，面对混乱无序的时代现实，又普遍感到一种无力感。那么，究竟该如何认识、判断、表达？当下苦难叙事的风行，尤其是许多作家表现出的那种艺术上的无能和盲从，不能不说是这种"无力感"的反映。其实，艾伟说得非常好——"诚实地感知"，这是作家面对生活最基本的态度。诚实地感知当下，便是感知这种"无力"感，然后去面对它、表达它。前面说过，当下的乡村现实已是颓败、破碎的"废墟"，而面对这样一种溢出旧的"观念"框架的现实，作家最直接也最自然的反应就是：呈现这种现实。这样，文本必然会失去"观念性表达"所惯有的那种秩序感、中心感和整体感，从而呈现出一种分裂、破碎的特点。在当下乡村小说叙事的代表性作品（如《秦腔》）中，那种情节弱化、中心（人物）消散、絮语化等现象的出现绝非偶然。而能鲜明体现这种破碎性文本景观的，除《秦腔》而外，莫过于林白的

————————

　　① 《2004·反思与探索——第三届青年作家批评家论坛纪要》，《人民文学》2005 年第 1 期。

　　② 同上。

《万物花开》。

　　作为 20 世纪 90 年代女性主义写作的代表，林白创作《万物花开》本身便耐人寻味，这是一次不折不扣的转型。林白说，她写这个小说"首先是想满足自己，到达一个从未去过的地方，变成一个从未见过的人"①。林白"到达"的是一个叫王榨的村庄，这里发生了一桩血案，使得小说"主人公"（其实只是叙事人）大头入狱，作为小说的头、尾，血案似乎是小说的主要情节，其实不是，小说并没有完整具体的情节，血案只是无数发生在王榨的事件之一，因为致使叙事人大头入狱，所以它决定着故事的始终，除此之外没有更多的意义。小说全文记叙的是王榨人的生活百态，他们的吃喝、嬉闹、拌嘴、打架、偷情、自杀、打麻将、偷窃、算命、打工、骗钱、坐监……这是一个杂乱无章、喧闹不已的世界，任何时间、任何地点都有事情在发生，只是没有一件看起来是有意义的。

　　小说标题之所谓"万物"暗含了嘈杂和混乱的意味："万物"不仅仅包括人，也包括王榨的牛、猪、狗、鸡、油菜花、板凳，它们也在自语、对话、行动，参与且制造着"狂欢"式的喧杂。王榨人的贪淫、偷情、滥交、乱交随处可见，大头的眼里到处都是喘息、撕咬和呻吟，这就是"花开"的语意：在一切的混乱和嘈杂之中，性爱和淫欲的蓓蕾在绽放。只是，王榨人的"性"与"爱"无关，不具有任何启蒙和解放的意味，它缺少"欲"的力量，只有"淫"的糜烂。小说呈现的就是这样一个蓬勃但没有生机、纷乱又暗淡无比的世界，到处是肮脏、混乱、嘈杂的生活碎片，而将这些碎片串联起来的，是大头脑袋里具有特异功能的瘤子，它可以悬浮、穿越、透视，从而串联小说整体。像大头这种"神异人物"在当下乡村叙事中的频繁出现绝非偶然，他们往往直接以叙事人身份出场，并以其"通灵"和"特异"勾连全篇，自身却往往表现着无聊、荒诞和嬉戏，但对文本却起着不可缺少的结构性作用。而在 20 世纪八九十年代的文学叙事中，这样的"神异人物"（如《高老庄》里的石头）在小说中往往是起一种意义性的功能，具有文化象征的深度内涵。"神异人物"由"意义型"向"功能型"的转变

---

① 　林白：《后记：野生的万物》，《万物花开》，人民文学出版社 2003 年版。

说明："乡村"确已不再是完整的观念化整体，在拒绝了"观念"和其他有效性介入之后，唯有依靠"神异"这种非正常方式才能勉强聚合成一个文本的（而非意义的）整体。

内容的琐碎、杂乱、无序和随意之外，碎片化特征还表现于《万物花开》的结构。小说在常规性结尾之后附加了一份"妇女闲聊录"，作者申明小说的部分素材就来自于此，"闲聊录"和小说的关系就"大概相当于泥土和植物的关系"。"闲聊录"的内容读来比正文更杂乱、琐碎、无序，是真正的"记录"，它的存在价值其实并不在于它记录了什么，而在于它的存在本身的意味，即林白将这种原本只属于"写作日志"类的东西放置于此，究竟意味着什么？难道是作者感知到了一种与众不同的现实的存在，她也渴望表达这一现实，但却没有找到一种满意的表达方式，所以只能仓促为之？（客观地说，作为"植物"的小说写得并不精彩，内容琐碎不堪，情感也不饱满，很明显缺乏酝酿和经营，所以看不出它与作为"泥土"的"闲聊录"之间有什么实质性区别。）而将文本与"素材"并置，也让我们疑惑：作者在此究竟进行了多大程度的艺术加工，抑或仅仅是一种碎片的集合、呈现？

从主体情感来看，《万物花开》透出一种极度的无聊和烦乱——这与《秦腔》和"农具系列"完全不同，然而似乎是为了强调这种写作方式的存在和不偶然，大约一年之后，林白又写出了《妇女闲聊录》，小说无论在内容、情感还是语言上，都与《万物花开》极为相似，其"碎片化"特征有过之而无不及。林白的这种自我"强调"似乎在有意说明："碎片化"从根本上来说并不取决于她的个性、兴趣和意志，而是取决于她所写的对象、所面对的时代和现实。

乡土中国正在日趋颓败、破碎，当下的乡村小说叙事正在表现着不同于以往的美学素质。有人认为，《秦腔》这样的作品以"回到纯粹的乡土生活本身"的方式"表达了乡土美学的终结"，从而使以"现代性文学叙事"为主导的中国乡土叙事的主流历史也走向了"终结"。① 这

---

① 陈晓明：《乡土叙事的终结和开启——贾平凹的〈秦腔〉预示的新世纪的美学意义》，《文艺争鸣》2005年第6期。

是大胆的预言，尽管历史究竟会不会如人们所预料的那样发展谁都无法断言，但至少对于已发生了的，我们确已察觉出了它的不同。

第三节　逸散：重压下的"新变"

以乡村当下现实为题材、以迷惘和悲哀为基本情感特征、以现实主义的写实手法为主要表达手段的这股叙事潮流已经成为当下乡村小说叙事的主流，然而它席卷浩荡的态势也造成了一种压力，尤其是那种悲抑的情感和单一的写实手法很容易导致疲劳和逆反。阎连科便说，"从今天的情况说来，现实主义，是谋杀文学最大的罪魁祸首"。① 其实，从乡村小说叙事的整体发展来看，当下这股叙事潮流尽管已成主流，但它基本上是源于作家面对新的巨大的乡村现实时那种最直接的情感反应——迷惘和不适，而艺术追求自由创造的天性决定了这只是一种暂时的停泊，或者更实在一点说，新的现实必然需要一种新的表达，这种表达既是对未知经验的探索，又是对已有表达的反思。无论如何，进一步的出发已成必然。而从对当下乡村小说叙事主流的突破角度来讲，我们将这种出发称为"逃逸"。

纵览90年代以来尤其是21世纪之后的乡村小说创作，我们会发现，在以"底层"和苦难叙事为代表的现实主义的叙事潮流之内和之外，逸变从未停息，或者说，作为一种艺术的可能，那种具有创造性的表达从未消失。就像莫言的《丰乳肥臀》、《四十一炮》、《生死疲劳》以及阎连科的《耙耧山脉》、《日光流年》、《受活》等所表现出来的探索精神那样，不管其探索的最终结果如何，那种不从众、不停歇地创造的欲望和能力都令人敬佩。我们这里所选择进行讨论的作家和作品对于当下的乡村小说叙事来讲都具有某种启发意义，它们或者探索了一种新的美学表达样式，或者自身蕴含着能够开拓和更新当下乡村小说叙事的美学因子，从而有助于改变既有乡村小说叙事略显单一化和平面化的总体格局。本节将从情感、空间、时间三个方面对此作具体的分析。

---

① 阎连科：《寻求超越主义的现实》，《受活》，春风文艺出版社2003年版。

一 情感逃逸："主流"之内——以李洱为例

源于转型期历史迷向所造成的时代性困惑，悲哀与迷惘成为当下乡村小说叙事主要的情感表现，而这种悲抑性的情感其实只是百年乡村叙事情感的一个浓缩罢了。尽管在整个新文学的历史中，鲁迅、张天翼、沙汀以及后来的赵树理、高晓声等都曾创造过轻快的喜剧式乡村表达，但其作品的情感内质始终还是悲抑性的，可以说，在新文学的乡村叙事当中，除"革命"的叙事之外，莫不笼罩着浓浓的悲哀与乡愁，悲抑性的乡土表达始终占据着主导地位。《秦腔》以及其他当下乡村小说所透露出来的悲哀与伤感，无非是把这种悲剧性的表达推向了高潮，而这也很可能是它的最高点，因为乡村正在颓败并日渐消逝，而这也使得悲哀和伤感的乡村表达正祛除其旧有的现代性本质而趋于"纯粹"，即它不是起源于"提升"和"回归"的主体写作动机，而是起源于乡村消逝这一自在现实，同时也不再携带"求而不得"的现代性焦虑和痛苦，而是更多了一份独自面对历史和现实的惶惑与无助——这些都是当下悲抑性表达归于"纯粹"的显著体现。然而，"纯粹"也意味着苍白，因为这是乡土中国"最后的悲哀"，所以对这种悲哀的表达也便成为了一种耗尽，"逃逸"却成了必然。

在当下的乡村小说叙事中，李洱的《石榴树上结樱桃》（后文简称《石》）是一部极具颠覆性的作品，它不仅以一种简洁、明快的喜剧风格，打破了当下乡村叙事普遍具有的悲戚、沉重作风，同时更以对五四以来乡村叙事惯有的那种"深重情感"的切除反叛了百年来的乡村小说叙事传统。《石》写的是一出乡村权力争夺剧，小说以官庄村现任村主任孔繁花为视点，描写了她在即将到来的村委民选之前如何狠抓计划生育、引进外资，同时忖度时局、打击和排挤竞争对手，到最后却发现自己其实从一开始便陷入了对手的圈套，最终竞选落败的过程。在对这场乡村权力争夺战的描写中，我们发现不了传统乡村叙事所惯有的那种"深意"，比如政治批判、历史反省、文化反思以及道德忧思等，当然小说描写的是当下的乡村现实，自然也就不可能不触及那些复杂、尖锐的矛盾和问题，从而需要作出判断和思考，但是"由于叙述者的智慧，种种矛盾的价值观念并没有迎面相撞，以至于不得不分出个青红皂白。

相反，它们被巧妙地处理成一系列喜剧式的修辞，例如轻微的反讽，滑稽的大词小用，机智的油腔滑调，无伤大雅的夸张，适度的装疯卖傻，如此等等"① ——正是以这样一种喜剧的方式作者与描写对象拉开了距离，从而显出一种罕见的"淡漠"和理智。比如作为小说的中心事件，在雪娥的"肚子问题"（即计划生育问题）的处理上，作品着力呈现的只是繁花和祥生、庆书等人的"暗战"，然而作为事件"中心"的雪娥及其丈夫铁索却没有得到充分的表现，他们必要的出场被描写成滑稽可笑的闹剧表演，而他们大多时候的隐而不彰则成就了整出喜剧的连贯和流畅，至于他们在事件过程中的情感与心理——是恐惧还是担忧，是怨恨还是祈望——我们都看不到；而与此相似的，还有乡村经济账目问题、与计划生育相连的伦理问题，等等。这些"不彰"的内容无一不联系着乡村更复杂、辛酸的现实深层，而在这些传统乡村叙事最容易着力也最习惯于着力的地方，李洱都轻轻地滑了过去，乃至于整出权力争夺战也就被"处理"成一个不具有传统乡村叙事所应有和必有的"意义"的表层化"事件"。

　　然而在丧失了传统的"意义"支撑之后，李洱靠什么维持了小说叙事的力量，而不致堕为油滑、肤浅？第一，是靠描写的逼真和生动。逼真和生动来源于"细节"，李洱在小说中表现出来的对于乡村生活的熟稔令人惊讶，当下乡村大到文教、计生，小到婚丧嫁娶、家长里短等大事小情他都了如指掌，对农民特有的性情、心理他也更有着精细的把握，他们怎么打情骂俏，怎么争辩、思忖，怎么在人前人后两面三刀，怎么虚张声势、瞻前顾后，李洱都刻画得入木三分。生动而逼真的描写，呈现出来的是日常化的乡村，这是"传奇"和"苦难"最缺乏的，而小说的喜剧性元素（插科打诨、滑稽夸张等）又穿插其中，从而使整个叙事显得既"熨帖"（南帆）又生动。第二，"意义"支撑的丧失不是指的"意义"本身的丧失，而是指生产"意义"的动力、机制的丧失，这种动力和机制即作者的情感、判断和相关处理。在小说当中，叙述人始终扮演着一个冷静而理性的旁观者的角色，全篇仅有的在结尾处描写繁花落选时显露的感伤和同情，其实也只是叙事的水到渠成，而

---

① 南帆：《笑声与阴影里的情节》，《读书》2006 年第 1 期。

从具体的描写来看，根本看不出任何的褒贬和抑扬——对繁花的下台我们不会感到多么惋惜，就像小红的上台不会让我们感到振奋一样，加上对诸多复杂和深层问题的"表层化"处理，作者成功地回避了对"事件"作出价值判断和情感反应。

尽管可以用"还原"、"客观"来形容李洱的乡村书写，但这显然并不意味着他已经写出了乡村的全部，毋宁说，相对于传统的乡村叙事而言，《石》显出的是一种少见的温和与谦恭——他由此写出了被传统乡村叙事的"判断"和"情感"所遮蔽的那部分现实（尤其是新的时代现实）。李洱说："我写的是九十年代以后中国的乡村，这个乡村与《边城》、《白鹿原》、《山乡巨变》里的乡村已经大不相同，它成为现代化进程在乡土中国的一个投影，有各种各样的疑难问题，其中很多问题，都超出了我们的想象。我觉得我们很长时间以来并没有进入乡土，谈论的很多问题，都是水过鸭背，连毛都不湿的。这篇小说，我写的好坏是一回事，但一定要触及。"[1]他确实努力触及了，在《石》中，我们看到的是一种由"女权主义"、美国、伊拉克、"焦点访谈"、马克思、赵本山、手机、英语、股份与牛栏、羊群、猪圈并行不悖的喧腾驳杂的现实，而当"判断"和"情感"被祛除后，现实所包含的冲突和矛盾也被不露声色地暴露出来：基层权力组织和民主法治建设、人口与经济发展、经济发展与生态保护，等等，它们之间的相互纠结、冲突都被以一种"低调"的方式展现了出来，这是存在于文本内部的冲撞和对话——这种冲撞和对话的实现正有赖于叙述者"情感"和"判断"的退出。所以李洱在"自序"中说，他在"谎言和啼笑之外"写下了"深于谎言"、"深于啼笑"[2]的东西。

《石》"触及"了新的乡村现实，但它最重要的意义并不在于"触及"，而在于"触及"的方式。与当下以迷惘和伤感为主要情感表达的作品相比，《石》是直接将"情感"进行切除，而代之以有距离的观照，从而也使小说的整体风格完成了一次由"悲"到"喜"、由"重"到"轻"的反转。从这一点来讲，《石》确可以称得上是"一次美学的

---

① 李洱：《为什么写，写什么，怎么写——在苏州大学"小说家讲坛"上的讲演》，《当代作家评论》2005年第3期。

② 李洱：《石榴树上结樱桃·自序》，江苏文艺出版社2007年版。

革命"，① 一次乡村叙事史上具有标志意义的"事件"。

这样一次"革命"和"事件"由李洱来完成并非偶然。李洱并非乡村小说家，更不是贾平凹、李锐、阎连科那样的传统的（主要从深重的乡土情感层面来讲）乡村小说家，他是"60 年代出生"的作家之一，按照李洱自己的话说，他们这代人的特点就是"怀疑"："他们的脑子里，很少有此岸与彼岸的概念，思维方式也不是非此即彼的，不是二元论的。与下一代作家相比，他们与商业社会有较多的隔膜，有抵触，有愤怒，有妥协，也有无奈。对主流的意识形态，他们不认同。同时，对于反主流的那种主流，他们也不认同。六十年代作家，有'希望'，但没有'确信'。有'恨'，但'恨'不多。身心俱往的时候，是比较少的。他们好像一直在现场，但同时又与现场保持一定的距离。"② 李洱说自己是"一个怀疑主义者"。③ 因为"怀疑"，所以他时刻保持了一种警觉，即对现实自身"复杂性"的清醒认识，以及对"单一话语的世界的不满和拒绝"。④ 所以，他将自己的写作定位为"重建小说与现实的联系"⑤："应该有一种小说，能够重建小说与现实的联系，在小说的内部，应该充满各种对话关系，它是对个人经验的质疑，也是对个人经验的颂赞。它能够在个人的内在经验与复杂现实之间，建立起有效的联系。"⑥ 李洱的话包含了他对文学写作两个最基本的问题——"写什么"和"怎么写"——的深刻理解：他认为写作唯有以"对话"（或呈现"对话"）的方式突破"单一话语的世界"（"怎么写"），才能真正写出

---

①　梁鸿：《"灵光"消逝后的乡村叙事——从〈石榴树上结樱桃〉看当代乡土文学的美学裂变》，《当代作家评论》2008 年第 5 期。

②　魏天真、李洱：《"倾听到世界的心跳"——李洱访谈录》，《小说评论》2006 年第 4 期。

③　李洱：《一个怀疑主义者的自述》，《小说评论》2006 年第 4 期。

④　李洱：《为什么写，写什么，怎么写——在苏州大学"小说家讲坛"上的讲演》，《当代作家评论》2005 年第 3 期。

⑤　李洱曾说："到了二十世纪以后，无论是哲学还是文学，还是别的人文学科，对人类的已有的经验进行重新审视和反省，都是一项重要工作。……我感到与重新审视已有的经验同样重要的工作，是审视并表达那些未经命名的经验，尤其是不同语言、不同文化背景相互作用下的现代性问题。"参见李洱《为什么写，写什么，怎么写——在苏州大学"小说家讲坛"上的讲演》，《当代作家评论》2005 年第 3 期。

⑥　李洱：《为什么写，写什么，怎么写——在苏州大学"小说家讲坛"上的讲演》，《当代作家评论》2005 年第 3 期。

现实自身的"复杂性"（"写什么"）。从《午后的诗学》、《花腔》到《石榴树上结樱桃》，李洱一直在努力地实践着自己的这种"先锋"（从思想上的"怀疑主义"和艺术上的"技术主义"来定义的）诗学，而从自己所熟悉的知识分子题材到之前从未涉足过的乡村题材，李洱在践守"先锋"的同时又脱去了"先锋"惯有的华丽外衣，从这个意义上说，《石榴树上结樱桃》不仅意味着乡村小说叙事的"美学革命"，同时也意味着"先锋写作"的成长。

当然，李洱的乡村小说叙事是具有实验性的，既是实验便有冒险，有评论者便在肯定小说美学创新意义的同时，提出了自己的质疑："作为一个艺术整体，小说缺乏一种力量，缺乏一种能把小说各个成分融合在一起的凝聚力"，"作者没有进入真正的乡村内部，或者说，作者的灵魂并没有进入乡村的灵魂内部。当作者把自己的理性和一种纯知识分子的智性思维用于对乡村生活的剖析时，显然有点太单薄，并且，有点文不对题的感觉"[1]。然而，在有着深刻反省意识的评论者那里，对作品的质疑必然也伴随着对自我的质疑，因为他所面对的是对新的乡村现实的新的表达，当我们以传统的审美趣味——比如"总体"（卢卡契）、"凝聚力"、厚重——来框定和审视这种新的美学表达的时候，我们不能不同时审视我们的"审美趣味"本身。李洱说他要"重建小说与现实的联系"，那么我们是否也应该重建我们的理解（或"趣味"）呢？

当然，"一种美学风格同时也可能成为另一种遮蔽"[2]，此话不假，但这只是一个伪命题，我们应该清楚地认识到的是：首先，现实永远是一种复杂的现实——当下的乡村现实更是一种"尚未经命名"的现实；其次，任何一种表达仅仅是一次发言，而祛除"遮蔽"的方法是"对话"，因此对每一次发言的要求不是穷尽真相，而是保持诚实、谦虚和自省。李洱说，"如果我写得不好，我当然应该羞愧，但我没有必要十分羞愧"[3]，可见他对自己的写作是有着深刻的自知的。

① 梁鸿：《"灵光"消逝后的乡村叙事——从〈石榴树上结樱桃〉看当代乡土文学的美学裂变》，《当代作家评论》2008 年第 5 期。
② 南帆：《笑声与阴影里的情节》，《读书》2006 年第 1 期。
③ 李洱：《为什么写，写什么，怎么写——在苏州大学"小说家讲坛"上的讲演》，《当代作家评论》2005 年第 3 期。

不能不说《石榴树上结樱桃》确实是"乡村小说叙事"这棵"石榴树"上结出的一枚"樱桃",李洱通过一次有意的"嫁接"检验了这棵"石榴树"的新的"生长"可能,他的"技术"和"理性"化叙事在惯于滋润和灌溉"情感"的土壤上结出了另一种果子——它是石榴,还是樱桃,甚至它好吃与否,或许都不重要,重要的是我们需要李洱这种"嫁接",以及其他形式的"嫁接",因为脚下的土壤已经改变,这是乡村小说叙事所面临的现实,也是它的命运!

二　空间逃逸:"主流"之外——以迟子建、红柯为例

从中国乡村叙事百年的历史发展来看,乡村写作始终呈现着一种地域性的"中心／边缘"特征,这种"地域特征"不仅仅是指作家的出身和地域归属,更是指创作题材的地域性选择,如同在现代文学史上,相对于鲁迅、茅盾等中原(主要指文化而非地理意义上的)作家的乡村写作,艾芜和萧红的写作显然带有"边缘"性,不仅因为他们出身边地或曾在边地,更因为其作品所书写的就是边地的文化和风情。现当代文学史上曾经出现过的"东北作家群"、"西部文学"、艾芜、张承志等都是作为群体或具有现象意义的个体的边缘创作的代表,当然更不用提乌热尔图、扎西达娃等热心于本民族题材创作的少数民族作家了。边缘写作带来的常常是完全不同的题材与风格,它们一般都有着较为稳定的文化立场和审美趣味,从而造成一种奇异的"陌生化"效果。而对于当下渐显疲态的乡村小说叙事主流来讲,瞩目"边缘"对开阔其思想和情感格局、拓宽其题材表现领域、突破其既有的审美表达样式可能都会起到巨大的启发和推动作用。20世纪90年代以来,这种对乡村叙事极具启发性的边缘写作的代表是迟子建和红柯,他们一北一西,一直或曾经身居边地,浸润于边地的山川、文化,表现出了"内地"作家一般所不具有的浪漫主义诗性气质。

迟子建出生于黑龙江漠河,在童话般的北极村度过了自己的童年,独特的生长环境赋予了她独特的创作灵气,从早期的《北极村童话》、《原始风景》、《逝川》到21世纪的《一匹马两个人》、《采浆果的人》,那种童话般的边地风情描写,对生命真善美的悲剧性表达,以及沉静、舒缓同时又散发着淡淡哀伤的抒情语言,都使作品呈现出浓郁的浪漫诗

性气质。作为迟子建小说的突出特点，这种浪漫诗性气质贯穿着作家迄今为止的整个创作过程，它从未因作者人生阅历的增加以及对人生、命运和人性理解的深化而减弱分毫。对这种浪漫诗性气质，有人归纳为"对温情生活的辛酸表达"，① 而最能体现这一气质的当属作者 21 世纪发表的长篇《额尔古纳河右岸》（后文简称《额》）。

《额》写的是生活在中俄边界雪山密林中的鄂温克某部落的变迁，小说以"这个民族最后一个酋长的女人"之口叙述了这个与驯鹿相依为命、在不断的游猎迁徙中求生的民族的最后百年。茅盾文学奖"授奖辞"称赞说："迟子建怀着素有的真挚澄澈的心，进入鄂温克族人的生活世界，以温情的抒情方式诗意地讲述了一个少数民族的顽强坚守和文化变迁。这部'家族式'的作品可以看做是作者与鄂温克族人的坦诚对话，在对话中她表达了对尊重生命、敬畏自然、坚持信仰、爱憎分明等等被现代性所遮蔽的人类理想精神的彰扬。"小说通过"我"这一"内部视角"的择定直接进入了对"边缘"文化命运所引起的一种伤逝情怀的书写，但在具体展开上，作者却将现实批判和人文伤怀完全出之于一种温情诗意的"肯定性"表达——它通过描写以"我"的家族为主要构成的"乌力楞"（鄂温克民族部落单位）如何在百年间不断遭受和应对来自自然与现代文明的挑战，而又不断繁衍生息，来表现一种边缘文化方式的自我坚守。这种自我坚守所指向的有对自然的敬畏、人与人之间的友爱以及生命面对自我时的恬静与从容。作品中的萨满形象是这种"坚守"精神的化身，他们的责任是为部落解除灾患和祈求安宁与福音，付出的代价却是牺牲至亲的骨肉或他们自己。小说中的妮浩萨满每救一个人都会失去自己的一个孩子，这是她作为萨满必须接受的命运，所以在每次抉择时她都痛苦万分，但最终又义无反顾——哪怕她救助的是生人和坏人。萨满可谓是鄂温克民族精神和文化的化身，迟子建说："在面临着瘟疫、疾病、死亡中所体现的那种镇定、从容和义无反顾，是这支以放养驯鹿为生的鄂温克人身上最典型的特征"②。而这种

---

① 参见胡殷红、迟子建《人类文明进程的尴尬、悲哀与无奈——与迟子建谈长篇新作〈额尔古纳河右岸〉》，《艺术广角》2006 年第 2 期。

② 胡殷红、迟子建：《人类文明进程的尴尬、悲哀与无奈——与迟子建谈长篇新作〈额尔古纳河右岸〉》，《艺术广角》2006 年第 2 期。

镇定、从容和义无反顾的"鄂温克特征"不正蕴含了现代人业已遗失的宝贵的人类精神吗？印第安箴言有云："开始，上帝就给了每个民族一只陶杯，从这杯中，人们饮入了他们的生活。"① 而现在，民族手中的"陶杯"正在不断被毁弃，它们同时又复制着另一个同样的"陶杯"，迟子建则不无伤感地向我们展示了鄂温克人如何顽强地守护自己手中的"陶杯"，并啜饮他们的生活。

作品书写了一个"边缘"民族和"边缘"文明方式的命运，探讨的却是整个人类的命运问题，作品对鄂温克民族生存方式的温情书写凝聚着作者对于人类进化变迁历史的反省和对于人类前途的忧思。其开阔的文化人类学视野和强烈的人文关怀使作品显出一种宏伟磅礴的气魄。小说以二十万字左右的篇幅浓缩了这个鄂温克部落的百年历史，构思精巧，结构浑圆而紧凑，笔调苍凉而温暖的语言尤为动人：

> 如果是小鹿离开了，它还会把美丽的蹄印留在林地上，可姐姐走得像侵蚀了她的风一样，只叫了那么一刻，就无声无息了。姐姐被装在一条白布口袋里，扔在向阳的山坡上了。这让我母亲很难过。所以生我的时候，母亲把希楞柱的兽皮围子弄得严严实实的，生怕再有一缕寒风伸出吃人的舌头，带走她的孩子。

> 尼都萨满很会为羽毛安排位置，那些小片的、绒毛细密的、呈现着微微灰色的被放在腰身的地方；再往下是那些不大不小的羽毛，颜色以绿为主，点缀着少许的褐色；而到了裙子的下摆和边缘处，他用的是那些泛着幽蓝光泽的羽毛，蓝色中杂糅着点点黄色，像湖水上荡漾着的波光。这裙子自上而下看来也就是仿佛由三部分组成了：上部是灰色的河流，中部是绿色的森林，下部是蓝色的天空。

这样温婉悠长、舒卷自如的抒情语言是小说最大的艺术特点，作品从头到尾都保持了优雅而舒缓的叙事节奏，加上丰沛而奇特的想象、生动而鲜活的比喻，这使得作品整体上呈现以一种沉静、哀婉又不失辉

---

① ［美］露丝·本尼迪克特：《文化模式》，王炜等译，三联书店1988年版，第25页。

煌、绚烂的风格，而这正是迟子建一贯审美追求的延续。而以当下颇显压抑、枯索的乡村小说叙事状况为背景来看的话，《额尔古纳河右岸》正是以其独特的"边缘"取材、开阔的主题视野、博大的人文情怀以及艺术上充满浓郁异域风情的浪漫主义书写，给我们带来了耳目一新的感觉。

与迟子建一样，陕西作家红柯的小说也是瞩目"边缘"，只是和迟子建不同的是红柯是作为一个"外来者"进入"边缘"、书写"边缘"的。红柯生于中原文化最重要的发祥地之一陕西岐山，在这样的环境生长起来的红柯从小受中原文化熏陶，大学时代涉猎群书却刺激了他对"异域"和"边缘"的浓烈兴趣，大学毕业后不久便远去新疆，驻居天山脚下十年，十年使红柯从身体到精神发生了脱胎换骨的变化，这使他的写作变得与众不同。

从 20 世纪末发表《奔马》、《美丽奴羊》、《鹰影》、《金色的阿尔泰》等，到 21 世纪之后发表《库兰》、《西去的骑手》、《乌尔禾》等，红柯在回到内地十年左右的时间里，一直热烈地书写着新疆。红柯说新疆不仅是奇丽山川，更是广袤丰富的西域历史和文化——"我总算知道了在老子、孔子、庄子以及汉文明之外，还有《福乐智慧》，还有《突厥语大词典》，还有足以与李杜以及莎士比亚齐名的古代突厥大诗人。"① 在对西域自然、历史和文化进行发现的同时，红柯进一步发现的是一种迥异于中原大地的生命气质："在西域，即使一个乞丐也是从容大气地行乞，穷乡僻壤家徒四壁，主人一定是干净整洁神情自若……大戈壁、大沙漠、大草原，必然产生生命的大气象，绝域产生大美。"②

这种生命之"大美"在红柯的小说中首先体现于一种"力"的自然美，其次更表现于一种神性美，即在身体性和物质性之外，生命所具有的一种灵魂和精神的超越性。从早期的《美丽奴羊》、《鹰影》到《西去的骑手》、《库兰》再到《大河》和《乌尔禾》，红柯对于生命神性的表达经历了一个混沌到清晰、感性到理性、传奇到日常的渐趋深化的过程：早期《美丽奴羊》、《鹰影》等虽也有对生命神性的书写，但

---

① 红柯：《我与〈西去的骑手〉》，《敬畏苍天》，上海人民出版社 2002 年版，第 326 页。
② 《西去的骑手·自序》，云南人民出版社 2002 年版。

对生命自然活力的表达似乎更占主导，它们浑朴、清新的抒情色彩也显示着更多的感性特征；到了《西去的骑手》和《库兰》，因为涉及了历史，所以"叙事"的理性的色彩在加重，但形式却是不自然的"传奇"的形式；直到《大河》、《乌尔禾》，"叙事"的比重在增加的同时，"日常性"也在增加，尤其是《乌尔禾》，作者通过书写兵团之子王卫疆如何从凡俗人生的层层悲苦中走向解脱，从而呈现了世俗生命的"神性化"过程。

对应于生命叙事的这种阶段性，红柯小说的语言也在经历着一个由"快"到"慢"、由"迅猛"到"舒缓"的转变过程。早期小说表现出重语词和句式的力度、色彩与气势的"猛烈、绚烂"（李敬泽语）风格，随着对生命神性的日常化表达的增强，语式开始变得舒缓起来。"猛烈、绚烂"其实与作者作为"外来者"在面对边缘和异域文明时的震惊体验是有根本关联的——作为"外来者"的红柯也一直无法避免在"中原"和"西域"间做出一种文化对比和文化选择，而他始终所持的是一种西域/中原、雄强/羸弱、蓬勃/萎缩的二元文化价值论。但过于鲜明和强烈的文化姿态实际上限制了他对"异域"的探索，而其近期创作风格的变化则似乎标志着他创作的一种自我反省和深化。

由对"异域"的发现表达对中原文化和现代文明的批判与反思，这是以红柯和迟子建为代表的"边缘写作"共同的思想特征。"边缘"代表了多样性和可能性，恰如露丝·本尼迪克特所言，"且莫说人类创造力之丰富，单只是生活的历程和环境的逼迫就为人们提供了数量大得难以令人置信的可能的生活之路，而且一个社会似乎是可以顺着所有这些路生活下去的"，① 而红柯和迟子建的写作正是在努力向我们展示这样一种"可能的生活之路"。迟子建和红柯都是80年代登上文坛、90年代引起关注的中生代作家，从登上文坛至今，不管文坛如何喧嚣、变幻，他们始终都保持着自己风格的独特和稳定，自信而从容，究其原因，不能不说与他们对"边缘"的固守有关——"边缘"所带来的不仅仅是新鲜、奇异的美学风貌，更是一种稳定的价值立场和博大、宽容的人文情怀。

---

① ［美］露丝·本尼迪克特：《文化模式》，王炜等译，三联书店1988年版，第25页。

三　时间逃逸："主流"之外——以刘震云为例

21 世纪以来的乡村小说叙事大多瞩目乡村的当下现实，与此不同的一种题材取向是对乡村"过去"（指新时期之前的"历史"）的书写，自 90 年代以来，这种历史性题材取向的写作从未消失，90 年代以《白鹿原》、《丰乳肥臀》、《家族》等为代表的历史叙事甚至构成了当时乡村小说叙事最厚重的部分，但是 21 世纪之后，尽管仍然有《生死疲劳》、《受活》、《笨花》、《圣天门口》等不少作品继续着对乡村历史的书写，但与《秦腔》等表现乡村当下现实的作品相比，它们显然并未构成当前乡村小说叙事的主流。与此同时，虽然像《受活》和《生死疲劳》这样的作品也不乏炫目的语言、形式探索，但总的来看，它们在思想内容方面并没有超出八九十年代以来乡村历史叙事已辟定的权力、欲望等观念和主题范畴，甚至可以说，当下的乡村历史叙事基本上仍未脱离对已有的叙事经验进行重审和反思的"新历史"阶段。不少人已经意识到了这种写作方式的狭隘和逼仄，作家李洱便说："我感到与重新审视已有的经验同样重要的工作，是审视并表达那些未经命名的经验。"① 然而对乡村历史叙事来讲，"未经命名的经验"是什么？80 年代后期兴起的"新历史小说"曾致力于对大历史的改写，但因陷于自身二元对立的思维方式和相对主义的怪圈，"新历史小说"所发掘和建构的小历史也无法成为一种真正的"发现"——"小历史是由于与大历史之间的'差异性'而获得价值，也会因大历史大厦的轰然坍塌而丧失价值"，② 所以对历史叙事来说，对"未经命名的经验"的"发现"也就必然意味着对宏大历史叙事和"新历史"叙事的双重超越。在对乡村现实的书写领域，我们已经看到了一种旧有的叙事情感的变化（甚至切除）对于传统乡村叙事风格带来的改变，那么当题材或者主题也发生变化呢？在乡村现实的书写领域，我们已经看到了诸如所谓"乡下人进城"这样的新型题材对于乡村小说叙事领域的拓展；然而在乡村历史

---

① 李洱：《为什么写，写什么，怎么写——在苏州大学"小说家讲坛"上的讲演》，《当代作家评论》2005 年第 3 期。

② 张进：《新历史主义文艺思潮的悖论性处境》，《兰州大学学报》（社会科学版）2001年第 4 期。

的书写领域，这种题材性的拓展相对来说就显得较为艰难——乡土中国的封闭性和稳固性不仅制约了传统乡村的社会性流动，也制约着乡村叙事的题材表现阈限。百年的中国乡村小说叙事所表现的基本上都是与土地紧紧相连的传统农民，而对他们的表现也多侧重于其受压迫、反抗的社会性和狭隘或达观、自私或慷慨、怯懦或蛮强的文化性，而极少触及农民真正的自我意识，尤其是那种超阶级、超文化同时又与其底层生活相融洽的生命意识。刘震云 2009 年出版的长篇力作《一句顶一万句》（以下简称《一句》）则在这方面有所突破。

　　《一句》取材于作者故乡河南延津，所描写的不是传统意义上的农民，而是一群乡村手工业者，即乡村俗称的手艺人或做小买卖的，他们有卖豆腐的、杀猪的、赶车的、贩牛的、剃头的、打铁的、卖盐的、卖葱的、做首饰的，小说上部"出延津记"的主人公杨百顺（后更名吴摩西、罗长礼）因为"怵种地"所以选择了学手艺，他更是卖豆腐、杀猪、染布、破竹子、担水、卖馒头等都做过，其他人物也都是这种生活在乡下但又脱离了传统乡村生产和生活方式的另类农民，也就是说，小说所表现的是一种另类的乡村生活、另类的农民情感和遭际。小说落笔于清末民初到新中国成立后将近百年的乡村历变，但如题目所示，"一句顶一万句"，它讲述的不是百年间战争、动乱这样的宏大历史，而是由情感、话语构成的小历史。小说的主题如果用一个词来笼统概括的话就是"寻找"，按刘震云自己的说法就是，"一个人特别想找到另一个人"，[①] 为什么要找呢，是因为要说话，话不是跟所有人都能说的，所以要找一个"说得着"的人，小说上、下部的主人公吴摩西和牛爱国都曾苦苦寻找，而且不仅他们，卖豆腐的老杨、教书先生老汪、酿酒经理小温、剃头的老裴等所有这些小人物，他们也都渴念并珍惜一个能"说得着"的朋友，而这在无形中决定甚至构成了他们的命运和生活：老杨和赶车的老马"说得着"，老马前前后后给他出的主意，改变了他三个儿子杨百业、杨百顺、杨百利各自的人生方向；牧师老詹和瞎子老贾"说得着"，但瞎子老贾和破竹子的老鲁"说不着"，这种复杂关系却成全了杨百顺的再就业；温家庄的老曹和牛家庄的老韩"说得着"，老韩和本村的老牛"说得着"，这双重"说

---

　　① 刘震云、孙聿为：《与记者的对话》，《当代》（长篇小说选刊）2009 年第 3 期。

得着"最终使牛书道和曹青娥（巧玲）走到了一起……"说话"在此导引出了一种绵密、复杂的人际关系和生活网络，小说用一"绕"字对此作了准确的形容——"这些年杨百顺经历过许多事，知道每个事中皆有原委，每个原委之中，又拐着好几道弯"。小说全篇都在使用的貌似啰唆、絮叨的"不是／而是"句，其实是在暗示和对应着生活的这种纠结、缠绕状态：

> 半年后突然离开县政府，并不是吴摩西厌烦了种菜，或吴香香改了主意，或因何事又得罪了县长老史，老史把他赶了出来，而是县长老史出了事，离开了延津县。县长老史出事并不是老史县长没当好，像前任县长小韩一样，因为一个爱讲话，出了差错，被上峰拿住了，恰恰是上峰出了问题，省长老费出了事，老史跟着吃了挂落。省长老费出事也不是他省长没当好，恰恰是要当好省长，这省长就没有保住。

而这样一种生活又催生、加剧着"说话"的渴念：因为缠绕、纠结所以淤积，所以憋闷、委屈，需要透一口气。"说话"作为日常生活中最微末的部分，就这样决定了生活和命运；"说得着"、"说不着"这样一个烟火气十足的日常话语事件，就这样构成了一种异常乡土中国化的生活形态和生命存在状态。

刘震云曾经是"新写实"和"新历史"写作的代表人物，他对生活本身的复杂性是有着深刻认识的，他说："写作和其他的行业不同的地方是，它总是要面对一些说不清楚的东西，包括情感、情绪、往事、梦……我的《一地鸡毛》也是对已知世界的描述，写的是物理时间里发生的故事。但小林心里的想法可能有80%没有写。"在他看来，作家不能仅仅"停留在对已知世界的描述上"，而应该去描述那些"说不清楚的东西"，使"不可能的事情变成可能"，这也意味着作家"对本民族语言的想象力负责"[①]。但如何去描述那些"说不清楚的东西"，如何

---

① 《从〈一地鸡毛〉到〈一腔废话〉刘震云：我用写作了解世界》，http://news.sohu.com/79/59/news 147045979.shtml。

才能使"不可能的事情"成为可能呢？所谓"民族语言的想象力"究竟指什么呢？刘震云后来写下了《故乡面和花朵》，写下了《一腔废话》，他说："我现在写东西，写的就是那80%。"① 在《故乡面和花朵》中他尝试了一种"极致化"的语言表达形式，而《一腔废话》同样也对语言的"韧性"进行了探索，这时的刘震云已经脱离早期的"写实"，而进入了一种先锋状态，但这种先锋状态的写作究竟在多大程度上触摸了生活的复杂性呢？"说不清楚的东西"、"不可能的事情"意味着一片广大的领域，但侧重于语言本身表现力度探索的实验性写作似乎更多的只是实现了刘震云对自我意识——而不是那片待开发领域——的挺进。换句话说，《故乡面和花朵》这样的实验性文本所探触的恐怕不是小林的那80%，而仅仅是刘震云自己的80%。说到底，《故乡面和花朵》和《一腔废话》的先锋尝试更多的还只是在表现一种背离和拒绝，它们是极端的、姿态性的、不自然的。

而《一句》则沉入了生活（而不是"语言"）的深处，而且也真正地进入了人心（而不是"己心"）。吴摩西看到牧师老詹生前留在教堂图纸背面的一句话——"恶魔的私语"，他才明白牧师心中原来也有痛恨，这使他第一次真正地审视和发现自我："老詹的这种感觉，倒和吴摩西心中从没有想到的某种感觉，突然有些相通。吴摩西心中也常常痛恨。"牧师老詹一辈子传教，启发延津百姓思考"从哪里来"、"到哪里去"，他的失误在于从没让真实而寻常的"本我"走进真实而寻常的中国生活，老詹有一次劝杨百顺早年的杀猪师傅老曾信基督，二人在柳树下有过这样一段让人忍俊不禁的对话：

> "跟他一袋烟的交情都没有，为啥信他呢？"
> 老詹吭吭着鼻子：
> "信了他，你就知道你是谁，从哪儿来，到哪儿去。"
> 老曾：
> "我本来就知道呀，我是一杀猪的，从曾家庄来，到各村去

---

① 《从〈一地鸡毛〉到〈一腔废话〉刘震云：我用写作了解世界》，http://news. sohu. com/79/59/news 147045979. shtml。

杀猪。"

老詹脸憋得通红，摇头叹息：

"话不是这么说。"

想想又点头：

"其实你说得也对。"

好像不是他要说服老曾，而是老曾说服了他。接着半晌不说话，与老曾干坐着。突然又说：

"你总不能说，你心里没忧愁。"

这话倒撞到了老曾心坎上。当时老曾正犯愁自个儿续弦不续弦，与两个儿子谁先谁后的事，便说：

"那倒是，凡人都有难处。"

老詹拍着巴掌：

"有忧愁不找主，你找谁呢？"

老曾：

"主能帮我做甚哩？"

老詹：

"主马上让你知道，你是个罪人。"

老曾立马急了：

"这叫啥话？面都没见过，咋知道错就在我哩？"

话不投机，两人又干坐着。老詹突然又说：

"主他爹也是个手艺人，是个木匠。"

老曾不耐烦地说：

"隔行如隔山，我不信木匠他儿。"

在这场对话中，牧师老詹极力想尝试进入老曾的世界——乡土中国的世界，但他始终没有找到进入的通道，这个通道后来却被吴摩西找到了，吴摩西所依靠的仅仅是对自身生活、对自我的一次反观。吴摩西发现了"痛恨"，痛恨是因为渴念，因为渴念所以"寻找"，"寻找"同时意味着拒绝，所以他理解也原谅了吴香香的背叛，同时继续了自己的"寻找"。而若干年后的牛爱国所经受的是和吴摩西一模一样的心路历程，他遭受了背叛也宽恕了背叛，并将余生付之于寻找。小说结尾写家人劝牛爱国回家,但牛爱国坚定地拒绝说:"不,得找",这仿佛是在暗示一种宿命,同时也是在写一种抗争,吴爱国的"寻找"是一条抗争宿命之路,它坚韧又充满温馨。而在牛爱国的背后,无数的"寻找"也在随时随地地发生,它们无所谓凄凉、悲壮,也无所谓卑贱、高尚,而只是透出凡俗世界中人与世界、与生活之间的一种依存,有几许尴尬、几许温暖,又有几许苍凉……刘震云在关于小说的答记者问中说,"我不认为我这些父老乡亲,仅仅因为卖豆腐、剃头、杀猪、贩驴、喊丧、染布和开饭铺,就没有高级的精神活动。恰恰相反,正因为他们从事的职业活动特别'低等',他们的精神活动就越是活跃和剧烈,也更加高级"①。话说得有点针锋相对,倒不一定是"高级",而是它们确实真实地存在着,而刘震云则径直走入了这样一种生活,走入了那些微末但又同样有尊严、令人怜爱的心灵,所谓"平视百姓、体恤灵魂、为苍生而歌"②,这样的评价绝非溢美之词,而刘震云也正是以这样的姿态走进了乡土生活本身。

当然如前所述,刘震云尽管进入了乡村生活的本身,但是他所表现的并不是乡村小说叙事传统意义上的农民,而是如陈晓明所称的"贱民"(multitude)③,这里是否隐藏着一种刻意?刘震云选择"贱民"和他们的生活作为表现对象从而进行他的乡村叙事,是不是就是为了彻底绕开强大的乡村小说叙事(尤其是乡村历史叙事)传统,而去发现一种被遮蔽、未被言明的生活本相?小说落笔的七十多年的动荡不安的中国历史,期间所有的重大的历史事件(政治斗争、社会矛盾等)都没有得到相应的表现,有人已经敏锐地觉察到这背后所隐藏的一种叛逆性,并认为这是"一种去历史化、去暴力化,去政治化的'非-历史'或'不-现代'的叙事":

> 刘震云的书写不能不说在经典性的历史叙事之外另辟蹊径,过去人性的所有善恶都可以在"元历史"中找到根源,革命叙事则是

---

① 刘震云、孙聿为:《与记者的对话》,《当代》(长篇小说选刊)2009年第3期。
② 安波舜:《编辑荐言:一句胜过百年》,《一句顶一万句》,长江文艺出版社2009年版。
③ 陈晓明:《"喊丧"、幸存与去历史化——〈一句顶一万句〉开启的乡土叙事新面向》,《南方文坛》2009年第5期。

处理为阶级本性，而"后革命"叙事则是颠倒历史的价值取向，但历史依然横亘于其间。也就是说，人性的处理其实可以在历史那里找到依据，而人与人之间自然横亘着历史。刘震云这回是彻底拆除了"元历史"，他让人与人贴身相对，就是人性赤裸裸的较量与表演。人们的善与恶，崇高与渺小，再也不能以历史理性为价值尺度，就是乡土生活本身，就是人性自身，就是人的性格、心理，总之就是人的心灵和肉身来决定他的伦理价值。[①]

当然值得注意的是，这种不动声色的叙事革命与刘震云致力于表现生活本身复杂性的一贯追求，与《故乡面和花朵》、《一腔废话》所进行的叙事实验是一致的，只是在这里，刘震云找到了一种更为平易（而非"极端"或"极致"）的语言表达方式。

《一句》所描写的大致是清末民初到20世纪八九十年代的中国历史，而所表现的是一种兼具小农和市井特色的生活，似乎是为了与这样的表现对象寻求一种"对应"，进一步说，是寻求与表现贩夫走卒们的生活和心理相"对应"，小说选择了一种有类于古代白话小说的文体表现形式。小说通篇采用第三人称"全知"叙事，叙事人全面掌控大局；整体结构以主要人物的活动线索为主线，保证了情节的连贯；而在语言方面，选词、用语（包括方言的调动）以及由此形成的简白、通俗、明白晓畅的叙述和描写极富古白话小说的神韵：

> 收拾完行李，又躺下，仍睡不着。听着身边巧玲和老尤的鼾声，又披衣起身，出了屋门；在院中槐树下站了片刻，又出了鸡毛店，来到街上。鸡毛店地处新乡东关，街上一片漆黑，往城里望去，倒有光亮。摩西便顺着路往城里走，想找一个热闹去处，来解一下自己的烦闷。
>
> 襄垣县有个温家庄。温家庄有个东家叫老温。老温家有十几顷地，雇了十几个伙计。给老温家赶大车的叫老曹。老曹四十出头，

---

① 陈晓明：《"喊丧"、幸存与去历史化——〈一句顶一万句〉开启的乡土叙事新面向》，《南方文坛》2009年第5期。

留着一撮山羊胡。这天老曹从温家庄出发，到长治县给东家娄芝麻。三匹骡子拉着一车芝麻，有四五千斤。出门时日头高照，无风无火，待进了屯留县界，天上起了乌云。

《一句》的叙事方式和叙述语言仿佛是对中国古代叙事传统的"致敬"，然而在这种"传统"的表面之下，其实掩藏着刘震云的匠心与创造。

从结构上来看，小说总体上以吴摩西和牛爱国两个主要人物的行动线索为主干，但整个叙事却并非沿着一条线索循规蹈矩地进行，而是呈现以一种连环套式，"一个故事刚开始讲述，还未展开，就牵涉到另一个故事，结果转向讲述另一次讲述"，而且"每个都十分精彩，都引人入胜，但都无法独立成篇，总是被其他的人物和故事侵入，打断"，[①]在这种连环套式的叙事结构中，那些旁逸斜出的人物和故事都呈现了一种未完成的、敞开的状态：比如小说上部写卖豆腐的老杨和财主老秦家结亲，之前详细介绍老秦女儿秦曼卿如何因"耳垂问题"被老李家退亲，老秦如何赌气招亲，结果让老杨捡了个便宜，接着写婚庆当天酒宴上的情形，再写杨百顺酒后提刀欲杀老马，接着故事便转入了杨百顺离家后的学艺、流浪生涯，而至于被杨百顺抛在身后的杨家的酒宴，以及老杨家娶亲后的生活则被按下不表；再如下部写牛爱国去滑县，为的是寻找陈奎一，小说写二人深夜相遇，然后陈奎一回家处理家务，牛爱国在搓澡房住宿并苦等陈奎一归来，但此后引出的却是牛爱国突然决定去延津，至于陈奎一能否处理好家务，他和搓澡房老头究竟有什么罅隙，是否能看到牛爱国留给他的便笺，等等，我们也不得而知。但这些被"按下不表"和"不得而知"的人物、故事虽然在"事后"看来更像是为了引起"后文"，但在阅读时却感觉蕴含着无限生长的可能，只是故事的转换已在不知不觉间进行，新的人物和故事已生长，遗留的悬念和期待最后归于寂灭。叙述在此展示了它自己的"有限"，同时也展示（或坦承）了生活的"无限"，这不正暗含着作者一贯的对于生活、世

---

① 陈晓明：《"喊丧"、幸存与去历史化——〈一句顶一万句〉开启的乡土叙事新面向》，《南方文坛》2009年第5期。

界的"复杂性"的认识？

　　不仅这种连环套式的叙事结构，小说语言也是如此，前文已略提及，小说全篇都在使用的一个句式就是"不是／而是"句，它在小说中大致有三个功能：第一，表现生活本身的纠结、缠绕，前面已有举例；第二，呈现事情存在、发展的多种可能，以及生活进程的出人意表，比如："学校散了，杨百利本该重回杨家庄跟他爹做豆腐，但他没有回去。没回去不单像杨百顺一样，讨厌他爹老杨和豆腐，而是他在新学的半年中，结识了一个好朋友叫牛国兴"，或者"老詹推荐杨摩西来破竹子时，老鲁并不愿收杨摩西。不愿收杨摩西不是老鲁对杨摩西有啥看法，而是老鲁问杨摩西话时，杨摩西答错了一句话"。两个例子都是叙说事情的起因，"不是"后面跟的是常规情况下的事件的起因可能，"而是"后面跟的是真正的起因，这一真正的起因也往往以倒叙式的悬念设置的方式开启了另一个故事的讲述，而这正是"不是／而是"句的第三个功能：完成一件事情向另外一件事情的转换。当然从根本上来看，二、三两个功能其实和第一个功能一样，都是在暗示乡村生活本身的那种纠结、缠绕——复杂性。"不是／而是"句本来就是十分口语化和民间化的表达，联系到刘震云一直所强调的"民族语言的想象力"，这里不能不说暗含着他的深意。

　　由此可以看到，刘震云的《一句》通过追溯历史，通过对一种"另类"乡村生活的发掘和对农民自我意识的探寻，为自己对于生活的理解寻找到了一种朴实而富有说服力的表达，同时这样一种表达对于当下的乡村小说叙事来讲无疑是一种拓展，这种拓展不仅仅是时间上的（由"现实"到"历史"）、题材性的，更是主题上的（对于世界的认识）、艺术上的（古代文学叙事传统的现代性转化）。

第二章

农民形象研究——从现代
主体建构的角度入手

当下对如何解决"三农"问题的看法大致有两种，第一种是认为农村的城市化是中国现代化历史发展进程的必然，如社会学家孙立平便说："如果就城乡关系而论，可以说目前中国已经处在一个临界点上：长期存在的二八开或三七开的城乡格局，已经开始成为束缚整个经济社会发展的一个重要因素；要打开国民经济和社会发展的僵局，就必须大力推进城市化进程，将中国由一个绝大部分居民居住和生活在农村的社会转变成一个绝大部分居民居住和生活在城市的社会"，他还预言，"这个过程将会在今后的20—30年的时间内完成"。① 而资深农业问题研究专家杜润生先生也认为，要解决中国农业人多地少、资源禀赋差这一制约中国农村发展的根本问题，"出路在于工业化和城市发展，转移劳动力"，按他的估计，到21世纪后期如果能使城乡人口比例"由4：6转换为6：4"，"情况将会有好转"②。第二种观点则认为，中国的现代化不应该一味地追求西方式的那种城市化的道路发展模式，西方那种通过殖民扩张为城市化提供前提的现代化之路对于中国这样的后发国家来说是"不可重复"③的。比如温铁军便明确地指出，在"人地关系高度紧张"这一"基本国情矛盾"④ 的制约下，"我们没有追求美国式现

---

① 孙立平：《断裂——20世纪90年代以来的中国社会》，社会科学文献出版社2003年版，第74页。

② 杜润生：《杜润生自述：中国农村体制改革重大决策纪实》，人民出版社2005年版，第281页。

③ 温铁军：《解构现代化》，《解构现代化——温铁军演讲录》，广东人民出版社2004年版，第15页。

④ 温铁军：《世纪之交的"三农"问题》，《结构现代化——温铁军演讲录》，广东人民出版社2004年版，第90页。

代化的条件，因此中国不能以西方发达国家为赶超的目标模式"①；而贺雪峰则在此基础上更进一步指出，农村"有相当部分非市场因素存在"，所以完全可以"通过调动村庄中的非市场因素，进行农村社会建设、文化建设和组织建设"，从而"为农民增进大量非经济的福利"，他甚至因此而肯定饱受指摘的城乡二元结构"有一定的合理性"，"因为存在城乡二元结构，同样的经济收入，在城市生活十分艰难，而在农村却可能过得舒适"②。两种针锋相对的观点都有自己持论的依据，比较来看，前者更侧重对长远历史趋势的指认，更具有理论性和长远眼光，后者则多注重从具体的实践出发（而温、贺也都是当代有名的"新农村建设"的实践家），但不管主张城市化也好，还是反对盲目城市化也好，无论基于怎样的理由，有一点是不应该存在争议的，那就是作为农村主体的农民的现代化，从这一角度来看所谓现代化问题，则城市化与否这一问题的重要性便会退居其次。学者秦晖认为，"中国的城市没有独立的市民文化传统，而是长期处在城乡一体的农民文化氛围中，'城里人'包括其中的精华——知识分子，其精神深处都多少具有'农民心态'"，由此他认为：

> 可以毫不夸张地说，我国的问题实质上就是农民问题，中国文化实质上就是农民文化，我国的现代化进程归根结底是个农民社会改造过程，这一过程不仅是变农业人口为城市人口，更重要的是改造农民文化、农民心态与农民人格。

客观条件的限制使得城市化在中国不可能短期完成，但是秦晖认为大量农民不能很快变为城市人口，这并不妨碍"他们从田园诗式的农业文明中走出来成为'乡居现代人'"，从而"以发达的自由人谱写出中国现代化的狂想曲"③。

---

① 温铁军：《中国的人民的现代化》，载薛毅编《乡土中国与文化研究》，上海书店出版社 2008 年版，第 14 页。
② 贺雪峰：《新农村建设与中国道路》，载薛毅编《乡土中国与文化研究》，上海书店出版社 2008 年版，第 63 页。
③ 秦晖：《农民、农民学与农民社会的现代化》，《耕耘者言——一个农民学研究者的心路》，山东教育出版社 1999 年版，第 63 页。

依照秦晖的观点，中国的现代化归根结底是农民的现代化，如果农民主体无法实现现代化，那么城市化程度再高也是徒然。这一观点使得许多关于中国现代化的争议性问题成为伪问题，但它所点出的实在不过是一种"常识"而已！而具体到农民现代化这个问题来看，当下束缚农民现代化的因素既有历史的，又有现实的，既有体制的，又有文化的。那么，农民主体的现代化就必然意味着：一，加强农民内在素质的提高；二，进行体制的变革，破除强加在农民身上的那种前现代的人身束缚。而这样做势必就首先要求能够对当下农民的生存处境、心理状态、文化心态做出准确而深入的体察——当下的农民距离一个具有独立人格的、有充分现代公民意识和人权观念的"公民"究竟有多远？长期以来的城乡二元体制所制造的"超经济强制"又在多大程度上制约了并依旧在制约着农民现代化的脚步？这是任何"三农"问题研究者都无法回避的基本问题之一，也是当下乡村小说叙事所面对的最重大时代性主题之一。

"农民"在中国历史文化语境中从来不是一个纯职业性的概念（即"farmer"），而更多地指一种身份或准身份（即"peasant"），它是中国延续了两千多年、至今仍未消失的户籍制度的直接产物，作为一种世袭或准世袭的身份标识，它使"我国存在着大量的农民身份者，这一事实比我国有大量人口实际上在田间劳作一事更深刻地体现了我国目前的不发达状态"[①]。也就是说，农民的现代化、中国真正摆脱"不发达状态"实现现代化，一个很重要的表征就是农民身份制的废除，这是现代民主、自由社会的题中之义，是"现代化"的题中之义。当然，对农民自身来讲，身份制的废除所寓示的现代化过程更是一个自身蜕变的过程，是一个挣脱旧的行为习惯、思维方式的过程，是一个由传统的"受外在权势支配"的依附性人格走向现代独立人格的过程，相对于一种制度规范的废止，这种主体内在人格的蜕变无疑更为艰难。

显而易见的是，从五四时期开始确立的以批判国民性为主旨的乡村

---

① 秦晖：《"农民"与"农业者"——"农民"概念的定义问题》，《耕耘者言——一个农民学研究者的心路》，山东教育出版社1999年版，第331页。

启蒙叙事是侧重以对农民主体文化人格的关照为其立意根基的，从鲁迅到丁玲（《我在霞村的时候》和《在医院中》时期的丁玲）再到高晓声，启蒙叙事范式往往是将"农民"作为一种静态的文化镜像来对待的（祥林嫂从未离开末庄及其附近，阿Q和陈奂生短暂的进城也不过是留下了几句响亮的口号和几个脏兮兮的脚印）。而只有到了改革开放之后，随着城乡边界的打开，农民大规模地进城务工、居留甚至定居，而城市的现代生活方式、消费理念也不可阻挡地入侵古旧的村落和土地，包含了体制内涵的农民的"身份"问题才作为一个社会聚焦点而真正凸显，文学表达的启蒙式的文化关照也开始衍变和拓展成一种具有更广泛意义的社会关照，而对农民主体文化人格的书写也由侧重时间—历史意义的传统／现代对立，向更具空间—道德意义的城／乡对立转移。对于当代作家来讲，这其实预示着一个更巨大的挑战，即如何在书写当代农民外在历史命运的同时，更深刻地书写出他们文化和人格的内在历史命运？

　　本章即以农民主体的现代建构为视角，观察90年代以来乡村小说叙事对农民形象的塑造，通过研究"底层苦难叙事"对农民在现代化进程中本体性的悲剧命运的揭示，乡村"能人"形象所体现出的农民主体现代化所面临的沉重的精神文化负累，以及在城／乡变迁中农民主体所体验到的那种时空交叠造成的"恍惚感"，以揭示农民的现代主体建构在中国现代化历史进程中所必然经历的失落之痛、蜕变之痛和彷徨之痛。

第一节　失落之痛：所谓"底层"

　　随着"现实"的凸显，90年代以来的乡村小说叙事，对于农民在乡土中国现代化进程中身体与心灵受难的表达日益增多，并在21世纪以来"底层叙事"的催动下逐渐汇聚成乡村叙事的主流。有社会学家已指出，90年代以来的中国，随着改革所导致的社会资源由分散到积聚，以及利益的重组、人群的分化，中国的社会结构日益呈现一种"断裂"状态，一个庞大的、在物质生活上处于贫困状态、在市场竞争以及社会和政治层面均处于不利地位的"弱势群体"已经形成。① 而"农民"无疑是"底层"之一，有人甚至根据"组织资源"、"经济资源"和"文化资源"的占有状况直接将"农业劳动者阶层和城乡无业失业半失业阶层"划为社会的最底层。② 而 90 年代以来的乡村小说叙事对农民的底层地位、底层形象的关注与塑造呈现了一个由不断升温到最终泛滥成风（甚至成灾）的发展态势。

当然，如同有论者已指出的，"底层经验的文学表述开始重新升温……这并非标新立异的时尚，而是重返文学传统"。③ 乡村叙事对于"底层"农民形象的关注的确也有着来自强大的"文学传统"的呼应：鲁迅所开创的乡村启蒙叙事范式，本身在"怒其不争"的面目下便深隐着"哀其不幸"慈心，而左翼文学所塑造的劳苦大众、"受难"农民形象尽管随着革命意识形态的发展逐渐被"寓言化"、"神化"，但其一开始也是从"苦难"和"贫穷"构建其革命伦理与合法性的。只是在这里，无论"启蒙"还是"革命"，"苦难"和"贫穷"对于农民形象的塑造来说都没有获得一种本体性的地位，它们只是一种负有"论辩"功能的"深度指称"，而且随着新中国成立后十七年和"文化大革命"时期极"左"意识形态的侵扰，以及文学对"战斗的"、"英雄的"、"主人的"农民形象的塑造，"贫穷"、"苦难"与农民的关联更遭到了拆除。当然，劳苦大众翻身解放和做"主人"的历史事实并不容抹杀，然而这种"事实"究竟应该在怎样的层面和角度来界定和确认呢？是从主观的农民的心理层面和角度，还是从客观的历史的层面和角度？于是也就无怪乎会出现这样针锋相对的辩论了："在社会主义时期，以前从来不被当成人看的农民，真的成为人了。他们真站起来了，你不能不把他们当成人来看，你不敢把他们妖魔化"；"在社会主义时期，农民真的成为人了吗？他们真的站起来了吗？他们真的有自己的尊严了吗？

① 孙立平：《断裂——20 世纪 90 年代以来的中国社会》，社会科学文献出版社 2003 年版，第 63、68 页。
② 陆学艺主编：《当代中国社会阶层研究报告》，社会科学文献出版社 2002 年版，第 8 页。
③ 南帆：《底层：表述与被表述》，《福建论坛》2006 年第 2 期。

那么，剪刀差是怎么回事？人民公社是怎么回事？户籍制度又是怎么回事？"① 而对于当下的乡村小说叙事来讲，"苦难"和"贫穷"的重新出场确实牵扯到这样一个问题："底层"究竟是作为一种能够负载"超验和抽象的价值"的"深度指称"而凝聚起巨大的表述热情的，还是其出场只是在新的社会历史条件下文学对中国农民在乡土中国现代化这一历史进程中一种本体性历史地位和命运的揭示？

其实 90 年代中后期就有人针对 80 年代以来乡村小说叙事那种单一而抽象的文化视域而疾呼，"处于世纪之交的农村题材小说，应该有一个总主题、主旋律，那就是中国农村从农业文明向现代工业文明蜕变的艰难历程"。② 但表现这一"总主题"，首先需要对时代和社会历史有一种宏观的把握，而更进一步、更具体地说，则要对时代和社会历史主体——农民——的历史地位和命运有一种宏观的把握：农民乃是而且一直都是中国现代化裂变之痛的最主要的承担者。在这样一个总体的社会历史背景下认识"贫穷"和"苦难"的重新出场才不致出现太大的偏差：它们既代表着对当下现实的一种确认，又代表着对历史（包括"文学传统"）的一种反思。而如下这样的观点的存在也再次提醒了我们强调和突出这一总体性的历史事实是多么得重要："虽然贫苦问题仍然是中国当下值得关切的问题，但它显然已经和中华民族的命运和中国的处境脱钩。贫穷的个人或者群体的处境变成了一种具体的个体或者特殊群体的命运……贫苦和中国命运的历史的联系在今天已经过去。所以，当下的有关'底层'的文学，除了渲染个体的困难的遭遇之外，难以产生强烈的冲击。"③

如果当下的"底层"贫苦仅仅是一种"个人的困难的遭遇"，那么何以解释 90 年代以来作为一股风潮出现的"底层苦难叙事"？如果占全国人口 70% 的人口无法充分分享到中国现代化的物质和精神文明成果这一事实不能说明中国当下的实际国情，那么什么能说明？GDP 和外汇储备吗？如果连起码的常识性的"事实"都无法得到澄清，奢谈"中

---

① 薛毅：《城市与乡村：从文化政治的角度看》，《乡土中国与文化研究》，上海书店出版社 2008 年版，第 399 页。

② 段崇轩：《关于农村题材小说的备忘录》，《山西文学》1996 年第 5 期。

③ 张颐武：《底层文学：认知的焦虑》，《探索与争鸣》2008 年第 5 期。

华民族的命运和中国的处境"难道不是非常迂腐——甚或险恶吗?当然,"底层苦难叙事"囿于自身表达方式的原因确实越来越似乎缺乏"强烈的冲击",但这只是"底层"叙事的表达问题,作家对"底层"和"苦难"的关注理应首先从对时代历史、农民本体历史地位和命运的宏观把握方面得到肯定,这是乡村叙事与当代生活建立联系的基准所在,也是日渐缺乏"强烈的冲击"的乡村"底层苦难叙事"审美创变的前提和基础所在。南帆说,"'底层'回到了文学表明,社会结构视域再度替代了个体本位",①但这种"社会结构视域"仅仅是表明了一种把握时代和历史的宏观能力的提升,并不意味着"启蒙"或"革命"那种"深度表达模式"的复归。那么在这样一种新的"社会结构视域"内,以"底层"面目出现的农民形象,究竟表现出了怎样的时代新质呢?

一　疼痛:无法拯救的"身体"

在构成"底层"的特征性要素里面,"贫困"以及其带来的身体性疼痛无疑占据最突出的位置,在"组织"(政治)、"经济"和"文化"三大资源匮乏构成的生存困境中,经济资源的匮乏对"底层"来说显然是最紧要的,当下的"底层苦难叙事"也是多着眼于此,即关注所谓"第一生存要义"。当然,五四以来对于"贫困"及其直接作用于身体的"疼痛"的表达一直是中国现代性叙事进行自身伦理和意识形态建设的有效方式:在启蒙叙事那里,个体的贫困其实从未与文化的愚昧建立必然的联系,就像阿Q的贫苦反倒一再地增强着其可怜、受同情的悲剧性一面而削弱着其滑稽、可笑的喜剧性一面那样,贫困在这里与其说是个体愚昧的某种根源,倒不如说是"民族的贫困和危机的'寓言'"②。而鲁迅在《一件小事》里对于人力车夫这一勇于担当的贫困者形象的塑造则更为鲜明地体现了五四文化启蒙者身上本来就具有的那种民族主义、群体主义的倾向。因此可以说,以个体精神和民族文化落后为指摘对象的"启蒙"在民族国家落后这一大的历史语境中便包含着

---

① 南帆:《底层:表述与被表述》,《福建论坛》2006年第2期。
② 张颐武:《底层文学:认知的焦虑》,《探索与争鸣》2008年第5期。

走向"救亡"和"革命"的历史必然性，只是在这一"变奏"中，随着底层"个体"向"群体"性"人民大众"的回归，对贫困有着直接体味的"身体"便逐渐失去了对疼痛的感知。因为当"革命"时代来临后，群体主义伦理和未来主义法则已然形成了对"身体"的全面宰制："人类美好的未来就是最高的价值，这种价值的实现是不以人们的意志为转移的历史进步，它的道德律令要求人们牺牲自己的身体。"①于是我们看到，贫困从此开始失去其本体性的悲剧意味，并随着"革命"意识形态的不断推进，转而获得了一种形而上的超验象征能力。在萧也牧的《我们夫妇之间》中，来自乡下"贫农出身"的妻子张同志，其"倔强、坚定、朴素、憎爱分明"的贫苦劳动者的品质，使其作为"改造者"在"知识分子出身"的"被改造者"（"我"）面前具有天然的人格和道德优势。颇耐人寻味的是，小说尽管立场鲜明，但因为对张同志的描写并未回避与贫困相连的某种更为真实的粗鄙、土气而遭到了"糟蹋我们新的高贵的人民和新的生活"②的严厉指责。而在《创业史》等"农业合作化小说"中，摆脱贫困的意愿、行为只有和"互助合作"而非"单干"挂钩才会获得政治尤其是道义上的合法性——在这里，贫困并未丧失其先天的不合理性，但对贫困者来说，革命道德和伦理所规定的"政治性"而非贫困所直接关涉的"身体性"才是裁定其摆脱贫困的意愿是否正当的最高准则。而"身体"的忏悔与被驯服实在是革命叙事的一个核心主题。

改革开放之后，一方面是"改革"提出的"效率优先、兼顾公平"的原则解除了附着在"身体"上的政治枷锁，但另一方面解放了的"身体"却在包括贫困在内的现实复杂环境的制约下不得不独自去承担受疼痛的代价。《人生》中的高加林和《浮躁》中的金狗、雷大空都在现实困厄面前碰得头破血流，他们遭受的困厄、疼痛其实已经彰显出了乡村、农民在中国现代化进程中的某种本真性的弱势地位，但"先富"的诱惑和"公平"、"共富"的社会主义承诺在当时依旧为"身体"之

---

① 刘小枫：《沉重的肉身——现代性伦理的叙事纬语》，上海人民出版社1999年版，第94页。

② 李定中（冯雪峰）：《反对玩弄人民的态度，反对新的低级趣味》，《文艺报》1951年4月8日。

痛提供着某种精神性的安慰与缓冲，那个年代的情绪是焦虑和"浮躁"，而不是无奈、绝望，从某种程度上说，《人生》所展示的心灵的焦灼、痛苦之所以能在《平凡的世界》中被迅速地转化成一种"生存的和谐与道德的宁静"① 不能不说与那个"世俗化过程中的神学阶段"② 尚能保留住一方心理调适的空间有关。

　　而90年代之后，随着"世俗"对"神学"的彻底瓦解，这段心理调适空间也失去了。现代性伦理价值体系在理论和现实两个层面都陷入了危机，这使得"身体"失去了最后的精神依托，在"改革"时代依然有所希冀和渴望的"底层"现在在无以抚平的创痛面前只有悲哀地宣布："我完完全全是身体，此外无有。"③ 贫困从未与"底层"分离，只是贫困现在恢复了它本真的严酷面目，"身体"于是因为无法拯救而彻底陷入了"疼痛"的宰制。90年代以来尤其是21世纪之后乡村"底层叙事"最显著的特征便是对身体之痛的展示，身体受难、身体的疼痛成为最醒目的内容。90年代的乡村叙事中，除刘醒龙、关仁山、谈歌等"现实主义冲击波"小说代表作家之外，还有相当一批富有现实感的小说家对于当时农村已经开始出现的颓败——以及这种颓败对农民造成的"疼痛"——进行了尖锐的描写。王祥夫的《早春》（《山西文学》1996年第5期）写的是一起坑害农民的"假稻种事件"，农民在和作为"中介者"的政府（"粮站"）交涉不成发生冲突从而引发命案的情况下，农民不仅得不到补偿，他们还得为冲突的后果买单，小说从"父亲"如何为了让杀人者"三弟"逃脱惩罚而让哑巴"哥哥"顶罪写起，将农民在整个事件当中所遭受的伤害描写得淋漓尽致，悲惨的"哥哥"、痛苦的"父亲"、愧疚的"弟弟"，他们共同组成了一幅令人震撼的"农民受难图"。农民受难突出了他们弱势和底层的社会地位，冯积岐的《我的农民父亲和母亲》（《朔方》1994年第8期）以"我"之口痛诉，"都在坑农民，什么人都会有办法来坑农民的，而农民的所有办法只有一条，那就是忍耐"，贫穷让"我"的父亲、母亲养成了"害怕"的心理，他们畏富、畏权，丁点儿大的一点权势都会让父亲如坐针

---

① 於可训：《中国当代文学概论》（第三版），武汉大学出版社2009年版，第181页。
② 张旭东：《重访80年代》，《读书》1998年第2期。
③ ［德］尼采：《苏鲁支语录》，徐梵澄译，商务印书馆1992年版，第27页。

毡。此外，谭文峰的《走过乡村》（《山西文学》1995 年第 8 期）、陈源斌的《万家诉讼》（《中国作家》1991 年第 3 期）也更直接地描写了转型期农村因贫富差距拉大给农民社会地位带来的影响：富者骄横跋扈，贫者备受伤害欺凌……财富和人对财富的渴望已经在急剧地改变着人们的伦理观和价值观，80 年代何士光笔下的冯幺爸贫穷但腰杆硬朗，而"我的农民父亲和母亲"在 90 年代则已经变得人穷志短。倪豆豆（《走过乡村》）和何碧秋（《万家诉讼》）对权、富的反抗虽被寄寓了一种美好的理想和希望，但究竟是她们还是"我的父亲和母亲"更反映了现实呢？当"他们更好的日子还在后边"① 这种不无豪情的"主旋律"声音依旧徘徊在 90 年代叙事的天空，我们除了发现作家在"现实"与"观念"间的那种自我分裂之外，并不能发现更多，而在这一声音背后也还藏着另外一个无奈的声音："明年再说明年的吧，想那些也没用。"②

　　而 21 世纪之后的乡村"底层叙事"，第一是突出了"贫穷—受难"的必然联系，第二是对"贫穷—受难"的农民命运的表现开始被普遍地放置到更为开阔的"城／乡"对峙的社会空间中进行，贫／富的对立在更开阔的社会空间当中衍变成了乡村之贫与城市之富的尖锐对立，而正是基于财富和获取财富的能力、条件的巨大落差，乡村—农民的受难才更显出了一种历史和现实的必然性。新世纪乡村小说叙事中，受难农民的形象是一个庞大醒目的文学人物群体，虽然具体地来看，其中尚缺乏具有经典性的农民个体形象，但尤凤伟、孙惠芬、罗伟章、陈应松、刘庆邦、艾伟、盛可以、项小米等作家共同塑造的受难农民的艺术群像则作为一个庞大的集体不仅映照了时代，也凝聚成了这个时代乡村小说叙事的"典型"。尤凤伟《泥鳅》中的国瑞、罗伟章《大嫂谣》中的大嫂、陈应松《马嘶岭血案》中的九财叔、孙惠芬《民工》里的鞠广大等，他们虽各有其艺术真实性、感染力等方面的不足，但他们集合起来便成为了这个时代一个丰满、有冲击力的"典型"——"他"受苦受难，而且常常是远离故乡到城里受苦、受难，面对一种无比艳羡却

① 何申：《还算不枉此行》，《小说月报》1994 年第 3 期。
② 何申：《村民组长》，《长城》1993 年第 6 期。

无法企及的"完美生活",以及这样一种生活所辐射出来冷漠、歧视、排斥和拒绝,"他"无法再相信"更好的日子还在后边",因为"他"所发现自己面对的是一种看起来无法弥合,也没有太多理由能使"他"相信未来一定能弥合的距离,"他"唯有受苦。

在受难农民群像中,乡村女性是最醒目的一群,她们柔弱易碎的身体使她们面临着更大的受伤害的可能,而其受难也更典型地体现着进城农民所遭受的疼痛以及这种疼痛的强度。在专门以此为题材的叙事作品中,孙惠芬的《歇马山庄的两个女人》(《人民文学》2002 年第 1 期)、郭文斌的《草场》(《花城》2007 年第 4 期)、范小青的《茉莉花开满枝桠》(《山花》2009 年第 1 期),以及盛可以的《北妹》、项小米《二的》(《人民文学》2005 年第 3 期)等①都是值得关注的作品,其中项小米的《二的》和孙惠芬的《歇马山庄的两个女人》则更典型地将乡村女性的那种身体之痛展现得触目惊心。

《二的》中的小白基于对城市的向往和对爱情的质朴理解而向律师聂凯旋献出了自己的身体,小白的献身是基于她希望而且相信自己能成为聂凯旋家的"女主人",这个想法多么幼稚可笑——单自雪(聂凯旋老婆)这样认为,聂凯旋也不会例外,尽管他心中有愧,对二的也确实有情,但现代城市生活浮靡堕落的道德现状已经与乡村质朴的人性人情相隔了千里万里,小白受伤害是必然的。当然这种"必然性"还更深刻地在于更现实的客观因素制约,即城乡壁垒的坚实——如果小白是城里人,那么即便她贫穷、文化程度不高,但她取代单自雪的想法变成现实的可能性会不会更大,或者至少不那么被人讥笑?小白离开聂凯旋家之后下落不明,她或者继续在城市流浪,或者回到乡村,无非这两条路,而《歇马山庄的两个女人》便向我们展示了"回乡"的命运。同是乡下女孩的李平几乎重复了小白在城市的受伤害经历,只不过伤害她的不是律师,而是一个酒店老板,李平之后嫁回了乡村,小说由此写起,写她嫁给一个民工,并试图从此抚平创伤开始新的生活,但是她最后依然失败了,城市的不堪经历并未因远离城市而结束,它以谣言的形

①　其他还有艾伟的《小姐们》、李铁的《城市里的一棵庄稼》、张弛的《城里的月亮》、李肇正的《傻女香香》、邵丽的《明惠的圣诞》等。参见谷显明《尴尬·堕落·漂泊——新世纪小说中进城乡下女性生存境遇探析》,《湖南工业大学学报》(社会科学版)2009 年第 3 期。

式维持了对她的伤害，而且将这种伤害蔓延到了更多的人（她的新婚丈夫及其家庭）那里。农民身体的受难已成 21 世纪以来乡村小说叙事一个最醒目的题材，乡村女性进城受难则无疑是其中最触目惊心的，女性的美丽、单纯、善良、柔弱更凸显了"苦难"的沉重和"伤害"的残忍、不公、不义。当然苦难叙事确实有过度渲染之嫌，甚至有人指斥当下作家患有"苦难焦虑症"，① 但这难道不也正反映出了"苦难"之于当下乡村和农民命运的那种本然性？只是"苦难"若失去了它的历史、文化纵深，便只能维持于一种现场和感官刺激的水平。

　　于是，有作家便试图超越浮表而感性化的苦难叙事，达到对现实的深度介入，比如贾平凹的中篇小说《阿吉》（《人民文学》2000 年第 7 期）、王立纯的短篇小说《幸福的折箩》（《北京文学》2002 年第 5 期）、阎连科的短篇小说《黑猪毛 白猪毛》（《广州文艺》2002 年第 9 期）便力图在苦难叙事的基础上恢复"启蒙"的那种文化纵深。《阿》塑造了一个像极了阿Q 的乡村混混的形象：他懒惰、不务正业，在戏班子里以讲"段子"和编排周围人的笑话谋口饭吃；他虚荣爱说大话，进城打工，赔本受气，回乡后却又到处炫耀吹嘘；他有时欺软怕硬，有时却有一股子侠气——自己穷还信誓旦旦要接济更穷的人，自己受气还要替别人出气，手段虽然是下三路的，但气是正的，心也是热的。不过小说着力塑造的这个人物最主要的特征还是那种小农的根性——他恨贪恨富，却也畏权畏官，他可以背编排富人和镇长，但是当这些有权势者真要和他较真的时候他又惶恐不安、手足无措起来。《幸》则讲的是一个外号叫"小黑猪"的老年农民的故事，他早年因公伤受到抚恤，之后便一直以此为借口享受着当地招待所里的"特殊照顾"——吃酒席之后剩下来的"折箩"，为此他不惜隐瞒自己陈年旧伤已经基本无碍的事实，而当扶贫队出于使他身心都能"站"起来的愿望将他的伤彻底治愈之后，他竟然为了能够继续吃上那口"幸福的折箩"而故意使自己的双腿严重致残。《黑》则讲的是山民为了能和乡长攀上关系，争着替出车祸闹出人命的乡长坐牢的故事，乡村的贫穷、落后以及山民的愚昧程度令人震惊。《阿》中阿吉的两面性，《幸》和《黑》中"小黑猪"

① 洪治纲：《底层写作与苦难焦虑症》，《文艺争鸣》2007 年第 10 期。

和山民们的麻木愚昧，有力地标出了他们和阿Q、陈奂生这一人物谱系的血脉联系，但是和鲁迅辛辣的批判风格相比，这里对"国民性"的批判则宽和了许多：《阿》中贾平凹对阿吉的描写少了些漫画式的讽刺，多了些温厚和同情；《幸》和《黑》中，作者也没有对"小黑猪"和山民们的行为表现出多大愤慨和悲哀，他们对笔下这些以往启蒙叙事从来都是批判多于同情的"劣根"形象给予了一种理解和宽容。温情的增多、讽刺的削弱其实从另一个角度看难道不正反映出"启蒙"在已经变化了的社会历史境遇中的式微？正如汪晖对"新启蒙主义"所作的批评——"曾经是中国最具活力的思想资源的启蒙主义日益处于一种暧昧不明的状态，也逐渐丧失批判和诊断当代中国社会问题的能力"，因为：

> 中国的启蒙主义面对的已经是一个资本化的社会：市场经济已经日益成为主要的经济形态，中国的社会主义经济改革已经把中国带入全球资本主义的生产关系之中，在资本主义化的过程中，国家及其功能也相应地发生了虽然不是彻底的、但却是极为重要的变化。资本主义的生产关系已经造就了它自己的代言人，启蒙知识分子作为价值创造者的角色正面对深刻的挑战。更为重要的是，启蒙知识分子一方面致慨于商业化社会的金钱至上、道德腐败和社会无序，另一方面却不能不承认自己已经处于曾经作为目标的现代化进程之中。中国的现代化或资本主义的市场经济是以启蒙主义作为它的意识形态基础和文化先锋的。正由于此，启蒙主义的抽象的主体性概念和人的自由解放的命题在批判毛（笔者注：毛泽东）的社会主义尝试时曾经显示出巨大的历史能动性，但是面对资本主义市场和现代化过程本身的社会危机却显得如此苍白无力。①

按照汪晖的分析，阿吉和"小黑猪"们所处的是"资本主义市场和现代化过程本身的社会危机"已构成当下中国基本困难情形的时代，而不再是阿Q甚至陈奂生的时代，因此启蒙叙事也必然面临着自身批判

① 汪晖：《当代中国的思想状况与现代性问题》，《文艺争鸣》1998年第6期。

逻辑的调整。但就目前来看，这种"调整"尚未能真正地展开，尤其是——就乡村小说叙事来讲——在对被启蒙者（农民）的感情定位方面，作家已经难于保持一种稳定的观照态度，是讽刺还是同情？是批判还是认同？"启蒙"确实已经变得越来越"暧昧不明"。

二 绝望："无理性"的身份焦虑

对于五四之后的中国现代性叙事来讲，对受难身体的"拯救"无非有两种策略，一是历史理性的未来法则，二是集体主义的国家伦理法则，但在现代性叙事已经式微的今天，历史理性法则的失效带来的是困惑和迷惘，集体主义国家伦理法则在失去历史理性的未来法则这一立论之基的情况下激起的更多的是一种失望乃至愤怒。原本，"民族国家身体和个人身体，这二重力的强化，既依赖于它们同其对立面的冲突，也依赖于这二者之间的相互支撑和指代：国家身体需要借助个人之力才能强化自身，它是个人之力的聚集、表达和再现，只有个人身体得到强化，国家身体才能强化，这二者相互追逐，相互嬉戏，相互吸引，相互聚集"①。而现在，曾经同声相应、同气相求的国家身体与个人身体开始殊途异路。就农民与国家二者关系来说，其主要是表现为农民个人身体的被"背叛"、被"抛弃"——当然更为真实的情形可能是强大了的民族国家身体并未置农民个人的身体于不顾，而只是由于当下中国特殊的困难处境，以及民族国家身体与农民个人身体的发展确实呈现了明显的"可分离"趋势，农民个人身体的拯救才成为一个只能被无限延期的任务。总之，从农民的角度看，"身体"已经成为其无法承受之重，而他们所能做的唯有"自救"。

"自救"（或"自助"）作为充满积极性和人文色彩的一个词汇，其实有些过于美化了当前农民对现实困厄处境和历史悲剧命运的抗拒与摆脱，这里用"挣扎"可能更确切一些："挣扎"首先表明了抗拒和摆脱在历史命运前的无望，其次更能体现出农民作为欲望个体的无理性。在"现代化"神话所给予的精神性支撑消失之后，巨大的精神空缺便为欲望所填充，解放的"身体"在理性不足的个体那里唯有陷入更原始的

---

① 汪民安：《身体的双重技术：权力和景观》，《花城》2006 年第 1 期。

欲望的囚笼,而随着现实当中城乡差距不断被拉大、城乡边界被打开,农民的心理急速失衡,触手可及却又咫尺天涯的城市现代文明给其造成了一种身心的严重分裂。有人指出,"中国二十多年的改革史,也是二十多年的农村被文化殖民的过程","侵入农村领域的'城市文化'主要不是精神文化,不是制度文化,而更多的是物质文化。这种物质文化甚至与高品位的生活方式,开放、民主的思维方式等等深层次的'文化语码'没有关系,相反,更多的是一种欲望的表达,一种感官的刺激,一种非理性的情感的放纵",而"只要农村的贫穷与城市的富裕产生强烈的对比并使农民感到绝望,只要城市文化能渲染一种可以刺激农村的落后并作出价值判断的氛围,那么农民就会在羡慕、自卑的复杂心理中'接受'城市文化的那一套语码,并反过来鄙弃曾给以自己安身立命的一个精神支点的文化",如此,这种"文化殖民"便"给欲摆脱困境的农民强加了一种精神的焦虑,一种对土地的厌恶……它以隐秘的方式瓦解了人们的理性,使幻想中的'城镇化'生活与现实苦难的农村生活日益分裂"。① 确如此言,在 90 年代以来的乡村叙事中,我们也看到了如许多失去理性的"城市文化符码"的追逐者。

在本节此前已经论述到的《泥鳅》、《二的》、《歇马山庄的两个女人》等 21 世纪之后的乡村小说中,国瑞、小白、李平等都是追逐"城市文化符码"的牺牲品,他们在进入城市之初大都怀着美好的人生理想和生活愿望,但最终都抛弃了个人的尊严甚而牺牲掉自己的生命,这本身便包含着一种疯狂。只是在这些作品中,因为尊严和身体的"牺牲"或"毁灭"过程得到了充分展示,所以疼痛和"毁灭"引起的悲剧感(而不是疯狂)便成为了作品表现的重心,然而,国瑞、小白等人对于城市的那种执拗的向往已经显示出一种疯狂和非理性。当然从根本上说,他们渴望走出农村、进入城市的心理与行为所体现出的仍然是一种身份的焦虑。

80 年代《人生》中的高加林和《浮躁》中的金狗、雷大空,他们同样渴望"进城",同样遭受挫折,但强大的个体意志和雄浑的州河、

---

① 石勇:《被文化殖民的农村——读〈L 县见闻〉》,薛毅编《乡土中国与文化研究》,上海书店出版社 2008 年版,第 357、359、361 页。

黄土地依旧能为其提供内在和外在的强大依托,所以他们不仅没有陷入绝望和疯狂,反而焕发出一种理想主义和个人英雄主义的光辉。90年代之后,乡村叙事对这种身份焦虑所引发的"疯狂"开始普遍地有所表现,谭文峰的《乡殇》(《山西文学》1993年第11、12期)塑造了一个叫唐姐的人物形象,她在镇政府负责话务工作,但没有正式编制,虽生得柔美温婉,却因"高不成低不就"而成了大龄青年,后来在别人的暗示和"点拨"下,她向张书记献出了自己的身体,以期能得到一个"农转非"的指标,然而张书记的调离使她的希望化为了泡影,精神受到了刺激。刘醒龙的《凤凰琴》描写的是在极端恶劣的条件下由"生存"所引发的疯狂的人性表演,人性的复杂、生存的残酷通过张英才这个年轻人的视角得到了充分展现:故事的重心是山村民办教师唯一一个"转正名额"的分配,"转正"意味着摆脱了农民身份,获得一种准"城市"身份,这是余校长、孙四海、邓有梅等民办教师一辈子的梦想,余校长的妻子明爱芬早年为和张英才的舅舅竞争"转正"名额不顾产后虚弱坚持参加考试,最后落得瘫痪在床,直到获知自己能够转正才撒手人寰,一把凝聚着血泪的凤凰琴是生存竞争的明证。小说最后以"主旋律"之声收场,尤其是余校长、孙四海等山村教师最后显现出的那种无私奉献的人格更是一脉激扬的强音,但这依然不能掩盖作品所表现的生存的压抑和残酷。作品中厌恶鄙陋乡村、渴望文明生活的张英才和高加林有着太多的相似之处,但他们最大的不同是,张英才在90年代的语境中已经无法保持高加林那种昂扬的主体意志了,他颓唐、犹疑,对外在环境、人性的体察使他多了一分冷静,也多了一分消沉,这个人物是灰色的,在"进城"的事情上,高加林是失败者,张英才是成功者,但在意志力和信念的保持上,高加林才是成功者,张英才却是失败者。

21世纪之后的乡村叙事中,身份焦虑所引起的盲目、非理性行为更醒目起来:人物"离乡进城"的愿望更直接、更强烈,行为更盲目、更非理性。在刘庆邦的《到城里去》(《十月》2003年第3期)中,乡村妇女宋家银以一种"战斗的姿态"[①]把"到城里去"当作了自己毕生

---

① 孟繁华:《"到城里去"和"底层写作"》,《文艺争鸣》2007年第6期。

的追求，身份焦虑在她身上具有一种歇斯底里的特征：年轻时宋家银的择偶标准就是对方是否是"工人家属"，第一个对象因其"父亲在新疆当工人"，所以她毅然在婚前向他献出自己的身体以期拴住对方；在被抛弃之后，她经过思忖嫁给了"临时工"杨成方，作为退而求其次式的弥补，但婚后三天即驱赶丈夫去预制场上班，预制场倒闭后又催逼他去县城、去郑州、去北京打工——这说明宋家银的身份焦虑非但没有在漫长的乡村生活中消泯，反而变本加厉。无以平息的焦虑使宋家银的性格发生了严重的扭曲，她的泼辣、能干因为嫉妒、虚荣而变成冷酷、残忍，直到接杨成方回家的那次进京之旅，她才第一次真正认识到"城市是城里人的"这一冰冷事实，但她转而又将"到城里去"的全部希望寄托到了儿女身上，希望儿子能够通过读书考大学得到一纸城市户口，最终却导致儿子不堪重负离家出走。

宋家银的故事横贯了20世纪八九十年代以至21世纪之后，宋家银的身份焦虑也呈现着阶段性特征："宋家银当初热衷于把丈夫杨成方往城里撵，是为了要工人家属的面子，是出于虚荣之心。这是第一阶段。到了第二阶段，宋家银受利益驱动，就到了物质层面。……到了第三阶段，宋家银的指导思想就不那么明确了，就是随大流，跟着感觉走了。"① 早期出于虚荣而心向"城市"如果说更多地反映了宋家银的个人性格，那么由"物质利益的驱动"到"随大流"则已经充分显现出90年代以来农民在物化现实面前的那种盲目和无理性。宋家银个体的性格行为已经转化成为一种普遍的社会行为，而个人在这种群体性行为面前往往更容易失去理性：在贾平凹的《秦腔》中，清风街年轻的一代都向往"到城里去"，流行歌曲和牛仔裤等"城市文化符码"构成了对年轻人最大的蛊惑力量；李锐的《牧笛》中那个弹三弦的盲老人在马戏团的流行歌曲、充满肉欲的尖叫声面前已经争不来一个观众，连陪伴他的瘸腿儿子也被吸引去了……当然，对于宋家银来说，后期"指导思想不那么明确"的根本原因还是在于她身处除"到城里去"而别无选择与"到城里去"又不可能这一现实悖论当中，所以"到城里去"也便成了一种无望的挣扎，一种"随大流"。小说最后写儿子离家出走

---

① 刘庆邦：《到城里去》，《无望岁月》，中国工人出版社2004年版，第261页。

时留给宋家银一封信，信中说他"不混出个人样儿就不回家"，宋家银读信之后感到些许欣慰，而且她"还是相信儿子能混好"，然而真的能混好吗？宋家银的"相信"又有多少"别无选择"式的自我安慰在里边呢？

除了宋家银之外，孙惠芬长篇小说《歇马山庄》中的小青又是一个执着地"到城里去"的典型。小青是歇马山庄有钱、有权、有势的村长林治帮之女，她青春早熟、热辣而有心计，在她就读于县城卫校、回乡做赤脚医生、嫁给买子而后又离开买子进城打工这一不无曲折的青春"奋斗"轨迹中，贯穿着她对于城市执着的向往和对乡村由衷的厌弃。为了"进城"、"留城"，她勾引并献身于卫校校长苗得水，在留城失败、不得不暂时栖身歇马山庄时她又竭尽全力保持"自己与乡村女人的不同"，当她爱上买子并嫁给买子，她也难以抑制自己对城市的向往，并不惜牺牲掉这份乡村爱情。与小说中将乡村当做奋斗天地、实现人生价值沃土的林治帮、买子相比，小青是一个另类，她坚强、独立，并且深谙如何利用女性的优势——与贤良淑德的传统乡村女性判若云泥，在她身上闪耀着一种高加林、于连式的理想主义者的光辉，孙惠芬显然是想在她身上寄寓一种积极的、富有创造性的现代价值理想的，但在残酷的现实面前，小青对城市执拗的眺望却注定了作者的失败——小青的坚强、独立除了彰显她的盲目和非理性之外，已经构建不起任何富有启发性和建设性的精神意义和价值了。小青和买子恋爱之前有过这样一次对话，谈话的主题是关于现代乡村女孩究竟喜欢什么样的男人：

> 买子说，什么样？
> 小青说，喜欢有城市户口，有工作，哪怕有点残疾也行。
> 买子说，乡村女孩就这么贱？
> 小青说，这不叫贱，这叫穷则思变。
> 买子说，要是乡村不穷呢？
> 小青说，那也不行，城市乡村就是不一样嘛。

并不是因为"穷"所以才不喜欢乡村男人，而是因为城市和乡村"就是不一样"，哪里不一样呢？是高楼大厦和穷乡僻壤？是文质彬彬和陈规陋习？也许对于小青这样的年轻人来讲，除了那些显在的不同之外，更根本的不同是一种模糊但又清晰的"感觉"。《二的》中的小白回乡跟青梅竹马的狗剩见面之后，更坚定了"一定要留在城里的想法"，因为她无法忍受狗剩那种生儿养老的鄙陋观念，但如果说小白的执拗"进城"尚有充分的、具体的理由，那么小青对城市的向往则似乎更多了一份无缘由，对乡村的厌弃也仿佛出自本能，然而真的是"无缘由"吗？小青留城失败后乘车返乡，在途中看到的一个蓬头垢面的乡下女人，那成了她后来脑海中挥之不去的一幅图景——世世代代乡村的落后、贫穷、愚昧就是以这样一种无处不在的方式化成为一种"集体无意识"而深深地植入了乡村儿女的生命，以致即便乡村不穷、会变富，他们"离土"的欲望、冲动也依然会鼓荡不息。小青和买子分手时坦白了自己内心的痛苦："我们离婚跟你无关，跟你做的一切都没有关系，原因只在我自己身上，这是我上学时就有的想法，回乡来只不过让我验证了自己，我不是个能踏心过乡下日子的人，我的心就从来没有在乡下停留过……我不能投入咱们的生活非常可怕。结婚之后，我所做的一切都是有意，而不是忘我，我很累，我好像拖着另外一个我走道……"小青的痛苦是一种典型的"分裂"的痛苦——"我"之外还有"另外一个我"，而治愈这种"分裂"的唯一方法就是"到城里去"。小说将小青与乡村生活的"告别仪式"（离开婆家）放在了一个大雪初霁、天露曙红的清晨，村庄在小青眼里也已"不再是昨日那般冷清和严肃，而微微地透着些许暖意"，但是前路是否真有"暖意"？在小白、李平等人的悲剧面前谁还会抱有乐观的期许？在时代现实面前，对于乡村儿女来说她们唯一的喜悦恐怕也仅仅只剩下这种片刻的"告别"的喜悦了吧。

　　不管是"随大流"的宋家银，还是身心"分裂"的小青，当我们用"盲目"或"非理性"来形容她们"进城"的意念和行为的时候，我们并不是表达一种责难，因为我们无法为她们找到一条更好的路——说"到城里去"是盲目的、非理性的，那么什么才是理智的、不盲目的？不要到城里去吗？或者可以到城里去，但要像买子告诫小青的那样"做个好女人"？小青面对这种道德训诫立即明确地作出了回应："我肯定不会放弃做个好女人。可是咱俩的好女人概念肯定不同，你是指传统本分，而我不看重这点，我看重在经济上、生活上全面独立，不依仗任何人。"当小青和我们所处的时代，贫穷已成为一种根本性的疼痛，一种与受苦、自卑、被歧视、受侮辱必然相连的处境，而乡村与贫穷（尤其是"相对贫穷"）的联系也几乎成为一种必然时，我们如何再有理由要求她们抛弃"身体"奢谈尊严、人格？谁有资格在无法帮助小青们改变受苦、受痛处境的情况下对她们提出更高的道德的要求？小青们进城即便不会幸福，尊严和道德也无法保持，但谁能够阻止他们"到城里去"——不是应不应该阻止，而是能不能阻止？某些浪漫的农村、农民问题研究者从理论和逻辑上论述道，"在农民事实上不可能快速转移进入城市，农民收入不可能得到迅速提高的情况下"，应该"从社会和文化方面"（非经济、非物质方面）入手，"建设一种不用金钱作为生活价值主要衡量标准，却可以提高农民满意度的生活方式"，即以所谓"低消费、高福利"为目标，"重建农民的生活方式，从而为农民的生活意义提供说法"。[①] 但且不说发展这种"非物质福利"的客观条件是否具备，[②] 单就农民是否愿意接受这种"不用金钱作为生活价值主要衡量标准"的生活方式来讲，我们就对此深表怀疑——农民进城"事实上不可能"，并不等于事实不会发生，而且实际上事实已然发生。

　　农民在城乡的巨大落差之下是否真的已经完全为物欲所操纵，甚至沦为马尔库塞说的那种"单向度的人"或德勒兹意义上的"欲望的机器"，这需要更详细的考察，但一个不容抹杀的事实是，农民当下的处境确实包含有使其心灵"荒漠化"的必然性，因为心灵的饱满、自足来源于对自身所处生活和文化的满足与自信，但现在，"贫瘠的土地使与土地联系在一起的一切都失去了魅力。这种文化生态使他们挣扎在想逃离却又无法逃离、与苦难的生活联系在一起的精神煎熬之中"，[③] 所

---

　　① 贺雪峰：《新农村建设与中国道路》，薛毅编《乡土中国与文化研究》，上海书店出版社 2008 年版，第 67 页。

　　② 薛毅主编的《乡土中国与文化研究》一书，除温铁军、贺雪峰、石勇等人的理论文章之外，还收录了何慧丽、贺雪峰、张世勇等人的乡村建设的实验或调查报告，这些报告所共同展示的就是所谓乡村"社会和文化方面"建设的可喜成果，但让人感到不满的是其调查和实验的对象竟然全部都是乡村的老年人，即便这不会让这些调查、实验所实际证明的走向其力图证明的反面，至少也无法让其得出的结论具有充分的说服力。

　　③ 石勇：《被文化殖民的农村——读〈L县见闻〉》，薛毅编《乡土中国与文化研究》，上海书店出版社 2008 年版，第 361 页。

以有人绝望地发问:"在这铁桶一般的'现代化'、'城市化'的主流文化的包围和熏染之下,农民除了向城里人的生活看齐,还有别的选择吗?"①农民已经没有别的选择,这是他们"盲目"和"无理性"的根由。感觉到了差距,却又改变不了这种差距;知道前路凶险,但依然要往前走——对农民来讲,这实在是一种无望的挣扎,而"到城里去"的执拗除了显示出一种混茫的身份焦虑外,也实在无法获致其他具有现代个体建构性质的价值和意义了。

对于身处转型期的中国农民来说,"底层"和"苦难"是一种客观的生存现实,而对于中国乡村叙事来讲,90年代以来"底层"和"苦难"的出场其实是对百年来一直被遮蔽的中国农民悲剧性历史命运的揭示。这种"揭示"已经显示了让人印象深刻的冲击力,但不可否认的是这种"揭示"更多地尚停留于"展示"的层面,还没有上升到一种有深度的"反思"的层次。

展示——尤其是片面化、夸张式地展示——"底层"的"苦难"境遇,而不是更深刻地反思"底层"和"苦难"背后除制度之外的那种更深刻的历史、文化因素,这是当前乡村小说"底层苦难叙事"的最大问题所在,也是当代文学常被动于时代、趋附于时代的惰性之体现。而就我们这里所讨论的农民的现代主体建构这一问题而言,对"底层"和"苦难"的单纯"展示"显然已日渐缺乏建设性的意义以及美学冲击力,如同情绪的宣泄并无助于事情的真正解决一样,"对于一个作家而言,他要发现的是社会结构中的人文冲突问题,人性问题,而不仅仅是苦难"。②

对当代农民的现代主体建构来讲,如果说文学对"底层"和"苦难"的过度"展示"更多地反映了这种主体建构所面临的外在困难,尤其是历史的体制性因素和当下其他复杂的现实性因素所造成的困难,那么在这种历史和现实性因素一时难以改变的情况下,"反思"也许可以从关注农民主体自身的角度来进行,即除了那些外在的困难之外,还有没有源于主体自身的困难?也许这种源于主体自身的困难归根结底仍

① 王晓明:《L县见闻》,薛毅编《乡土中国与文化研究》,上海书店出版社2008年版,第354页。
② 王尧:《关于"底层"写作的若干质疑》,《当代作家评论》2008年第4期。

然是某种更久远、更深层的外在因素所造成，但对于当下的农民来讲，至少在实现其现代主体建构所必需的"内在人格的蜕变"方面却势必需要其做出更自觉、更积极的努力。

第二节 蜕变之痛：在"传统" 与"现代"之间

纵观90年代以来乡村小说叙事对农民形象的塑造，随着"启蒙"、"改革"等"现代化"话语的式微，作为文化镜像的"农民"和时代"弄潮儿"的"农民"开始为"弃儿"式的底层苦难者形象所代替。文学对于受难农民形象的塑造反映了当下农村发展所面临的困难处境，但从农民的现代主体建构这一角度来讲，文学对于农民形象的塑造不仅需要揭示其在现代化进程中所遭受到的苦难、伤害、不公，更应该揭示其现代主体建构所必然面临的那种"内在人格蜕变"的艰难。

而从另外一个角度讲，小说家作为时代和历史的"书记员"需要从社会历史主体心灵的角度写出时代的动变，而心灵的世界又是丰盈复杂的，哪怕是面对苦难，心灵的反应也不尽相同，所谓"不幸的家庭各有各的不幸"，更何况大千世界不仅有以泪洗面、向隅而泣者，也有笑对惨淡人生、以苦为乐或苦中作乐者，所以苦难叙事彰显的是作家在体悟心灵方面的狭隘和故步自封。贾平凹的《秦腔》因为忠实地"呈现"①了当下乡村颓败、荒芜的现实而赢得了广泛的赞誉，茅盾文学奖"授奖辞"称赞其"对变化中的乡土中国所面临的矛盾、迷茫，做了充满赤子情怀的记述和解读"，然而颓败和荒芜只是贾平凹眼里的中国，矛盾和迷惘也首先是贾平凹一己的心灵感悟，我们要问的是，即便颓败和荒芜确实是当下中国农村的基本状态，矛盾和迷茫也是作家普遍的最强烈的现实感触，但是除了这些之外呢？还有没有另外的关于乡土中国的书写？贾平凹说他已经失去"解释生活"的能力了②，但他的无奈是否意味着当下的乡村现实已经失去了它的可反思性？

---

① 贾平凹、郜元宝：《关于〈秦腔〉和乡土文学的对谈》，《河北日报》2005年4月29日。
② 同上。

从农民形象的塑造角度看，90年代以来尤其是21世纪之后的乡村叙事有两种农民形象的书写与苦难叙事那种悲抑、凝重的格调不同，它们要么侧重从"苦难"和"底层"中发掘和构建富有"新生"质素的令人鼓舞的农民形象，要么侧重从历史、文化的角度审视农民的现代主体建构所面临的深层精神桎梏。当然，对比来看，前者虽然也显示出了一种不无探索精神的可贵品质，但是大都不逾那种朴素、单纯的人性和人情书写；而后者在视野和格局上却开阔得多，它雄浑的气象和开阔的历史纵深是前者所不具备的。下面具体来看：

一　"前瞻"：温情乏力的人性、人情书写

前面已经论及，对于90年代以来表现乡村颓败、农民在现代化进程中悲剧命运的乡村叙事主流来讲，以李洱的《石榴树上结樱桃》、刘震云的《一句顶一万句》、迟子建的《额尔古纳河右岸》等作品为代表的创作已经在情感、时间和空间上对这股叙事潮流的悲剧性主题和写实化艺术风格进行了开拓，但是这种"开拓"并非都是有意识的，有的甚至仅仅是作为一种"准乡村叙事"（如迟子建的《额尔古纳河右岸》）而对当下的乡村叙事具有着某种"映照"功能，因此这种美学"开拓"毋宁说是一种启发，而不是反思。反思是有针对性的，如同在对农民形象的塑造上，以尤凤伟《泥鳅》中的国瑞、孙惠芬《民工》中的鞠广大等为代表的"受难农民"形象是当下乡村叙事的"主流"农民形象，而同是表现农民在现代化进程中的困难处境，有的作家便试图从另外的角度看取这种处境——不仅关注和表现农民所面临的困难，更关注和表现他们在困难中的自强、自立，以及不为困难所磨灭的良知与温情，由此在"主流"内部形成对"主流"的反思。

就当下而言，苦难叙事对人心的触动往往是通过描写生命受难甚至毁灭来实现的，但生命受难或毁灭却往往只突出了压迫和摧毁性力量的强大和非正义，生命本身应有的尊严却常常没有得到相应的保全和尊重，所以在当下不少作家依然习惯性地以一种"'崇苦崇恶'的审美追求"和"放纵式的叙述姿态"①嗜写苦难的时候，有的作家已经开始尝

---

① 洪治纲：《底层写作与苦难焦虑症》，《文艺争鸣》2007年第10期。

试发现一种别样的底层生命景观。王安忆的《民工刘建华》(《上海文学》2002年第3期)向我们描述了一个城里人眼中的年轻民工形象，虽然这个名叫刘建华的年轻人性格有一些刚愎自用，还有些狡黠、小气量，但他手艺好，活仔细，爱干净、讲卫生，甚至还喜欢听音乐……刘建华在民工中可能并不具有太大代表性，但这样的民工却是为作者所欣赏的，就像小说中说的："刘建华这样的劳动者，正是我们喜欢和欣赏的：勤劳，智慧，自尊，上进。"荆永鸣在他的"外地人"短篇小说系列中，也塑造了一群有理想、积极向上的"青年打工仔"形象：《足疗》(《十月》2003年第3期)中的雯雯在洗浴中心打工，目的是能够挣钱学手艺；《取个别名叫玛丽》(《北京文学》2004年第3期)中的刘素兰虽一再地吃苦受挫，但仍在"我"的鼓励下开餐馆创业；尤其是《耳环》(《人民文学》2004年第7期)中的王中柱，这个聪明有心、心灵手巧、勤快利落的"小厨师"一改底层叙事中"打工族"那种灰蒙蒙的形象，连他戴耳环这个让"我"起初看不大顺眼的行为也显出年轻人身上应有的那种活力和精气神。此外，贾平凹的《高兴》、夏天敏的《接吻长安街》(《山花》2005年第1期)同样也塑造了比较典型的、富有创造新生活理想和勇气的农民打工者形象，前者通过进城农民刘高兴这一形象表达了这样一种观点，即农民对于城乡差别、对于贫富差距、对于苦难并不一定都是取一种悲戚憎恨的态度，认同城市并极力融入城市的刘高兴显然是贾平凹对"受难农民"的有意"改写"；后者塑造的青年民工形象和刘高兴实属同一类型，他和女朋友在北京长安街接吻，这成了他、他的女朋友以及所有帮助他实现心愿的工友们战胜自卑、超越自我、与城里人达到精神平等的仪式和象征，如果不把故事当作一种反讽，我们完全有理由将这群不甘人下的农民打工者与刘高兴一同视作对"受难农民"的"改写"。当然，"改写"的意图在这里可能过于明显，两部小说的情节和人物塑造都有些刻意，但是不管刻意，还是自然，对于农民在苦难中自立、自强特质的关注说明作家已经在有意识地去发掘和表现一种复杂的底层生命景观。

　　除了对这种自立、自强精神的表现之外，还有一种对农民形象的书写则是回到人性本有的良善与温情，以此达到对"苦难"的涤净。韩少功《月下桨声》(《天涯》2004年第5期)和陈应松《松鸦为什么鸣叫》(《钟山》2002 年第 2 期)塑造的"底层"都是在苦难和逆境中依然保持着善良、纯净的"赤子"形象,无论靠打渔为生相依为命的那对善良、淳朴的小小姐弟,还是在神农架山区以病残之躯默默无闻地救死扶伤的农民伯纬,他们都有一颗金子般的心。而迟子建的《踏着月光的行板》(《收获》2003 年第 6 期)则讲述的是一对异地打工的小夫妻,他们在八月十五之夜为了团聚并给对方一个惊喜,却在两个城市间往返并错过数次,最后已是夜晚,他们在火车交头时如约从车窗对望,其时天上的月亮正圆,这对小夫妻相互的思念、体恤和关爱在隐而不彰的贫寒艰辛生存背景下愈发显得温馨动人,作者不仅以平淡舒缓的笔调写出了他们内心的质朴、煦暖,更写出了他们在生活面前的知足与感恩;和《踏着月光的行板》有所不同,迟子建的《一匹马两个人》(《收获》2003 年第 1 期)则承续了她一贯"以哀笔写温情"的习惯,小说中两个老人和他们的老马的相继死亡烘托出了一种亘古的地老天荒式的凄凉与沧桑,但在这种亘古的凄凉、沧桑中包含有多少眼泪就同时也深隐着多少默默的温情与悲悯,正是这种温情和悲悯的存在,使苦难和死亡最终得以被超越、被化解。红柯的《大路朝天》(《山花》2006年第 3 期)虽然不似迟子建小说那般温情、伤感,但也在极力描写一种"不一样的底层",小说中卖豆芽的王启明和老婆过着贫寒却相濡以沫的日子,王启明每天骑着驮豆芽的自行车在砂石路上被大卡车轧出的槽沟里自由自在地来来回回,连路上散步的退休干部他都不放在眼里,然而小说并没有像《高兴》那样刻意标榜和张扬一套并不让人信服的"得不到高兴而仍高兴着"①的"理论",它只是努力通过小人物自己的生命表现来展示他们对于贫寒生活的态度,通过其简单、豁达、自得其乐的生活态度及行为求得"底层"的"自足",小说写王启明在砂石路上骑车的一段颇富寓意,对于这些小人物来说,他们在通往远方的马路上拥有的只是一条"槽沟",但王启明依然旁若无人地骑着他的车子飞奔,最后他摔倒在冰凌子上、胯骨断了,而且"疼得要命",这似乎在暗示着冰冷、残酷的生存现实,但是这种冰冷、残酷的外在现实对王启明所代表的自足自乐的"底层精神"来说更像是在起一种反衬作用。

---

① 贾平凹:《我和刘高兴·后记一》,《高兴》,作家出版社 2007 年版。

　　以上两种对于农民"底层"形象的书写总体来看是从两个角度展开了对于"底层苦难叙事"的反拨。第一，是回到"日常"，这是对苦难叙事那种将日常生活"传奇化"写法的反拨。迟子建便说，"好作家用平静的语言叙述故事"，她对"表达悲痛和感情"时那种"张扬的爱憎分明的情怀"显然是很不以为然的；① 而以写"底层苦难"闻名的女作家孙惠芬也说："日常，是生活最本质的状态，也是人最难对付的状态，事件总是暂时的，瞬间的，而人在事件中，又往往因为忙碌，因为紧张，体会不到真正的挣扎。事实上，人类精神的真正挣扎，正是在日常里，在一个人面对自己内心的时光里。"② 所以在写完了《民工》之后，她又写下了《歇马山庄的两个男人》，特意向我们展示"苦难"告一段落后主人公在漫长、孤寂的日常生活中所展开的"自救"。第二，是回到"人心"。苦难叙事最为人诟病的就是对于人心的平面化处理，洪治纲批评"底层苦难叙事"的不良倾向时指出，当下许多写"底层"的作家并没有在同情与节制之间保持好平衡，以致笔下人物成了炫示其个人道德姿态的工具，而看不出他们有"爱的能力，感恩的能力，牺牲的能力"以及"人类必须具备的某些永恒的伦理基质"③；而迟子建、韩少功、荆永鸣等人的作品正是因为回到了人心并"重建"了"底层"的爱、感恩和牺牲的能力，所以才焕发出动人的诗意。

　　然而，回到"日常"和"人心"固然有助于"底层叙事"摆脱"苦难"、"传奇"所导致的非自然表达，但不管是写"底层"的自立、自强，还是写他们的良善、温情，它们都是从书写美好的人性、人情入手的，就当下的乡村叙事来讲，我们怀疑的是——单纯的人性、人情书写是否是对"底层"最适当的表现方式？我们这里说的是"单纯的"人性和人情书写，也就是说我们不否认文学叙事中人性、人情书写的必要，但是我们对仅仅将叙述视角局限于人性和人情范畴的写作表示怀疑，因为对"底层"的"自足"的寻求很可能在不经意间就转化成为对苦难的不义与伤害性本质的遗忘。贾平凹的《秦腔》向我们展示了

---

　　① 迟子建、闫秋红：《我只想写自己的东西——迟子建访谈录》，《小说评论》2002 年第2 期。

　　② 孙惠芬：《回到日常》，《北京文学》2003 年第 1 期。

　　③ 洪治纲：《底层写作与苦难焦虑症》，《文艺争鸣》2007 年第 10 期。

"日常化"的乡村书写所具有的力量，但是他的《高兴》却在反拨苦难叙事那种"崇苦崇恶"的不自然的表达时走向了另一种不自然。主人公刘高兴的快乐、自尊、仗义、聪明使他区别于一般的"底层"，但贾平凹并未满足于此，他竭力试图通过刘高兴这一人物形象构建一种新型的"底层伦理"，即"底层"应该首先认同、热爱城市，然后才会被城市接纳，并赢得城市的尊重。刘高兴对怨恨城市的五富说，"不要怨恨，怨恨有什么用呢，而且你怨恨了就更难在西安生活。五富，咱要让西安认同咱，要相信咱能在西安活得好"，接着他举例说明，"比如，前面即便停着一辆高级轿车，从车上下来了衣冠楚楚的人，你要欣赏那锃光瓦亮的轿车，欣赏他们优雅的握手、点头和微笑，欣赏那些女人的走姿，长长吸一口飘过来的香水味"。在城乡对立日趋严重、苦难叙事不惜夸大甚至歪曲事实以表现此一现实的情况下，以文学的方式，从"底层"自身的角度发掘构建"和谐"的可能性本是无可厚非的，但是刘高兴美好的人性和人情素质却实在无法为他所暗示的这种过于超前的"可能性"提供足够的支持——固然他自尊、爱干净，但他依然受到城市的拒绝和城里人的轻蔑，而但当他西装革履一个人打车去逛西安城并讥讽五富"你有了这些破烂，我却有了一座城哩"时，我们更实在感觉不到这个人物的可亲、可爱。这样的遗憾一再出现，也使《高兴》这部小说显得极不自然。

　　《高兴》最大的问题在于太刻意以致适得其反，而荆永鸣的"外地人"系列从人性、人情角度对"底层"的书写要自然得多，但我们仍然发现其在力图塑造一种新的"底层"时面临着无法摆脱的困惑。"外地人"系列多取材于作者的生活经历，荆永鸣自己也是个北京城里的"外地人"，所以谈到笔下这些人物时他饱含着深情："他们为了基本的生存，有的仅仅是为了一餐一饭，便背井离乡地来到一个完全陌生的城市，在希望与现实之间不断地挣扎与拼搏。他们诚实，苦干，宽容，忍耐。种种的苦难，使他们养成了无比坚忍的性格，因而在希望常常被现实击碎的情况下，仍生生不息，于城市的夹缝中顽强地寻找着自己的生存地位。"① 他显然是想把"外地人"身上那种坚忍的性格和自强不息

---

① 荆永鸣：《外地人·自述》，文化艺术出版社 2006 年版。

的精神很好地表现出来的，事实上他也创造了许多令人感动的"外地人"形象，比如那些有朝气有活力的"青年打工仔"们，但是这些坚忍而自强不息的"外地人"在荆永鸣的小说中却往往无法摆脱冷峻尖锐的现实给他们带来的困厄：《北京候鸟》中的来泰先是在亲戚店里打工，后来到车站蹬三轮车拉货，再到开餐馆，一步步地实现着自己"当老板"的愿望，但是城市生活的无常最终使他前功尽弃；而同样的原因也使《走鬼》中的民生、小芹兄妹俩和《有病》里的刘宝在北京城过着提心吊胆、朝不保夕的日子；《纸灰》、《创可贴》、《等待巴刚》中的人物则大多因绝望和困顿跌落至崩溃的边缘。正是这样一种冷峻尖锐的现实的存在，使得作者既肯定和赞美"外地人"身上那种面对困难依然自强不息的坚忍，又无法对这种坚忍和自强不息抱有信心，所以在他的小说里，那个常常是作者化身的正直、善良、勇敢、富有同情心的"小酒馆老板"才总是一再地出现，因为他的古道热肠实在是这些小人物所能得到的唯一温暖，除了他之外作者找不到可以信赖和托付的人——换句话说，荆永鸣在底层人物所不得不面对的冷峻尖锐的现实面前所感到的更多的不是乐观，而是无奈。他说他在发现和讲述这些"外地人"的故事的时候常常"感受到一种心灵的震撼"①，他在此强调的是"震撼"，"震撼"是因为存在"问题"，而且是很大的"问题"——没有将这些"问题"简化或忽略，这是颇有欧·亨利小说风采的荆永鸣的"外地人"系列之所以动人、之所以能向我们传达一种"心灵的震撼"的根本原因所在。

也就是说，对于当下的"乡村底层叙事"来讲，人性和人情书写最重要的意义在于对苦难叙事的反拨，它通过对人性和人情美的发掘，使文学所本有的那种关怀"人"、净化"人"、陶冶"人"的人文性得到了恰当地修复和突出，但是在当下这个贫富悬殊、农民的历史悲剧性境遇昭昭在目的时代，单纯的人性和人情书写却不仅缺乏一种历史感，甚至还有变相地粉饰时代之嫌。梁实秋当年与左翼文学家辩论时在《文学是有阶级性的吗？》一文中宣扬说，资本家和工人尽管有所不同，但在人性方面却没有不同，而文学就应该表现这些"超阶级"的、共通的

---

① 荆永鸣：《外地人·自述》，文化艺术出版社2006年版。

"人性",这样才能成就伟大的作品,鲁迅先生便针锋相对地讽刺道:"倘以表现最普遍的人性的文学为至高,则表现最普遍的动物性——营养,呼吸,运动,生殖——的文学,或者除去'运动',表现生物性的文学,必当更在其上。"[①]鲁迅先生对梁实秋的批驳是从30年代水深火热的中国现实出发的,而当下中国所面临的农村、农民问题同样也不轻松,社会学家曹锦清便认为,处于工业化转轨时期的中国仍然需要一种"宏大话语"和"宏大叙事",比如"中国向何处去? 13亿人怎么活?"[②]等,文学对时代的介入必然是从"人心"入手的,但对"人心"的关怀却不等于抛却应有的时代意识和现实问题意识,而滑向单纯的、普遍主义的人性、人情书写。迟子建的《踏着月光的行板》中,小人物内心燃起的温柔的篝火确实给人以感动——感动又生出鼓舞,但是在小说中虽竭力不彰但依然清晰可见的冰冷、严酷的现实面前,这种由人性和人情美带来的鼓舞是非常有限的,犹如暗夜里豆大的灯盏,唯让人倍加怜惜而已——"同情"在缺少了必要的"愤怒"之后显得无比乏力! 而她凄美动人的中篇《世界上所有的夜晚》(《钟山》2005年第3期),同样是写"底层",同样紧扣"人心",在这方面做得就好得多。

在《世界上所有的夜晚》中,"我"的魔术师丈夫死于一场蹊跷的车祸,为了摆脱悲伤"我"决定去三山湖旅游,但是在乌塘的留宿却让"我"经历奇遇也改变了心境。在乌塘小镇,"我"到处搜寻鬼故事,但不曾想这里的现实便有真实的"鬼"和"鬼"故事:蒋百嫂藏匿在冰柜里的丈夫的尸体是整个小说最尖锐、最触目惊心的部分,与此相关联的当地"嫁死"风俗更令人胆寒,还有开旅店的周二夫妻、独臂人和云领父子艰辛抑或悲惨的经历……它们共同组成了乌塘"鬼气"十足的底层世界。小说结构精妙,它以"我"和乌塘的芸芸众生、"我"个人的哀伤和乌塘"底层"群体的哀伤的"相遇"为基本情节架构,用人物"探险"的方式呈现了两种哀伤的此消彼长。蒋子丹概括道:"在意外受阻的旅途中,来自大城市的寡妇,一头扎进了小镇乌塘

---

① 参见钱理群等《中国现代文学三十年》(修订本),北京大学出版社1998年版,第204页。

② 曹锦清:《"三农"研究的立场、观点和方法》,薛毅编《乡土中国与文化研究》,上海书店出版社2008年版,第24页。

那个哀伤的汪洋大海。大海的力能把一切人们眼中的庞然大物变轻变小，个人的伤痛哪怕大得像一头蓝鲸或者一艘航母，一旦驶进了芸芸众生的哀伤海域，也将还原它的分量，让一切形式的自恋相形见微。"①也可以这样说：从个体（"我"）的角度来看，小说写的是悲哀的化解；从群体（"底层"）的角度来看，小说写的是悲哀的弥漫。"我"潮湿、悲苦的内心因为对苍生的体恤而变得柔软、湿润，而绝望的乌塘因为"我"柔情、悲悯的注视也不再粗粝、黯淡，这是一个心灵由小变大、世界由暗到明的过程，也是一个绝望消减、希望复生的过程，而光明和希望的诞生、积聚是因为"我"心之存在和敞开，是因为一己之哀心、慈心勇敢地直面（而不是回避或视而不见）社会、历史的沉重和厚硬，小说由此才显示了一般底层叙事所不具有的大情怀、大境界。

二　"反观"：深沉而滞重的历史、文化反思

从"人心"的角度，通过对"底层"农民人性和人情美的发掘来指认当代中国农民身上所蕴含的"新生质素"，这是当下乡村小说叙事书写蜕变农民形象的角度之一；还有一种角度也是从"人心"入手的，只是它关注的不是人性和人情，而是"人心"所面临的精神束缚，即那些沉重的历史和文化负累对心灵的拘囿。

如前所述，农民的现代主体建构既是一个外在的前现代的"农民身份制"废除的过程，也是一个内在的人格蜕变的过程，这种人格蜕变具体地说就是挣脱传统乡土社会所塑造的文化心理、思维方式和行为方式，实现由"受外在权势支配"的依附性人格走向现代自由人格的过程。传统的乡村启蒙叙事塑造的阿Q、陈奂生等静态的文化"镜像"式的"农民"在今天已经无法保持其曾经的那种批判活力，当下对农民文化落后性的书写是与对农民自身的文化挣扎和人格蜕变这一动态过程的书写同步展开的。而这种挣扎和蜕变之痛对于不同的农民来说程度又是不同的，在"传统"与"现代"之间，离"现代"越近，体会到的蜕变之痛自然越剧烈，而农村社会中离"现代"最近的莫过于那些富

---

① 蒋子丹：《当悲的水流经慈的河——〈世界上所有的夜晚〉及其他》，《读书》2005年第10期。

有冒险、闯荡精神的乡村能人。

　　"能人"顾名思义一般侧重指的是具有技能优势的人，所以"乡村能人"与侧重"政治"或"文化—道德"优势的"乡村精英"有所不同。但在宗法制农村趋向解体的今天，"乡村精英"的"文化—道德"涵盖已丧失殆尽，它几乎已彻底被侧重政治、技能优势的"乡村能人"代替。乡村能人在当下农村首先往往是一种经济型能人，同时又因为当代经济、政治的密切关联而也可能是"经济—政治"兼能型能人。

　　改革文学曾经塑造了一大批乡村能人形象，路遥《平凡的世界》中的孙少安、贾平凹《腊月·正月》中的王才、《浮躁》中的金狗和雷大空，他们都是代表着当时时代主流和"历史发展方向"的发家致富的能人典型。尤其是《腊月·正月》，作品通过"青年才俊"王才与"没落名流"韩玄子的胜负较量，生动地展现了当时多数作家与国家意识形态相一致的历史观和价值立场。随着现代化事业的推进，90年代的乡村叙事开始在"神话"破灭、历史迷向的迷惘中广泛地触及农民所遭受的现实打击和创痛，但是源于当时社会转型加剧所造成的巨大压力，当时的乡村叙事多囿于一种即时性和当下性的书写，就事论事的色彩较浓，因此对乡村能人形象的塑造也大多是平面化的：谭文峰《走过乡村》中的倪土改、刘醒龙《分享艰难》中的红塔山这些乡村经济能人形象往往集企业家、流氓于一身，这种平面化甚至极端化的人物形象塑造其实反映出转型期"传统"与"现代"骤然加剧的那种紧张关系，反映出农民"不均衡"的现代蜕变对于乡村伦理和"乡村情感"[①]所造成的冒犯。而对于孔太平（《分享艰难》）、何申笔下的"村民组长"这些政治能人或"经济—政治"能人来说，尽管他们身上体现出了更多的现实复杂内容，但是这种现实复杂内容也多限于较为具体的社会问题层次，而导致社会问题的更深层的历史、文化起因却尚未被真正深刻地触及。

　　值得一提的是，90年代以贾平凹的《高老庄》、陈忠实的《白鹿原》等为代表的一批乡村小说作品，显然是有意识地从"历史"和

---

　　① 河南作家张宇于1990年第5期《人民文学》发表中篇小说《乡村情感》，作者以伤感咏叹的调子深情赞颂了传统乡土社会那种情深义重、款款动人的人际关系和伦理情状，旗帜鲜明地宣布了自己在城市和乡村、现代与传统之间所作出的果断的文化、价值抉择。

"文化"的角度去思考中国现实的，但同样显而易见的是，这些作品抽象的文化立意也使它们远离了当时更具体的中国现实，它们更多的不是对日渐巨大起来的转型期中国现实的直接反映，而是属于80年代"文化寻根"的继续。在抽象的文化观念叙事日渐偏离活跃的国情现实时，反而是90年代以"现实主义冲击波"为代表的关注现实的创作潮流在进入21世纪之后逐渐显现出一种集现实问题意识与"历史—文化"眼光于一体的气魄。从对乡村能人形象的塑造来看，21世纪之后的"乡村能人"虽大多仍继续着90年代时的颓唐表现，但是在颓唐之外，一种对颓唐成因的探索和分析也正在展开。

胡学文《目光似血》中的杨文广是一个拥有自己蔬菜站的小型农民企业家，作为村里的先富者，他却遭到了地方官僚势力和村民的双重夹击，最终蔬菜站倒闭，自己也身陷囹圄。小说中令人震惊的是杨文广与村人尖锐的对立，杨文广当年试图带领村人致富，但当他为了村人舍身向政府请命的时候，村人却出卖了他，并导致他家破人亡，这使杨文广充满憎恨，使他由"达则兼济天下"的热血青年变成了"阴鸷凶狠"的"菜霸"，最终在与村人的冤冤相报中走向了颓败。小说中的杨文广作为一个原本有理想、有能力、无私无畏、富有现代主体精神的乡村能人，他后来的被仇恨所异化，一方面体现出愚昧、自私的"国民劣根"势力的强大，另一方面也体现出在这种强大的"国民劣根"势力面前现代主体人格的软弱和不堪一击。

《目光似血》尚带有苦难叙事的意味，孙惠芬的《岸边的蜻蜓》和《致无尽关系》则从日常层面展开了对农民人格的反思。两部作品分别塑造了"老姨夫"、"大哥"两个乡村能人形象，他们都敏锐能干、能吃苦、肯卖力，靠个人奋斗白手起家，在现代商海中摸爬滚打，并业有所成。然而，他们还有另外共同的一点，就是身体已经充分进入"现代"的同时，精神却依然拘囿于"传统"。"老姨夫"和"大哥"都是"家族长者"和现代企业家的合体，他们的企业都是一种"家族企业"，创业对他们来讲不是为了实现自我价值，而是荣耀家族——"大哥"建厂盈利后便拉兄弟入股，"老姨夫"创建自己的企业帝国后把整个家族都迁到了城里……帮扶和荣耀家族给他们带来了巨大的成就感，但结果却将一种前现代的"家族伦理关系"植入了他们的企业，现代企业伦理和家族伦理不可避免地发生了冲突：现代企业伦理要求的是公平，但家族企业中却多的是不劳而获、劳酬不符者。梅花作为"第三者"对"老姨"的嫉妒和憎恨，一个最重要的原因便是对"老姨"不劳而获地位的不忿，"现代企业伦理"的被践踏造成了梅花的心理失衡，进而导致"第三者插足"事件发生，并使整个家族企业陷入了危机。"大哥"的情形也是如此，如何分配报酬是他最头疼的事，"人情"使单纯的雇佣和劳资关系无法维持，"契约"和"人情"的拧结使"大哥"疲于应付。

"老姨夫"和"大哥"身上表现着"传统／现代"的双重性：作为能人和企业家，他们熟谙商业经济规律，富有雄心和冒险精神；但作为一个农民他们又摆不脱一种前现代的"宗法共同体心态"——"封建文化本质上是一种宗法共同体的文化，其核心是所谓共同体心态。它以最大限度地获取共同体的保护为价值追求，从这一点出发，它重视人的纽带而轻视物的纽带"。① 宗法共同体心态体现于"老姨夫"和"大哥"浓重的家族情结，这给他们造成了沉重的精神负累："老姨夫"在自己与家族的"付出／回报"关系中感到巨大的不平衡，他满腹怨恨地认为自己"好心得不到好报"，然而这种怨恨没有使他抛弃"家族"，反而使他屡屡回到乡下老家，在乡亲们接受他物资馈赠后的感激、崇拜中，让"共同体"的温情抚慰他孤冷的心。因"家族"而受累，却在"乡情"中寻求抚慰，逃不脱的是对"宗法共同体"的依附。"大哥"在这一点上表现得与"老姨夫"完全一致，他也迷恋衣锦还乡的感觉，而且比"老姨夫"更甚的是，他与"共同体"成员的交往令他在精神上滋生出了一种更蒙昧的"帝王"般的家族长者作风，这使他身上的悲剧意味更浓。

"老姨夫"和"大哥"身上表现出浓重的悲剧性，"家族"、"关系"之于他们仿佛是一种宿命——深受其苦，又沉醉其中！孙惠芬在《岸边的蜻蜓》中借"我"之口慨叹道："家族……一直是个充满温暖感的名词。它看不见摸不着，却隐在人与人之间，村庄与村庄之间，牵

---

① 秦晖、苏文：《田园诗与狂想曲——关中模式与前近代社会的再认识》，中央编译出版社1996年版，第233页。

一发而动全身。"这种绵延无尽的家族情、乡情与无边无尽的"关系"是共生的：在"关系"中求生存，人须维持好"人情"，而"人情"的维持须照顾好各方"关系"，人必须谨小慎微，于是便"会为了在谁家吃一顿饭而考虑良久，在家里搬动一点东西，说一句话，说一句怎样的话，跟谁说，先跟谁后跟谁，都是有讲究的"（《致无尽关系》）。在沉重的"关系"负累下，每个人的精神和人格都异化了，《致无尽关系》中的知识分子"我"对此体味尤深，原本美好的亲情、乡情在左支右绌中变成令人不堪的负累，但即便如此又不能弃之不顾——不是不能，而是不愿：小说中"我"虽满腹苦水，但每到过年过节仍盼望着回家。受尽"关系"之累，一旦逃脱又止不住地寂寞忧伤，这是"传统"与"现代"的激烈交锋造成的一种典型的人格分裂，就像"我"那位已经定居加拿大的堂弟，在国内时千方百计想出去，梦想成真后"倒是他一辈子也不会纠缠在世俗的关系里了，可恰恰如此，让他恐惧又忧伤。他说一到周末没事，就开车拉着全家去城郊，坐在野外望着遥远的西方。那时，他无比的惶惑，问自己为什么要来这里……人生的意义究竟在哪里？"

"老姨夫"、"大哥"、"我"、"堂弟"身上体现出来的这种沉重的精神负累，可以说是当下农民现代主体建构所面临的最深层制约之一。除孙慧芬上述作品之外，她的《歇马山庄的两个女人》、毕飞宇的《平原》、刘庆邦《姐妹》等也不同程度地触及了对"宗法共同体心态"、"关系"的反思。而孙惠芬上述两部作品的难能可贵之处在于，它写的是"素常人生中的素常心情"，[1] 而且作者是以"贴着自己的内心去写别人"[2] 的方式来写的。通过这种"袒露自我"的"切身"的方式，作者不仅揭示了农民现代主体建构所面临的精神桎梏，更揭示了挣脱这种桎梏的痛苦。

除上述纯粹的经济能人之外，《秦腔》中的夏君亭、《歇马山庄》中的林治帮和程买子则属于"经济—政治""兼能型"乡村能人形象，他们或者因为经商有道而进入乡村权力组织，或者身在乡村权力组织而

① 张赟、孙惠芬《在城乡之间游动的心灵——孙惠芬访谈录》，《小说评论》2007 年第 2 期。

② 孙惠芬：《自述》，《小说评论》2007 年第 2 期。

又集体或个人性地介入现代商业活动，这样的"兼能型"乡村能人在现实生活中是十分常见的，然而当下的文学叙事在表现他们在"传统"与"现代"之间的挣扎和蜕变的时候，往往将视角集中在他们作为"政治人"与各种外在力量的周旋上（如夏君亭），而不是他们作为"农民—现代人"的人格和心灵内在搏斗上，所以在这类形象身上，那种农民深层的人格蜕变目前来看还没有得到足够有力的反映。而对于那些更为纯粹的政治能人形象来说，当下的乡村小说叙事总体看来尚没有找到一种很好地切入现实的书写角度，从李佩甫《羊的门》中的呼天成、《秦腔》中的夏天义、周大新《湖光山色》中的旷开田等乡村政治能人形象来看，作者大都是从较为抽象的文化、道德或人性的角度，将人物非常平面化地处理成了某种文化人格的象征，从而在某种程度上重回传统启蒙叙事的老路。

当然，不应该忘记的还有一类较为特殊的乡村能人，即那种在"意义的领域"或者说"象征形式的领域"①拥有优势的文化能人，当下的乡村因为传统乡土文化濒于崩溃、消失，而新型的乡村文化尚未建立，所以对于文化能人的有力度的书写依然集中于那种悲剧性的古旧文化心灵的塑造，比如《秦腔》中的夏天智和白雪、李锐《牧笛》中弹三弦琴说书的老瞎子等，但或许是由于文化心灵的变迁历来便是文学叙事最敏感、最自如的表现领域，这也使夏天智和白雪们的凄凉潦倒看起来与《鲁班的子孙》中的老木匠、《最后一个渔佬儿》中的福奎的惶惑失落本质上并无二致。

由此可见，对农民主体人格蜕变的书写在"反观"的层次上才较深入地触及了中国现代化问题的实质。对历史、文化的反思是民族与个体寻求进步的根本，而这注定是一个滞重而艰难的过程。从纯粹的人性和人情角度对于农民人格蜕变的书写是乏力的，在其"发掘"和"前瞻"式的目光中，当下中国农民悲剧性的命运事实无法找到令人信服的解释。所以，"反思"才是最亟须的，尤其是对于当下中国的国情现实来讲。而从五四以来的启蒙叙事传统来看，当下从历史和文化的角度对现

---

① ［美］丹尼尔·贝尔：《资本主义文化矛盾》，赵一凡等译，三联书店1989年版，第58页。

代化问题的反思必定与传统启蒙叙事有所不同，最明显的一点便是启蒙者姿态的降低——鲁迅说要"疗救"，孙惠芬提的则是"负责"，她说："我所说的负责，自然并不是救救他们，我救不了他们。"她说自己唯一能做的只是"回到日常"①，以"将心比心"的方式写出当代农民（包括她自己）的心灵痛苦和精神蜕变。而姿态的降低，对于作家来讲便是心灵的开放，是世界的敞开！

第三节　彷徨之痛：在城乡之间

20世纪20年代末的"乡土文学"曾被鲁迅称为"侨寓文学"，②"侨寓者"自然指包括鲁迅本人在内的"乡土文学"写作者，而今"侨寓"的却已不仅仅是"作者"，更包括那些曾经在他们笔下闭守于土地的农民们，臧克家的诗，"孩子，/在土里洗澡；/爸爸，/在土里流汗；/爷爷，/在土里埋葬"，只是属于那个时代的"泥土的歌"③，今天，"爷爷"们还会在土里埋葬，但是"爸爸"们却已多半不在土里流汗。范小青的小说《父亲还在渔隐街》（《山花》2007年第5期）便是写"孩子"长大之后进城寻找"爸爸"，但是"爸爸"并没有出现，"孩子"在迷乱中发现了这样一个事实——"大家都在找爸爸"。"爸爸"是"孩子"和家族、和乡土、和传统相连的纽带，在乡土社会中"爸爸"属于"根"性的东西，"爸爸"的丢失意味着乡土"根"性的消失。刘震云在1992年发表了小说《土塬鼓点后：理查德·克莱德曼——为朋友而作的一次旅行日记》，作品以一个"外来者"的视角描写了山西李堡村人自足的文化状态，他们拥有自己的明星艺人奎生而不知理查德·克莱德曼为何"物"，然而这种文化自足仅仅得益于李堡村空间上的封闭，但理查德·克莱德曼、工人体育场、北京、巴黎已经与李堡村、窑洞、唢呐艺人构成了一种悬殊的落差，所以一旦"边界"

---

① 孙惠芬：《回到日常》，《北京文学》2003年第1期。
② 鲁迅：《中国新文学大系·小说二集：序》，《鲁迅全集》（第6卷），人民文学出版社1982年版，第247页。
③ 臧克家于1943年6月出版题为《泥土的歌》（桂林今日文艺出版社）的诗集，其中收录这首《三代人》。

打开，自足自乐的李堡村人必然也会陷入迷乱——李锐的《牧笛》中那个弹三弦琴、吹唢呐的老人莫不就是奎生？

城乡边界的打开，不单单意味着农民进城，城市对乡村的入侵也在大张旗鼓地进行，"稳态的乡土社会结构变成了一个飘忽不定、游弋在乡村与城市之间的'中间物'"①，而农民无论身在城里还是身在乡下都已沦为了"侨寓者"，这背后是整个民族的游牧、迁徙。而这对主体（尤其是农民）心灵来说，必然会造成一种迷乱，一种在对比悬殊的时空轮转中所发生的恍惚感。

"恍惚"源于时空错乱，它发生于"城"与"乡"、"传统"与"现代"的交锋现场，即彷徨其间的"侨寓者"的心灵。在韩少功的小说《土地》中，那个神情恍惚的农民一次次来到"我"的院子割竹、放牛，因为这个院子本来是他的土地，而实际上，院子是"我"为修身养性出资买地修建的，这个十足的现代事物斩断了那个农人和土地的联系，他神情恍惚的背后掩藏着疼痛。所以从根本上来看，"恍惚"并非源于时空错乱，而是源于自我彷徨。路遥早在80年代初便将自己的写作概括为对"城乡交叉地带"的书写②，但在他的笔下，"城乡交叉地带"却并不导致"恍惚"，在传统与现代的交锋面前，作家的历史观和价值观那时都是明晰的——"是的，我们最终要彻底改变我国广大农村落后的生产方式和生活方式，改变落后的生活观念和陈旧习俗，填平城乡之间的沟壑。我们今天为之奋斗的正是这样一个伟大的目标……但是，不要忘记，在这一巨大的历史进程中，我们也将付出巨大的代价，其中就包括着我们将不得不抛弃许多我们曾珍视的东西。"③ 所以对于《人生》中的高加林而言，即便他在穿越"城乡交叉地带"的路上跌倒了，那也只是暂时的，作家相信，"随着我们整个社会的变化、前进，类似高加林这样的青年，最终是会走到人生正道上去的"。④ 然而今天，

---

① 丁帆：《中国乡土小说生存的特殊背景与价值的失范》，《文艺研究》2005年第8期。

② 路遥：《关于〈人生〉和阎纲的通信》，《路遥文集》(2)，陕西人民出版社1993年版，第400页。

③ 路遥：《早晨从中午开始——〈平凡的世界〉创作随笔》，《路遥文集》(2)，陕西人民出版社1993年版，第65页。

④ 路遥：《关于〈人生〉的对话》，《路遥文集》(2)，陕西人民出版社1993年版，第414页。

作家的这种明晰的历史观、价值观和自信已经不复存在，历史的迷向已经使作家失去了俯瞰现实、解释现实的能力，他们体味到了自己作为"侨寓者"的彷徨，继而也真正地体味了作为更广大群体的"侨寓者"的彷徨。

对于身处城乡之间、传统与现代之间的"侨寓者"（既包括农民也包括写作者）来说，"恍惚"所体现出的这种"彷徨"也是一种疼痛，它包含着失落、无助和迷惘，对农民来说它是一种与基本生存相关的切肤之痛，对与土地血脉相连的写作者来说它是一种"乡关何处"似的乡愁。如果说我们前面两节所论述的"失落"、"蜕变"所包含的疼痛分别侧重于农民的生存处境和他们对这种处境的摆脱的话，那么"彷徨"在此所关涉的便是在摆脱尚不得的情况下那种无所皈依的身心之痛。

一　边界打开与"恍惚"的发生

作为对"城乡交叉地带"的早期书写，80年代路遥的《人生》所体现出的是城乡两种异质文明的碰撞，城市作为一种"高级文明体"充满着吸引力，而乡村作为这个作用力结构中的"低级文明体"一方面在与城市的对比中显现着自己的鄙陋，另一方面又以一种温情淳厚的道德态度维护着自己的自尊。在《人生》中，尽管"城乡交叉"所导致的疼痛已经被触及，但乡村／城市尚不是一个失衡的文明对立结构，从某种程度上说，高加林最后"回归黄土地"正是一种消弭"疼痛"的有效方式，因为"土地"是饱满、丰盈的，是力量之源，所以小说中德顺爷对落魄的高加林说："你的心可千万不能倒了！你也再不要看不起咱这山乡圪崂了。"高加林摆脱乡村、进入城市，这体现出的是"文明的召唤"，"召唤"是建立在城乡边界并未真正打开的基础上的，高加林在遭受疼痛之后是有家可回的，"早晨的太阳照耀在初秋的原野上，大地立刻展现出了一片斑斓的色彩。庄稼和青草的绿叶上，闪耀着亮晶晶的露珠。脚下的土路潮润润的，不起一点黄尘"——这是高加林脚下的黄土地，这依旧是"希望的田野"。然而今天，当城乡边界彻底打开之后，回乡的路已经面目全非，孙惠芬的《民工》写到鞠广大带着儿子鞠福生回家，"随着火车的逐渐加速，身边的城市也渐渐镜头一样被推到远处",而与此同时,大片的田野进入视野当中,"鞠广大的眼睛里满满当当全是绿,绿的苞米绿的大豆绿的野草和蔬菜",回到田野的鞠广大似乎又回到了饱满自足的土地,然而这只是一种假象,他心里的苦楚才是真实的,眼前的一切只是一种恍惚:

> 田野的感觉简直好极了,庄稼生长的气息灌在风里,香香的,浓浓的,软软的,每走一步,都有被搂抱的感觉。鞠广大和鞠福生走在沟谷边的小道上,十分的陶醉,庄稼的叶子不时地抚擦着他们的胳膊,蚊虫们不时地碰撞着他们的脸庞。乡村的亲切往往就由田野拉开帷幕,即使是冬天,地里没有庄稼和蚊虫,那庄稼的枯秸,冻结在地垄上黑黑的洞穴,也会不时地晃进你的眼睛,向你报告着冬闲的消息。走在一处被苞米叶重围的窄窄的小道上,父与子几乎忘记了发生在他们生活中的不幸,迷失了他们回家来的初衷,他们想,他们走在这里为哪样,他们难道是在外的人衣锦还乡?

"恍惚"产生于边界打开之后城乡交错的时空轮转,更产生于这种"交错"、"轮转"给人心带来的折磨,20世纪30年代茅盾的《子夜》中,"吴老太爷进城"呈现了异质文明冲撞的最尖锐图景,那几乎是最古旧的心灵和当时最现代的都市文明体之间的第一次碰撞,唯其"第一次",所以冲突、不适才显得那么剧烈,吴老太爷如同千年古尸"见光死",轰然崩溃了。而今天,当城与乡的交错、变换已成"家常",对于主体心灵来说,那种剧烈的文明冲突便失去了它最初的破坏力,文化冲突的日常化所造成的是主体心灵的麻痹,最初的强烈不适也逐渐生化成一种时空变幻的恍惚。

在《石榴树上结樱桃》中,作家李洱以一种"漠然"的态度书写了当下的乡村现实:手机、女权主义、全球化、可持续发展战略等一串串最现代的事物和词汇从农民的生活和话语中涌出,一种"悖谬式"的存在已经构成了当下乡村的日常现实。而在城市,如吴玄的《发廊》(《花城》2002年第5期)所表现的,乡村也开辟着自己的空间:故乡西地的女人都来城里开发廊了,他们占据了城市的一整条街,以至于"我走进发廊街,就像回到了故乡","我"的妹妹也已经不是记忆中的乡下姑娘，"她的五官并没有什么变化，那陌生感完个是一种感觉，一种难以名状被称作气质的东西，她确实越来越漂亮，脱尽了乡气，成长为都市里的时髦女郎了"。乡村中有"城市"，城市中有"乡村"，这种"你中有我、我中有你"的格局是在城乡边界彻底打开后迅速形成的，这是"一个迅速变化的时代，一切都在发生改变"，① 吴玄的小说这样描述道：

> 　　我的故乡西地，事实上，比发廊街差远了，它离这儿很远，在大山里面，它现在的样子相当破败，仿佛挂在山上的一个废弃的鸟巢。我的乡亲姐妹们在那破巢里养到十四、十五岁，便飞到城市里觅食，她们就像候鸟，一年回家一次，就是过年那几天。本来，西地和发廊毫无关系，就我所知，西地世世代代只出产农夫、农妇、木匠、篾匠、石匠、铁匠、油漆匠，教师匠也有的，甚至有巫师和阴阳先生，但没听说过发廊和按摩，西地成为一个发廊专业村，是从晓秋开始的，历史总喜欢把神圣的使命交给一些最卑贱的人，几年前，那个一点也不起眼的小姑娘晓秋，不经意间就完全改写了西地的历史。

　　"不起眼"的小人物"不经意间"的选择便改变了一个村庄的历史，而时空如此遥远的事物（山村和发廊、木匠石匠铁匠油漆匠等与按摩）仿佛一夜之间便发生了对接，这不能不给人一种恍如隔世的感觉。

　　这种感觉既发生在城市，又发生在乡村，对于"城乡交叉"的现实来说这是自然的，而从根本上说，它对主体心灵也必造成一种割裂的疼痛。李锐的小说《犁铧》中，五人坪的后生宝生和村里人在"地"里拔草，耳畔牛鸣犬吠……然而这一切都是假的，当年的插队知青、今天的"老总"以五人坪为"模型"建造了这个"桃花潭高尔夫球乡村俱乐部"，乡村和城市被奇异地"嫁接"在了一起，"宝生怎么也想不到自己竟然能在北京遇到五人坪，这简直就是一场梦"。然而这里乡村与

城市的"嫁接"是以乡村的被消费为前提的,宝生等五人坪的人们一方面在感受着"梦幻奇遇"的同时,更感受到了一种空虚:当停电之后,瀑布、流水、扬声器里的牛鸣犬吠都停止了,"一切都没了生气,整个世界都变得假惺惺的"。城与乡的"交叉"造成了一种时空流转,但是时空流转所造成的"诗意"只属于"老总",宝生们却只有恍惚和空虚。丹尼尔·贝尔说,"人们一旦与过去切断联系,就绝难摆脱从将来本身产生出来的最终空虚感"①,然而对于作为"侨寓者"的农民来说,"与过去切断联系"还更与一种基本的生存疼痛密切相连,这是李锐的同主题小说《铁锹》所生动体现的,小说展示了"乡村"的产业化、商品化过程背后那种"现实的血污、挣扎和冷酷",而至于整个"农具系列",李锐说它所表现的就是"遍地的血泪和挣扎"以及"田园们赤裸裸的哭声"②。

对于当下的农民来说,"与过去切断联系"便意味着与土地失去联系——主动或者被动地离开世代相守的土地,但作为"侨寓者"的农民是不会有知识分子的那种"乡愁"的,他们的疼痛首先是生存性的。因为,土地对农民来说既是"生产资料",又是"生存保障基础",而且"越是人口增长,越是土地资源短缺,土地的保障功能就越大于生产功能"。③ 在韩少功的小说《土地》中,失地农民的恍惚是在一系列现实生活的打击之后发生的,土地成为恍惚中一个温暖的旧梦;而在王祥夫的小说《五张犁》中,"这一带最出名的庄稼人"、外号叫"五张犁"的老农同样也发生了这种"致命"的恍惚,他在已经划属城市"园林处"的土地上勤勤恳恳地翻耕、施粪、锄草、"收割",因为这曾是他耕种的土地,可以想见,这个庄稼地的"好把式"在被迫与土地分离之后是寻不到更好的生存的,所以小说令人心疼地写他在田间"就那么坐着,目光灼灼,看着远处"——他在望什么呢?是曾经此起彼伏的麦浪吗?是曾经"相见语依依"的邻人们吗?

---

① [美] 丹尼尔·贝尔:《资本主义文化矛盾》,赵一凡等译,三联书店1989年版,第97页。

② 李锐:《太平风物——农具系列小说展览·前言》,三联书店2006年版。

③ 温铁军:《世纪之交的"三农"问题》,《解构现代化——温铁军演讲录》,广东人民出版社2004年版,第90—91页。

90 年代关仁山的《太极地》、《天壤》,刘醒龙的《分享艰难》、《割麦插秧》、《黄昏放牛》等都曾直接而敏锐地触及了当时的土地问题,尤其是乡镇企业崛起对土地的威胁等现实问题在作品中得到了生动的反映,但是那种实际上不可挽回的土地的颓势在当时的叙事当中并没有被正视,写作者要么以个人鲜明的道德抑或政治立场将“土地”问题所牵扯的社会矛盾简化了(如《分享艰难》),要么便以个人的乐观态度粉饰了当时尖锐的问题和现实——就像“我不要收入,只要收粮食”以及“如果没有这么好的田地,谁也高兴不起来”(《割麦插秧》)这样的人物话语在当时的语境中实际上是非常做作的。“土地”问题发展到今天似乎已经不再成为“问题”,因为农民与土地分离(无论主动还是被动)已经成为一个正在大规模发生并将继续发生的确定不移的“事实”。而表现农民与土地的分离,这几乎是当下所有现实题材的乡村小说创作共同的主题。贾平凹、孙惠芬等当下最有代表性的乡土作家都是笔涉两端:一端是农民正在与土地分离,比如《秦腔》、《歇马山庄》;一端是农民与土地分离之后怎样,比如《高兴》、《岸边的蜻蜓》等。只是不管具体写什么、怎么写,“分离”的疼痛和愁绪是挥之不去的,“分离”和“分离之后”分明在昭示着变迁,然而对于这样一种正在发生着的变迁,作家已经失去了预言和“解释”的能力。

在当下现实题材的乡村小说叙事当中,农民形象按照年龄特征分,大致可以分成两类:一类是老一代农民形象,一类是青年农民形象。两类农民形象的人生选择和价值立场有着很大的不同,单从对土地的态度方面来看,这两类之中,前者对土地多是依恋的,与土地的分离多是被迫的,“分离”本身便是他们尖锐的疼痛;而后者对土地则多是陌生的、厌弃的,与土地的分离基本上是自愿的,离开土地可能他们也难以获得幸福,但是与土地厮守对他们来说却更是一种折磨。今天农村中的青年一代(尤其是 80 年代及其后出生的)和他们的祖辈、父辈相比已经完全不同:他们在农村出生,但是耳濡目染的却是铺天盖地的城市消费文化;他们一般都接受过一定程度的文化教育,离开学校之后除非迫不得已他们一般都会选择直接进入城市打工,或者从事其他与传统的土地耕作方式相脱离的行业,他们对于土地的情感已经非常淡漠,与老一代农民相比,他们有着完全不同的"村庄的生活的面向"。① 孙惠芬《歇马山庄》中的小青、项小米《二的》中的小白、尤凤伟《泥鳅》中的国瑞等都执着地离开农村、离开土地,这在现实的农村绝非个别现象,而吴玄的《发廊》则更清楚地揭示了这一点——

> 若不是开发廊,方圆的命运将是这样:十六岁或者十七岁,嫁给周作勇,十七岁或者十八岁,生下一个孩子,过几年二十岁或者二十二岁,再生下一个孩子,然后就老得像个老太婆了。以前西地一带女人的命运,大抵都是这样……不管怎样,发廊确实改善了像西地这种地方女人的生活质量,她们不开发廊是不可能的。

也就是说,年青一代的根已经不扎在土地里了。《人生》中的德顺爷教训高加林说,"归根结底,你是咱土里长出来的一棵苗,你的根应该扎在咱的土里啊!你现在是个豆芽菜!根上一点土也没有了,轻飘飘的,不知你上天呀还是入地呀!"而十几、二十年之后的今天,已经遍地都是这种"根上一点土也没有"的"豆芽菜"了。《秦腔》中的夏天义以同样的口吻教训自己的孙辈,让他们不要忘记脚下埋葬着祖先的土地,得到的却是孙辈们放肆的讥嘲。然而,弃绝土地的年青一代会获得幸福吗?与他们的父辈、祖辈相比,他们所将承受的疼痛可能更剧烈,因为他们更加没有退路,哪怕是一种精神性的寄托,比如"乡愁"。《发廊》的结尾写"我"的妹妹方圆回到了西地,但她只待了一个月便又去了广州,西地的生活她已经完全不适应了……老一代承受的是失根之痛,年青一代所面临的则已经是无根之痛。农民自身的这种分化正表征了当下乡村尴尬、彷徨的处境:在"传统"与"现代"之间是进是退?如果退是不可能的,那么前进的路又在何方?

总而言之,在城乡边界已经彻底打开的今天,农民与土地的分离或者说农村的城市化不管理论上、实际上有多少的"不可能"和"不可行",作为一种"事实"它却正在发生,而任何所谓"新农村建设"的

---

① 指"村民建立自己生活意义和生存价值时的面向"。参见贺雪峰《新乡土中国——转型期乡村社会调查笔记》,广西师范大学出版社 2003 年版,第 9 页。

美好设想如果不直面农民与土地的分离已经不仅出于被迫，更出于自愿这一现实，便都属于纸上空谈。而对于文学创作者来说，他们在历史的方向问题上往往是给不出答案——尤其是唯一的、正确的答案——的，他们所能抓住的是横亘在眼前的"事实"：恍惚、疼痛，以及它们背后隐现的彷徨。

二　城乡交叉与"往何处去"的彷徨

"彷徨"在当下的乡村小说叙事当中大致体现在两个方面：一个是心理学意义方面，即从主体选择的困惑与犹疑来说的；一个是社会学意义方面，即作为不同时空存在的"乡村"和"城市"交叉并峙所昭示的乡村"往何处去"的尴尬处境。在许多作家那里，"乡村"和"城市"往往是作为两种对立的文化价值选择而呈现的，然而作为一种纯粹时空存在的"城"、"乡"的交叉却更显在地体现了一种时代性的"彷徨"。

在乔叶的《锈锄头》和范小青的《城乡简史》中，"城市"与"乡村"便是作为一种较纯粹的时空存在而非价值象征体直接交叉并峙的。《锈锄头》中，农民石二宝入室行窃时，遇到了这家的主人李忠民，李忠民是民营企业家、都市成功人士，石二宝是以收废纸为主业、"顺手牵羊"为"副业"的郊区农民，主人和小偷之间因为一把"锈锄头"而发生了对话和交流，锄头是李忠民知青下乡时代的见证，它勾起了石二宝对农事辛酸不堪的回忆，他们的话题从农民的不易开始，到最后两人竟如老朋友般难分难离。故事的真实性固然有些可疑，但背后所体现出的中产阶级和"底层"、"城市"和"乡村"之间基于理解和同情的那种对话、交流却并非完全没有可能，只是逻辑、情理上的可能与事实上的不可能委实是一种悖谬罢了。李忠民是同情农民的，而且这种同情发自真心："说老实话，要是不下那几年乡，我不会知道过去的农民有多不容易。今年我要是不回杏河，也不会知道现在的农民有多不容易"，"过去，城里人苦，农民也苦。现在，城里人都好过了，农民还是苦。要不，好好的，谁愿意离开家？"李忠民的同情并不虚伪做作，而且作为一种个人的理解和同情，这完全是可能的，但问题是个人的理解和同情却并不代表体制，而"个人"在另外的场合和环境下又构成着体制，所以作为"个人"的李忠民在此无疑面对着一种悖谬。而基于同情和理解的对话与交流却发生在这样一种非正常的场合当中，换句话说只有在这样一种非正常的场合中这种基于同情和理解的对话与交流才会发生，这本身也正是一种"悖谬"。小说从石二宝心理的角度这样写道，"不过，他也知道，要不是这样，这个城里人是不会和自己这么唠的"，而李忠民最后用锄头将石二宝打倒在地之后便号啕大哭起来，这说明他的心里也确实感受到了这种"悖谬"。小说由此也悬置了一般"城乡对立"叙事所惯有的那种道德评判态度，而只是呈现了这样一种悖谬性的"事实"。《城乡简史》也是如此，来自西部农村的王才一家和城市知识分子蒋自清阴差阳错地相遇了，蒋子清永远也不知道王才一家进城完全是因他而起，他不慎失落到乡间的"账本"让王才知道了世界上有"香薰精油"、"蝴蝶兰"这样"匪夷所思"到自己如果不进城一辈子都不会见到也不会知道为何物的东西，于是他举家进城，"城市"和"乡村"就这样机缘凑巧地"相遇"了。从这一点来说，"账本"起到了和"锈锄头"一样的作用，而且和乔叶的小说相似的是，范小青的作品虽然在表面上似乎在强调一种城乡之间的强烈对比，但它通过对农民王才一家自足的城市生活描写实际上回避了在城乡"相遇"问题上的个人情感和道德态度，而仅仅是呈现了"相遇"这样一种事实。或者说，无论是乔叶的《锈锄头》，还是范小青的《城乡简史》，它们和当下的其他乡村小说相比都更少了一分道德判断的沉重，而多了一分"事实"呈现的"轻松"。两个小说的情节都非常有戏剧性，在这种"轻"、"巧"的叙事中，"城"与"乡"的"相遇"更多地具有了一种较纯粹的空间位移特征，而范小青直接以"简史"为题显然更是力图在这种空间位移中寻绎出一种具有时间—历史特征的时代现实。

　　其实，从乔叶和范小青的小说中我们看到，作者似乎有意无意地与当下的城乡现实保持了距离，他们对于"彷徨"的表现更多的是从"社会"而非"心理"的角度上立意的，而这也更有助于他们从宏观上对当下的乡村、农民的历史命运处境作出较为冷静、客观的观察。而在许多"农裔城籍"①的作家身上，对于"故乡"、"土地"过于强烈的

---

① 李星：《西部精神与西部文学》，《唐都学刊》2004 年第 6 期。

个人情感往往使他们难以保持一种较为客观、中立的立场。在荆永鸣的小说中，作者试图通过对"外乡人"平凡而令人感动的奋斗经历的书写来寻求一种与"苦难叙事"不同的进入"底层"的方式，但当他的视角转移到乡下，他的笔触便情不自禁地对准了"苦难"，近年发表的《老家》（《小说月报·原创版》2007 年第 4 期）仍然是通过"酒馆小老板"这一视角观察和书写"老家"困顿的现状：贿选、坑农、黑煤窑、村霸、上访……贿选造成了亲戚的破产和丧命，自己投资养的奶牛血本无归，老家时时传来的噩耗让"我"和妻子惶惶终日，小说写道："老家，一个母亲般字眼。她本该是个让人魂牵梦萦的地方，我的生命，我的童年，我充满梦幻般的心灵历史就是从那里开始的。遗憾的是，这些年我远在他乡，被她紧紧连在一起的却不是亲情，不是眷恋……而是惊恐，是伤痛，是一堆没完没了的麻烦……"小说中"我"在返乡途中看到路边的景象："正是北方春播时节，一处山坡上有一家老小在种地，男人扶犁，女人点种，远远的后面是一个小女孩在吃力地拉着簸梭，她要为父母播下的种子盖土……看着这样一幅现代版的'田园牧歌'，我的鼻子竟忍不住'嗖'的酸了……"小说是从"旁观者"的角度书写当下农村败落的，但是这个"旁观者"显然是深陷其中的，农村"往何处去"的彷徨在这里更多的是通过叙事人（"我"）的迷惘和哀哭加以呈现的，具体的人物和命运乃叙事所重，作者强烈的主观态度和情感融洽其中，这便形成了"苦难叙事"那种悲抑深重的格调。读荆永鸣的《老家》明显感到它和乔叶、范小青的作品不同，后两者创作主体对乡土的情感显然不及前者那么强烈，作品虽触及了一定的体制和现实问题，但相对来说都能保持一种较为中立的立场，而这样一种较为中立的立场相较于"苦难叙事"来说更能在宏观历史命运层面"展示"出当下乡村"往何处去"的那种"彷徨"。

上海作家王安忆 21 世纪之后的创作明显地加强了对"底层"的关注，在《骄傲的皮匠》、《民工刘建华》、《保姆们》、《发廊情话》等小说中，她开始有意识地将目光转向了上海大都市里那个身份特殊的人群，王琦瑶（《长恨歌》）和妹头（《妹头》）不管是"贵族"还是平民，她们都是在洋房风月和弄堂烟火中浸淫生长的城市的"主人"，而刘建华和小皮匠们却是"外来者"，他们属于这个城市的"底层"。和一般对"底层"的描写不同，王安忆并没有突出他们弱势的一面，而是力图从这些卑微的人身上发现一种坚韧的生活品格，抑或在他们凡俗的生活中发现一种永恒的生存的趣味——这显然也是作者以往创作旨趣和风格的继续。一种异质性的生存图景的进入并没有改变作家一贯所寻求的"凡俗的趣味"，① 或者说，这些外地农民、手工业者总体而言并没有颠覆而是融入了王安忆笔下的"大上海市民图"，作家成熟稳定的生活品位和艺术眼光使得她保持了一种淡定的情感态度，因而她笔下这个特殊的身份群体的生命状态也是淡定的，当然我们可以说这种底层生活是被择取过的，但我们也不得不承认这也是"底层"的真实的一面。而且，王安忆虽有过乡村生活的经历，但她终究不是一个乡土作家，她与乡村、农民的天生的"距离"使她观察"底层"时更能保有一种淡定、清虚的眼光，而当使王安忆将视线从洋场弄堂拉长至上海郊区乃至更远的"城乡结合部"的时候，这种淡定、清虚的目光反而使她更生动地表现出了农村"往何处去"的那种时代性的"彷徨"。

2000 年写成的长篇小说《富萍》，作品前半部分写的是乡下姑娘富萍到淮海路投靠在大户人家做保姆的"奶奶"，以"奶奶"和富萍为中心，作家展开了对她无比熟悉的上海弄堂生活的描写。故事发生在 20 世纪五六十年代，新中国成立后的上海虽然与十里洋场时期的上海有所不同，但是"奶奶"和吕凤仙们依然保存着这个城市"没落贵族"式的生活习惯与做派，这是富萍无法适应的，但她表面腼腆木讷，内里却极有心气和主见，所以富萍后来毅然离开了淮海路和"奶奶"投靠了舅舅孙达亮，小说由此将我们带入了一个与淮海路完全不同的世界。舅舅孙达亮所在的闸北苏州河两岸是外乡人聚居之地，他们操着浓重的乡音，从事着在河上运垃圾的营生，这里以及富萍后来所嫁入的"梅家桥"棚户区有一种与上海弄堂、高楼格格不入的生存景致，这里的人们低微而不低贱，艰辛而诚朴自足，小说写道，他们"对外面来的人都有着谦恭的态度。但这并不等于说是卑下，而是含有一种自爱"，而他们从事的运垃圾、捡破烂、做裁缝等营生"因为杂和低下，难免会给人腌

---

① 在《凡俗的趣味》一文中，王安忆坦言自己倾心于世俗生活的那种平凡而微小的"趣味"，她说："这些微妙的趣味，亦是具备了正直的品格，虽然微小，却决不卑琐，这就是我所喜爱的。"参见王安忆《凡俗的趣味》，《上海文学》2002 年第 10 期。

臜的印象。可是，当你了解了，便会知道他们一点不腌臜。他们诚实地劳动，挣来衣食，没有一分钱不是用汗水换来的。所以，在这些芜杂琐碎的营生下面，掩着一股踏实、健康、自尊自足的劲头"。勤苦而明事达理的舅舅、舅母以及"梅家桥"棚户区那对有着"弱者的自尊自爱"的母子是这种生活"劲头"的代表，富萍被这种生活所吸引，所以她最终选择扎根棚户区。学者王晓明在《从"淮海路"到"梅家桥"——从王安忆小说创作的转变谈起》一文中说："50 年代的上海人的生活，正如一方新旧交杂、土洋混合的场地，殖民地的遗风和'社会主义'的时尚，就在其中交手相搏。可是，当在《富萍》中再现 50 年代上海的生活世界时，王安忆却将这两位主角都推到了边上，另外请出梅家桥那样的棚户区，将这种既非洋场、也不合时尚的生活放置在小说世界的中央。看上去小说的大部分叙述都盘绕在梅家桥之外，可你仔细体味就会发现，它们的意蕴几乎都是指向了梅家桥，恰似一番长长的开场锣鼓，最后是要引出真正的主角。"① 他认为王安忆这么做的意义在于，通过对于苏州河、棚户区、外乡人构成的这段历史记忆的发掘，从而有效地质疑和反对了 90 年代以来的那种中产阶级式的对于上海的怀旧书写，而那样一种怀旧书写是与"从 80 年代后半期开始、首先在东南沿海和大中城市发展起来的'新意识形态'"紧密相连的，那种"新意识形态"的功能在于借助"上海"等"现代化"标志性的繁荣图景来促进人们接受其所操持的一整套对历史、现实和未来的解释：

　　　　已经到了 20 世纪的最后十年，饱经四十年"革命"悲欢的中国社会，早就丧失了"一张白纸，可以画最新最美的图画"式的激情。尤其在上海，人们对将来的生活的希望当中，始终掺杂着一份历史被割断的无奈。因此，要将这座城市里的人重新集合到一面旗帜下，将他们的视线收聚到"将来"的某一幅"效果图"上，就必须先向他们解释"过去"，化解他们心头的无奈。当然，四十年"教育"下来，上海人已经不怎么知道老上海的事情了，他们的无

---

① 本节后文所引均出自王晓明《从"淮海路"到"梅家桥"—— 从王安忆小说创作的转变谈起》，《文学评论》2002 年第 3 期。

奈其实十分含糊，自己也不大能够确定。但也惟其如此，重塑上海
社会的历史记忆，再通过这"记忆"来引导它集中视线，排齐队
形，反而就比较容易。从 90 年代中期开始，一面是新的"成功人
士"在媒体和广告上日渐成形，一面是昔日洋场的大亨故事再次流
传；一面是新时代的"上海宝贝"风靡市场，一面是老上海的
"风花雪月"被涂描一新；年轻的"白领"环顾着咖啡馆墙上的旧
照片憧憬未来，那些已经差不多自暴自弃的中年人，也在街头和电
视上的洋场画面的暗示下振作起来，更严厉地督促儿女苦练英
文……新的历史"记忆"逐渐覆盖这城市的各个角落，许多上海人
面对现实和将来的心情，似乎的确是一天比一天更平和了。

　　在王晓明看来，王安忆的写作正是通过对不同历史记忆的发掘打破
了这样一种"平和"，由此她的写作也便具有了一种强烈的现实批判意
义。而对于王安忆来说，她自己倒似乎没有这样一种刻意，在谈到《富
萍》的写作时她所津津乐道的依然是凡俗生活那种自在自足的趣味：
"在纷攘的时世替换中，其实常态的生活永不会变，常态里面有着简朴
的和谐，它出于人性合理的需求而分配布局，产生力度，代代繁衍。"①
在凡俗趣味的引领下，王安忆从"淮海路"到"梅家桥"逐步向更远
的"城乡交叉地带"转移。

　　2001 年写就的长篇小说《上种红菱下种藕》便将视线拉长到了上
海以外浙西一个名叫华舍的水乡小镇，小说通过一个名叫"秧宝宝"
的九岁女孩子的眼睛展开了对于这个小镇的书写。小镇属于典型的城乡
结合部，它背后紧连着乡村，"秧宝宝"的家便在那里，前头则是几步
之遥的绍兴、杭州、上海，"秧宝宝"的农村老家已经几近空无，守着
老宅的公公后来也死了，青壮年人大多跑生意，像秧宝宝父亲那样——
"高中毕业，先是给人打工，然后自己做。会做，加上运气好，就做大
了"——的人不计其数，有钱了之后他们便买上海、杭州、绍兴的户
口，彻底离乡进城，于是华舍这个小镇便成了一个周转和"歇脚"之
地。"秧宝宝"便这样被父母寄宿在小镇人家，小镇的景致便在"秧宝

---

① 王安忆：《水色上海》，《长篇小说选刊》2006 年第 1 期。

宝"的视线里铺展开来，这里有店铺、人家、旅馆、小巷、水泥教堂、倒闭的织绸厂、河埠头、木廊桥……穿梭在这里的既有本地人，又有外地来的打工仔，小镇人口是不断流动的，已经失去了原有的那种稳定的地缘特征，一切都在变迁着，小说这样写道："麦子熟了，麦芒在阳光下闪闪发亮，风吹过来，麦穗摇摆着，麦芒的光亮就错乱着，擦出小小的金星。麦田里，这一边，那一边，矗立水泥墙水泥顶的厂房。隆隆的机器声从这边那边传过来，交汇在一起。燕子就在机器声中沉默地飞翔着。"麦田和工厂并立，燕子与机器齐鸣，这是最为生动的城乡交叉画面，反映着当下中国的"发展中"特征，小镇几乎成了"历史"本身，它像活标本一样呈现着这个国家的过去、现在和将来。面对近在眼前的"历史"，作者无法不生出一种沧海桑田之叹，叹息中包含着伤感："可它（笔者注：指华舍镇）真是小啊，小得经不起世事变迁。如今，单是垃圾就可埋了它，莫说是泥石流般的水泥了。眼看着它被挤歪了形状，半埋半露。它小得叫人心疼。"而当作家将目光转向小镇背后的乡村的时候，这种感叹与伤感表现得更甚，小说写为"秧宝宝"家守宅的公公常唱的歌谣："状元呑，有个曹阿狗，田种九亩九分九厘九毫九丝九，爹，杀猪吊酒；娘，上绷落绣，买得个溇，上种红菱下种藕。田塍沿里下毛豆；河礅边里种杨柳，杨柳高头延扁豆，杨柳底下排葱韭。大儿子又卖红菱又卖藕，二儿子卖葱韭，三儿子打藤头，大媳妇赶市上街走，二媳妇挑水浇菜跑河头，三媳妇劈柴扫地管灶头，一家打算九里九，到得年头还是愁。""溇"，指的是断头河，关于它的歌谣记忆着古旧而温馨的田园生活历史，今天它却已报废了：河水黑恶、塑料袋漂浮，"水草缠裹着灰色的絮状的积垢物，铺了小半个溇，气味可是不好闻。不是臭，是怪异"。

　　同是对"变迁"的感叹与伤感，王安忆在此显然与贾平凹等"农裔"作家有所不同，她是以"不变"来对待这种"变"的。所谓"不变"指的是作者一贯的淡定而平和的审视生活的态度，小说中的时代历史变迁完全由一个不谙世事的小女孩的眼睛出之，这使作者在观照历史和时代的时候更能保持一种超然的立场、态度，同时又能以一颗敏感的孩子的心体味"变幻"的恍惚。小说写"秧宝宝"最后离开华舍被父母接到大城市去，小镇渐渐远离，"秧宝宝"开始是伤感的，旋即便变

得超然起来，在"变幻"面前，一个孩子是缺乏稳定而执拗的情感与
判断的，她更宜于适应，小说因此也就更能够将那种时世变迁的伤感加
以稀释，从而更为淡定地看待"变迁"本身，于是一种包含着沧桑感
的怀旧的气息弥漫开来。小说最后写道，小镇"是那么弯弯绕，一曲一
折，一进一出，这儿一堆，那儿一簇。看起来毫无来由，其实是依着生
活的需要，一点一点增减，改建，加固。……它忠诚而务实地循着劳
动，生计的原则，利用着每一点先天的地理资源。……你要是走出来，
离远了看，便会发现惊人的合理，就是由这合理，达到了谐和平衡的
美。也是由这合理，体现了对生活和人的深刻的了解。这小镇子真的很
了不起，它与居住其中的人，彼此相知，痛痒关乎"。

　　王晓明对于王安忆 21 世纪创作转向的阐释是从现实批判的角度入
手的，其实他所论述的这种在王安忆身上体现出来的"对于当代生活的
深具批判意味的理解"对于当下整个"底层叙事"来说又何尝不是？
而王安忆的特殊之处正在于她身处"上海"这一中国现代化发展的最
前沿、最尖端，因此她的转向也便更醒目、更启人深思。但如果从乡村
叙事以及她本人的创作风格的角度来看，王安忆对于城乡变迁的观察和
体验与"农裔"作家是极为不同的，她的出身、经历和精神气质使她
在面对当下的城乡变迁时能够保持一种较为客观而冷静的态度，《富
萍》对于别样的上海历史的发掘，《上种红菱下种藕》以一个孩子的眼
和心对于时代沧桑变迁的体验，都有一种观照时代和历史的"整体"
的眼光，尤其是在《上种红菱下种藕》中她所呈现的"乡村——城
镇——城市"的立体结构画卷，更能够表征当下中国历史发展的现实，
小说并没有进行过多的价值判断，而只是呈现了一种变迁的"事实"，
以及在这种变迁中所暗含的"彷徨"。

第三章

作家心态研究——从情感
与理智的冲突入手

检视 20 世纪 90 年代以来尤其是 21 世纪之后的乡村小说创作，我们印象最深的一点是作家在面对当下的乡村现实时，普遍存在着的一种认知上的无力感，这直接导致了 90 年代以来尤其是当下的乡村小说叙事内在思辨性和批判力量的不足，而对于现实本身、对于"无力感"的呈现则成为叙事的主流。然而仅仅"呈现"显然无法令人满意，它所氤氲的浓重的感伤、无奈情绪于美学本身的价值明显大过对于现实的价值，对总是被寄予"担当"也习惯于"担当"的新文学叙事（尤其是乡村叙事）来说，这不能不意味着一种"缺憾"——"生存浮面上的悲与喜在农民身上已经足够活灵活现了，可是农家所赖以生存其间的乡村世界的秩序性结构性变动的深在内容却更是罕有触及。经典现实主义文学所必备的人间关怀，我们并不欠缺，由'五四'而来的对乡村人群的集体启蒙传统也没有丢弃。但是，相对薄弱的是对表相背后人的意识、性格、心理的新发现，不仅如此，新的国家观念和时代生活给乡村的风俗社会所带来的伦理动荡和价值体现方式的激变，作家们几乎没有提供相对深刻的文学性呈现和思量，使得乡村小说整体上显得轻飘油滑。"① 一方面是对"人间关怀"和"启蒙传统"的固守，另一方面是透视和介入当下现实的无力感，这正是当下乡村小说叙事的尴尬和焦虑所在，所谓"轻飘油滑"从另一个角度看未始不是一种无奈。

90 年代以来尤其是当下乡村小说叙事所表现出来的种种"新质"和"问题"，一方面固然是由中国现代化发展的历史境遇所致，但另一方面作家自身的主体精神、文化性格、创作心态也确实与此有着极

---

① 施战军：《乡村小说：时代之变与文学之难》，《上海文学》2007 年第 10 期。

为紧密的关系。以当下乡村小说叙事整体上所呈现出来的价值立场、情感取向来看，作家的困惑和犹疑，以及由此导致的表达方式的相对单一，不能不说与作家的主体精神和理性能力孱弱有关。而放置到整个乡村小说叙事的发展历史来看，这种主体精神和理性能力的孱弱实在是导致中国作家在诸种不同的"观念"和"本质"间周游迁移的主要根由。然而对当下的乡村小说叙事来讲，对困惑和犹疑的"呈现"其实已经足以让我们感到些许欣慰了，因为与那种依旧拘囿于某种已经失去批判力的"观念"的叙事相比，至少它贴近了"自我"和"现实"，不管有意还是无意，被动抑或主动，它终究表现了某种时代的"新质"。

当然，我们确实还需要更有力的反思。对于当下的乡村小说叙事来讲，"观念"的解体是一次难得的契机：当板结于乡土之上的"观念"趋于风化、瓦解，那些诸如乡村和农民在整个现代化历史进程中的悲剧命运等原本被遮蔽的、带有本源性和根本性的"问题"便开始显现——这正是对乡村叙事进行反思进而促进其发展的基础。就当下的乡村叙事现状来看，究竟是什么造成了其在透视和介入当下"现实"时的无力？所谓"历史的迷向"究竟多大程度上应由叙事者自身来负责？那种"轻飘油滑"的叙事态度、那种对"现实"的隔膜感、那种浅薄浮夸的道德控诉和人道主义诉求背后掩藏着哪些阻滞性因素？这一切都不能不促使我们对作家自身尤其是其精神状态、文化人格乃至思维方式进行深入的探视。

第一节　"怨怒"：乡村启蒙叙事的困境——以阎连科为例

一　"启蒙"：游离于时代之外

选择某一种题材，以某种艺术的方式进入表达的世界，从根本上说所反映的是创作者与表现对象之间一种观念或情感的联系。对乡村小说创作者来说，与乡土的亲和所体现出来的是人类对大地、家园和童年的天然的依恋——"人之于土地的联系，是一种与生俱来的，难于言明，无法理清，藤蔓绞结撕扯不断的精神纠葛"。① 然而就"乡村小说"这一具有现代意味的概念来说，具有规定性特征的并不是与乡土的亲和这种天然的情感维系："'乡土文学'作为农业社会的文化标记，或许可以追溯到初民文化时期。那么，整个世界农业社会的古典文学都带有'乡土文化'的胎记。然而这却是没有任何参照系的凝固静态的文学现象，只有社会向工业时代迈进时，整个世界和人类的思维发生了革命性变化后，在两种文明的冲突中，'乡土文学'才显示出其意义"，具体到中国文学而言，则可以说"是'五四'新文学运动反封建的意识首先找到了'乡土小说'这一'载体'"，② 从而造就了现代意义上的"乡村小说"的生成和发展。而这其实也从根本上决定了五四以来的"乡村小说"从其诞生之日起便天然地具有一种文化批判和文化反思的气质。

　　无论是鲁迅式的以文化比较和文化批判的眼光审视"幽暗故园"的乡村启蒙叙事，还是沈从文那种以文化想象的方式追寻"精神家园"和"灵魂归宿"的浪漫主义叙事，二者其实都反映着中国"知识者的现代觉醒"，③ 所不同的只是"知识者"所持有的"理性的文化批判精神"的指向不同罢了。也因此，从与"乡土"的关系来看，前者较后者更表现出一种"自觉的背叛和离弃"，④ 从而也就显现出一种更为艰难和深重的文化反思气质。对迈入文明转型期的中国社会和中国文化来说，这种自省精神和反思气质无疑是更具深广影响力的，也因此，由鲁迅所开掘的以"国民性批判"为题旨的乡村启蒙叙事模式最终也才成为了"'五四'乡土小说及其后的重要乡土小说作家和流派的被模仿式"⑤ 之一。

　　鲁迅所开创的启蒙叙事传统为20年代后期的"乡土小说派"所发扬，虽然在三四十年代迫于当时社会形势的压力，"启蒙"的吁求为"救亡"所压倒，但作为一种现代精神价值理念，"启蒙"已经深深地

---

① 陈继会等：《中国乡土小说史》，安徽教育出版社1999年版，第2页。
② 丁帆：《作为世界性母题的"乡土小说"》，《南京社会科学》1994年第2期。
③ 陈继会等：《中国乡土小说史》，安徽教育出版社1999年版，第6页。
④ 同上书，第8页。
⑤ 丁帆等：《中国乡土小说历史》，北京大学出版社2007年版，第30页。

植入了中国知识者的身躯,那个时期的沙汀、萧红、丁玲等现代作家笔下都曾出现过身负"精神奴役的创伤"的个体或群体农民形象,而在"文化大革命"结束之初的"伤痕"、"反思"创作思潮中,以"国民性批判"为主题的乡村小说叙事也是最先得到"复活"的新文学传统之一。① 然而,不可否认的是,"启蒙叙事"对于中国乡村、农民的文化想象带有一种深刻的"片面性",鲁迅本人也清醒地意识到这种单纯的文化批判的局限,在《伤逝》、《药》以及散文《娜拉走后怎样》中,明显可以看出他对五四"启蒙"现代性作出的深刻反省。然而相对于"启蒙"本身而言,鲁迅对"启蒙"的反思在相当长的时期内并没有得到足够的重视,尽管随着八九十年代以来知识界对中国"现代性"问题认识的深化,"启蒙"的思维方式、启蒙者的姿态甚至"启蒙"的精神价值理念都得到了一定程度的反省,但就文学创作而言,反思"启蒙"在促进叙事发展方面的作用却比较有限,以现代/后现代主义的"先锋文学"和"新写实小说"为例,余华、苏童、刘震云等人当时的写作虽然都曾对经典启蒙主义伦理和逻辑进行过颠覆、嘲讽,但总体而言,先锋写作的高蹈姿态和"新写实"过于强烈的"改写"意图从一开始便限制了其思辨的锋芒在"生活"的纵深处开拓叙事空间的可能。而且在当下中国的现实语境中,经典启蒙话语也并未尽失其历史合理性,余华在"转向"之后写出的《活着》以平易自然的语气倡扬了一种完全不同于经典启蒙叙事的生存伦理,有论者便对小说所表达的"为了活着本身而活着"②的生命观表示了强烈的不满,其批评的逻辑明显是经典启蒙思路的延续,③ 这是否也从一个侧面反映出传统的文化和人性启蒙话语在当下中国社会历史语境中的某种"不可超越性"呢? 只

---

① 高晓声的《"漏斗户"主》发表于《钟山》1979 年第 2 期;同年,《李顺大造屋》发表于《雨花》第 7 期。

② 余华:《活着·自序》,上海文艺出版社 2004 年版。

③ 例如邓晓芒便认为,小说中富贵对生活的隐忍和不抱怨"是由于失去了精神上的抱怨的能力,只剩下了肉体上的'承受能力',他努力把自己变得麻木,……以自欺的方式活在精神和肉体之间";张梦阳也认为余华对富贵乐天地"活着"的精神主要采取的是一种"赞颂的态度","对其负面的内在消极因素缺乏深掘",因此在国民性反思的力度上使富贵这一形象"与阿 Q 相比差距甚大"。参见邓晓芒《活,还是不活——评余华的〈活着〉》,《南方周末》2005 年 12 月 22 日;张梦阳《阿 Q 与中国当代文学的典型问题》,《文学评论》2000 年第 3 期。

是无论如何我们发现，反思的乏力已经导致了新时期以来乡村启蒙叙事自身的日渐逼仄（高晓声逐渐陨落的创作轨迹便是体现），对农民文化人格的审视始终困守于《阿Q正传》、《陈奂生上城》的方式和思路，以致有论者毫不客气地指出："遍览新时期阶段出现的审视农民文化人格的作品，我们发现绝大多数作品都在封建意识和小农意识这两个方面做文章，这些作品的主题或思考结论大致相似：封建意识导致农民的奴性人格，小农意识使农民目光短浅。事实上，导致农民文化人格的奴性的因素并非仅有一种，某些作家对'小农意识'与'目光短浅'二者因果关系的推断未必正确，甚至部分作家所认定的'农民目光短浅'结论也值得怀疑，农民文化人格内涵的丰富性及农民文化人格的多样性实际上远远超出了遵循经典思路的作家们的想象、远非一种'经典'所能概括。"①

其实从根本上来说，"五四"文化批判式的经典启蒙思路，是由当时中国社会的"落后性"——而社会的"落后性"当时又被更进一步指认为文化的"落后性"——决定的。今天中国社会的"落后"状况并没有完全改变，尤其是中国文化的落后残余所制造的愚昧和偏见仍然随处可见，这是"启蒙"在当下的必要性所在。但是今天的社会现实较以往已经发生了很大的变化，启蒙者依然抱守自己狭隘的文化想象和陈旧的批判思路是否恰当？汪晖在其长文《当代中国的思想状况与现代性问题》中批判道："在迅速变迁的历史语境中，曾经是中国最具活力的思想资源的启蒙主义日益处于一种暧昧不明的状态，也逐渐丧失批判和诊断当代中国社会问题的能力"，因为"中国的启蒙主义面对的已经是一个资本化的社会：市场经济已经日益成为主要的经济形态，中国的社会主义经济改革已经把中国带入全球资本主义的生产关系之中，在资本主义化的过程中，国家及其功能也相应地发生了虽然不是彻底的、但却是极为重要的变化。资本主义的生产关系已经造就了它自己的代言人，启蒙知识分子作为价值创造者的角色正面对深刻的挑战。更为重要的是，启蒙知识分子一方面致慨于商业化社会的金钱至上、道德腐败和社会无序，另一方面却不能不承认自己已经处于曾经作为目标的现代化

---

① 周水涛：《新时期乡村小说农民文化人格审视》，《小说评论》2005年第4期。

进程之中。"① 汪晖在这里指出了"启蒙知识分子"所面临的尴尬，而这也正是当下启蒙叙事（包括乡村启蒙叙事）的尴尬：传统的人性启蒙和文化批判思路固然还有其意义和价值，但在新的历史条件下其"意义和价值"究竟该如何实现？从当下的时代现实来看，一方面是包括广大农民在内的中国"底层"生存处境的艰难——这已经成为当下社会最严峻的现实和被关注的焦点；而另一方面，对于"底层"（尤其是农民）来说，一种内在的沉重的精神文化负累造成的"愚昧"仍然普遍地存在。经典启蒙思路是把后者作为直接的批判对象的，但是正如汪晖所言，在今天远为复杂的社会现实面前，启蒙的传统的文化批判思路必须接受事实的挑战，以此来更新自己"批判和诊断当代中国社会问题的能力"。

　　从新时期以来的乡村小说叙事来看，高晓声（《李顺大造屋》、《陈奂生上城》）、何士光（《远行》、《苦寒行》）、乔典运（《村魂》）、李锐（《厚土》）、朱晓平（《桑树坪纪事》）等人的创作在80年代可以说构成了一条较为清晰的以审视农民文化人格进而批判"国民性"为思路的启蒙叙事脉络。而90年代之后，乔典运（《问天》）、阎连科（《瑶沟人的梦》）、李佩甫（《败节草》）等人的创作尽管在继续着"启蒙"的叙事表达，但客观地看，在急剧膨大的转型期现实面前、在乡村小说叙事逐渐大面积趋向于表现这一"现实"的情况下，启蒙叙事明显趋于冷清。原因有多种，但是最关键的一个便是创作者在面对当下新的中国现实时，并未寻找到一种恰当地实现"启蒙"之"意义和价值"的有效方法。比如，与刘醒龙的《分享艰难》、《挑担茶叶进北京》对农村和农民的书写相比，乔典运的《问天》（《北京文学》1992年第10期）和石舒清的《选举》（《飞天》1996年第6期）对落后的农村和"愚昧"农民的描写便显得有些过于陈旧、脸谱化，缺乏鲜活的时代气息。而对于90年代以来那些具有明显的"启蒙"意识和热情的作家作品来说，这其实并非个别现象，阎连科对农民在权力面前的"奴化人格"曾经有着深刻的洞悉和表现，然而从90年代初《瑶沟人的梦》（《十月》1990年第4期）、《天宫图》（《收获》1994年第4期）到21

---

① 汪晖：《当代中国的思想状况与现代性问题》，《文艺争鸣》1998年第6期。

世纪之后的《黑猪毛 白猪毛》（《广州文艺》2002 年第 9 期）、《三棒槌》（《人民文学》2002 年第 1 期），我们惊讶地发现，时隔十年，作者所叙述的故事、塑造的形象甚至包括叙述的方式都几乎没有什么变化！究竟是什么在制约着作家对于现实体验的深入？尤其是对于乡村叙事来讲，在那些和乡村保持着紧密的情感联系的作家身上，究竟潜藏着什么深沉、固执的文化和个性因素，从而阻碍着他们与鲜活的"现实"趋近？

在这一问题的研究和探讨上，小说家阎连科无疑具有特殊而重要的价值，和 90 年代以来其他乡村小说家相比，阎连科的启蒙意识和启蒙热情显得更为强烈，作品的批判意味尤其浓烈；而和其他充满启蒙激情的创作者——比如同为河南籍、同样对农民的文化人格"落后性"有着深入体察的李佩甫①——相比，阎连科的写作所体现出来的乡村情感显得更为尖锐，其作品所展现出来的作家在审视农民的文化人格方面的局限性也更为突出，这是我们在此决定将其作为典型个案加以观察和研究的重要的理由。

二　"怨怒"与"狂想"：阎连科的乡村启蒙叙事批判

1. "贫困"与"愚昧"的纠结

"贫困"和"愚昧"是构成和解析阎连科乡村书写的两个关键词。从早期成名作《两程故里》（1988）到 21 世纪之后的《受活》（2005），虽然艺术形式方面发生了很大的变化，但阎连科乡村书写的主题内涵一直都没有实现太大的自我超越，"在他的早期成名作《两程故里》中，阎连科就已经确定了他对乡村社会内部的权力结构与宗法伦理之间纠葛的深度拷问；而在随后的'瑶沟系列'里，他不仅强化了这一叙事目标，还进一步转向对乡村恶劣自然环境的极致化表达。至此，阎连科基本上确立了他的整个叙事理想：以乡村平民的生活作为叙事背景，全力演绎创作主体对权力体系的解构性反思，对外在生存条件的宿命性抗争。在他后来的绝大多数小说中，其表达主题都没有溢出这

---

①　阎连科，生于 1958 年，河南洛阳嵩县人；李佩甫，生于 1953 年，河南许昌人，1978 年开始发表作品，著有长篇小说《羊的门》（1999）、《城的灯》（2003）等。

两个核心的意识范畴"①。如同《两程故里》、《中士还乡》等作品所表现的,作者"对权力体系的解构性反思"所指向的固然有对于"权力"本身的批判,但他更多的是将批判矛头对准了"权力体系"所塑造的愚昧、麻木的国民奴性人格;而在《年月日》、《日光流年》等表现"对外在生存条件的宿命性抗争"主题的作品中,对乡村、乡民"贫穷"的深刻感触显然从根本上酿就、支配了作者那种充满象征意味的、对人类生存处境的极致化演绎。

　　阎连科比较有代表性的乡村小说,可以很容易地在"贫困"和"愚昧"两种主题涵括下进行划分:《年月日》、《耙耧天歌》、《日光流年》是在"人与自然(以及超人力的命运)"的关系架构中展示酷烈的生存图景;《瑶沟人的梦》、《乡村死亡报告》、《耙耧山脉》、《天宫图》、《黑猪毛 白猪毛》、《三棒槌》、《受活》等是在"人与人"的关系范畴内展开的痛切的人性和文化批判。很明显,后者在作者的乡村书写中占据着突出的地位,也可以看出,在构成作者的乡村经验方面,"权力"以及"权力"所制造的"愚昧"占据着主导的地位,而从其创作所表现的来看,在对农民的"愚昧"的文化性的书写中,由外在权势所造成的农民的那种"奴化人格"一直是其关注的焦点,就像在早期《瑶沟人的梦》等作品中所展现的,小说着墨最多、描写也最生动的,不是那个几乎隐形的、面目不清的权势者(如"村长"、"镇长"等),而是那些在权势之下完全被驯服和异化的乡民们。而更值得注意的是,在这些乡民身上,普遍缺少阿Q可悲性格中所蕴含的那种"可怜",他们更多地闪耀出一种凶狠的、毁灭性的力量:在《瑶沟人的梦》、《天宫图》中,像"队长三叔"和路六命那样,他们对自我意志和人格的极度压抑和扭曲明显带有精神自戕的性质;而在《乡村死亡报告》、《耙耧山脉》中,这种摧毁性的力量则将他人当作了自己施虐的对象,从而使围绕"死亡事件"展开的众生相无一不让人感到心惊胆寒。

　　也就是说,仔细观察我们会发现,阎连科对"愚昧"这一主题的表

---

① 洪治纲:《乡村苦难的极致之旅——阎连科小说论》,《当代作家评论》2007年第5期。

达从一开始便似乎带有一种"极致化"① 的倾向。在《瑶沟人的梦》中，作者将乡民对权力的恐惧和渴望以及由此所造成的人格的扭曲完全展现于"队长三叔"和"我的对象"王玲两个人物身上，以致他们在面临困境和选择的时候并未表现出常人应有的那种心理的挣扎，他们怯懦、势利的行为表现仿佛源自一种并不真实的"本能"，形象因此也就显得平面化了。而在此后围绕"权力"所造成的奴化人格所进行的书写中，"权势者—愚昧乡民"这样的人物形象和人物关系设计几乎成为了一种固定的模式，从《天宫图》、《耙耧山脉》等及至新世纪以来的《黑猪毛 白猪毛》、《三棒槌》、《丁庄梦》等，概莫能外。同时，从阎连科创作的前后对比来看，这样一种"极致化"的表达是以牺牲作者早期对于生活的丰富感受和全面把握为代价的，在80年代的《两程故里》中，叙事所关注的不仅仅是权力，更是变革时代乡村整体的伦理和文化动荡给人心带来的冲击，然而从《中士还乡》、《瑶沟人的梦》等作品开始，作者对乡村文化和农民心理的挖掘便开始趋于窄化，那种激烈的情节冲突、变形的人物心理和荒诞的命运结局固然形成了其启蒙叙事所特有的酷烈、痛切风格，但过于强烈的批判冲动着实令其叙事变得日趋呆板：总是一个高高在上且作威作福的权势者，总是一个屈辱到有些可憎的愚昧者，总是受虐、报复、毁灭的"剧情"发展……

正如有研究者所指出的，阎连科的写作"并不像王安忆、贾平凹、铁凝、张炜等作家那样，往往带有某些本质性的自我超越，而只是对作家初始写作目标的不断强化和深化"②，在其乡村书写中，我们也确实发现有一种执拗的、否定性的力量在支配着他对乡土的反观。与大多数启蒙者对待被启蒙者的那种"哀其不幸怒其不争"的矛盾情感和矛盾态度不同，阎连科对待其笔下的愚昧乡民让我们感受到更多的是其"怒其不争"的一面，而少有"哀其不幸"的一面，在《耙耧山脉》中，守灵的村民将一泡热尿浇在村长的九层寿衣上，入殓后的村长其阳物还被人割下来塞在嘴里，如此阴冷、黑暗的人心图景让人触目惊心！与鲁

---

① 洪治纲指出，"阎连科是一位对极致化审美境界充满痴迷的作家"。参见洪治纲《乡村苦难的极致之旅——阎连科小说论》，《当代作家评论》2007年第5期。

② 洪治纲：《乡村苦难的极致之旅——阎连科小说论》，《当代作家评论》2007年第5期。

迅式的经典的启蒙态度不同，阎连科作为启蒙者仿佛还未曾与笔下的乡土相"脱离"，在"愚昧"所导致的那些血淋淋的伤害和搏斗中，他自己常常也仿佛是一个被冒犯者，眼中闪烁着杀人和被杀的双重怒火：在《瑶沟人的梦》中，被一扣再扣的"返销粮"是屈辱和憎恨的导源，但作品一再突出和渲染的只是屈辱和憎恨本身，"返销粮"事件以及其背后所隐含的生存的艰辛却有意或无意地被忽略了；《乡村死亡报告》、《耙耧山脉》同样如此，对冷漠和自私的"国民性"的刻画同样也完全覆盖了对"人与自然"关系范畴的生存命题的书写。

正如前面所讲的，"愚昧"和"贫困"是解析阎连科乡村书写的两个关键词，而在启蒙者"哀其不幸怒其不争"的情感态度中，"哀"最基本的诱因便是"贫困"——当然并不是说一个富足甚而富奢的人不会引起别人的同情，而是说"贫困"对于中国现代语境中的被启蒙者来说委实是一种实实在在的"事实"，而这样一种"事实"可以说是"启蒙"最初的激发点。"贫困"和"愚昧"所导致的"哀"与"怒"的纠结也造成了启蒙者永远无法摆脱的精神困境，而这也意味着"启蒙"叙事自身从一开始其实便包含着一种自我否定和自我反思的机制。然而对阎连科来说，"哀"在他的情感结构中明显处于一种极度虚弱的状态，在"瑶沟"和"耙耧山脉"中，他向我们指示的是这片土地上令人胆寒的人性搏杀，"贫困"在这里只是作为一种虚泛的背景性存在表现于那焦旱的土地和苍老的日落："土地的裂纹，纵横交错地罩着耙耧山的世界，一团团黄土的尘埃在那山坡上雾样滚着，沟沟壑壑都干焦得生出紫色的烟云"（《天宫图》）；"千古旱天那一年，岁月被烤成灰烬，用手一捻，日子便火炭一样粘在手上烧心。一串串的太阳，不见尽止地悬在头顶"（《年月日》）……"贫困"在"人与人"的关系书写中并不被强调，它或者被处理成一种背景性存在，或者直接被升华和演绎成"人与自然（天命）"关系的抽象和隐喻式表达，就像在《年月日》和《耙耧天歌》中那样。

那么，阎连科如此旺盛的"怒"火从何而来呢？

2. "怒"的旺盛与"哀"的虚弱

作为一个农家出身的乡土作家，阎连科对农村缺少一般乡土作家对于故乡的那种温婉柔情。阎连科谈及自己对故乡的感情时曾这样说过：

"如果说我是那块土地的儿子，我对那块土地上的人确实没有鲁迅对闰土那样大的同情心，没有鲁迅面对阿Q和祥林嫂那样令我敬仰的爱和欲哭无泪的心疼感。如果说我是那块土地的主人，面对那块土地时，我又没有沈从文面对湘西那样稔熟和美丽的感受和体悟。"① 在当代作家中，莫言似乎也在作品中有过对于故乡的嫌厌，但他又说过："二十年农村生活中，所有的黑暗和苦难，都是上帝对我的恩赐。"② 阎连科对故乡却是连这种起码的感激都没有的，故乡于他仿佛一直是一种苦累，他说："说句实在话，许多时候我对那块土地的恨是超过我对那块土地的爱。而又在许多时候，对那块土地的爱，又超过对那块土地的恨。这种矛盾，这种混乱的情感和困惑，其实也就是一个字——怨。我对那块土地充满了一种哀怨之气。"③ 一个已经脱离乡村生活羁绊的人一般是不会对故乡抱有这样一种持久的怨气的，除非这种生活给他留下了深刻的、不美好的记忆，并依然对他现在的生活产生着干扰。另外不言而喻的是，单单是"贫困"并不足以导致怨气，至少不会导致如此持久而强烈的怨气，必定是在"人与人"的关系中演绎出的爱、恨才是这怨的源头，"贫困"反而在某些时刻会淡化甚至消解这种"怨"气。我们没有考证阎连科早年的成长经历，但在他迄今发表过的几乎所有的作品中所展现的酷烈、痛切的叙事场景想必一定是与这样一种不和谐的情感有关，可能也正是这样一种"怨"气之强烈才导致了作者在反顾乡村的时候，一再地放任自己灰暗、激烈的情绪泛滥于笔下之乡村，以致在"瑶沟"和"耙耧山"中，充斥着残疾的身体、病态的人格以及被"极致化"了的、非常态的人间生活。

赵园在《地之子·自序》中肯定现代知识者"不属于"乡土的那种"比农民自觉、自主的文化选择、价值评估"，称"那是知识分子自主选择、自主设计的文化姿态，其中有唯知识分子才能坚执的个体价值取向"，而鲁迅"并不'属于'乡村的、农民的中国，这才使他有可能

---

　　① 阎连科：《我的现实 我的主义——在复旦大学的演讲》，《拆解与叠拼——阎连科文学演讲》，花城出版社2008年版，第132页。
　　② 莫言：《超越故乡》，《会唱歌的墙》，作家出版社2005年版，第206页。
　　③ 阎连科：《我的现实 我的主义——在复旦大学的演讲》，《拆解与叠拼——阎连科文学演讲》，花城出版社2008年版，第132页。

汇集过渡、转型期中国诸种矛盾的文化因素，并由此铸成有如大海、大地一般广阔的文化性格。"① 而对阎连科来说，不管从哪个角度看，他都太"属于"他生活过的那片土地了，比如在对乡村权力的认识方面，他便一直局限于一种来源于生活最初的、缺乏理性观照距离的直观的感触，他说：

> 我从小就有特别明显的感觉，中原农村的人们都生活在权力的阴影之下，在中原你根本找不到像沈从文的湘西那样的世外桃源。我家是农村的，从几岁开始，对村干部是什么、乡干部是什么、县干部是什么，都有直接的认识和领教。那时候，你的工分、口粮都控制在上边有权力的人手中，上边的人又控制在更上边的人手中，每一个人都是在权力的夹缝里讨生活的。哪怕一点点权力，都可以与你的生存密切相关，可以成为你比别人过得好的砝码。直到现在仍然如此……这样的环境，自然就形成了普遍对权力的敬畏和恐惧。……就我而言，现在虽然出来二十多年了，可是回到农村，见了村干部，仍然一样的毕恭毕敬。一方面是因为你年轻时代已经形成了那种心理烙印；另一方面，即便你自己出来了，老家里还有人在他们的管制下，你同样不敢得罪他们……这种对权力的敬畏与恐惧，一年一年，一辈一辈，便会扩展为你对无所不在的能够左右你的一切力量的恐惧、厌恶和敬畏。②

这种时至今日依然笼罩在他心头的类似"对权力的敬畏与恐惧"的不美好、不和谐的情绪记忆在阎连科进行乡村书写之前显然没有经过充分的理性审视与思索，它是其乡村启蒙叙事那种酷烈、痛切的"极致化"风格得以形成的主要因由。

从这种"极致化"风格和倾向可以看出，阎连科从一开始便没有对乡村取一种全面的把握，在对故乡进行描写的时候，那种酷烈、痛切的风格明显带有一种宣泄的快感，也就是说，对故乡的那种激烈的否定性

---

① 赵园：《地之子·自序》，北京大学出版社 2007 年版。
② 阎连科、姚晓雷：《"写作是因为对生活的厌恶与恐惧"》，《当代作家评论》2004 年第 2 期。

情绪使他在反观乡村时没能保持一种相对冷静、平和的心境，也就更无法使其保持一种理性、客观的眼光，因此在对乡村"权力体系的解构性反思"中，他表现出的不是一种寻根究底式的反思态度，而只是对"结果"和"现象"的直接批判。农民身上是包含有一种"奴性人格"，但"奴性人格"究竟是怎么形成的？"权力"统治之所以能维持，其背后更为深广的历史文化因素在哪里？阎连科的小说并没有对这些问题进行深入的追寻和探索，在他这里，"事实"所激起的愤怒完全压倒了对"起因"进行追寻的热情，而这也限制了他的乡村启蒙叙事主题的深化，同时也使他笔下的乡村世界显得过于干瘪。

　　强烈的"怨怒"情绪给阎连科的乡村认知和表达确实造成了某种障碍，作一个简单的对比可能更清楚：高晓声同样对于农民那种"愚昧"的文化性格有着深刻的认识，但是他却没有阎连科这般的怒火和怨气，在《李顺大造屋》、《"漏斗户"主》中，围绕"住"和"吃"的生存话语不仅仅是一种社会政治批判和反思，更是对农民"愚昧"性的一种"解释"——"陈奂生能说什么呢，自己吃苦果，自己最晓得滋味。他的思想本来是简单的，当了'漏斗户'主之后，这简单的思想又高度集中在一个最简单的事情——粮食上，以至于许多人都似乎看透了他的脑筋"，这样的描写可以认为是高晓声替农民所作的"辩解"，但是它却更道出了一种不应该存在疑问的"事实"，这种"事实"在阎连科的小说里却是不被凸显的。高晓声说，他的《"漏斗户"主》"是流着眼泪写的"，① 而阎连科却无数次地强调，他的写作是出于"恐惧和厌恶"，② "眼泪"使高晓声笔下的李顺大和陈奂生显得丰润、充实，而"恐惧和厌恶"则令阎连科笔下的乡村和农民日趋怪异和干枯。当然，更值得深味的是，高晓声在《李顺大造屋》、《"漏斗户"主》中所呈现的这种"事实"从不久之后的《陈奂生上城》开始便逐渐被减轻其分量，而他的乡村启蒙叙事也日渐失去其初期的丰润和充实，逐渐走向了落寂。

---

① 高晓声：《且说陈奂生》，《人民文学》1980 年第 6 期。
② 阎连科、姚晓雷：《"写作是因为对生活的厌恶与恐惧"》，《当代作家评论》2004 年第 2 期。

　　3. 情绪的放任与对生活的远离

　　作家在反观乡村的时候自然不可能摆脱个人情绪的影响，对阎连科来说，那种怨怒情绪甚至是其标志性的酷烈、痛切风格形成的决定性力量——酷烈和痛切与一种宣泄的快感是紧密相连的；然而在这种风格形成之后，作者却没有对那种怨怒的情绪进行有意识的反省和控制，反而是一再地放任其弥漫和泛滥，而且这种对自我情绪的放任不是他率意为之，而是一种有意识的操控："激情和愤怒，是写作者面对写作的一种态度，是写作者面对历史、社会和现实的一种因疼痛而独立、尖锐的叫声，是一种承担的胆识，更具体地说，是写作者在面对责任与逃离时的一种极为清醒的选择。这种选择的写作，就是写作者心灵滴血的疼痛，是疼痛中的文学救护。"① 从这段话可以看出，作者显然没有意识到自己"怨怒"情绪的偏颇——如前面所分析的——以及对其放任无度所包含的危险。从《年月日》之后我们看到，阎连科的小说的"极致化"色彩越来越浓，到《日光流年》、《受活》，作品的抽象性几乎达到了极致，而在极度抽象的人物和故事中，作品意义空间的拓展却十分有限。洪治纲说，"我甚至认为，像《年月日》和《耙耧天歌》完全是一种夸饰性的叙事，它除了彰显创作主体内心里的某种极致情境，对乡土的恶劣生存进行了一种隐喻性的表达之外，并没有特别的深义"②；而肖鹰更是毫不客气地批评指出，"读了《寻找土地》、《黄金洞》、《年月日》诸小说后，再读《日光流年》，读者会感到它们的作者严重的自我重复，从内容、主题到语言修辞，都给人不能忽略的雷同感。重要的差别只是，与前几部小说相比，《日光流年》将乡村苦难狂想到极致并且奇观化了，因此也失去了一部好作品应有的精神深度和人生情致"。而对《受活》，肖鹰同样坦言，这部"狂想"小说让他"看不到作为文学生命内核的真实的可能"，而只看到"作家无谓放纵的狂想的虚假"，"在这种彻头彻尾的狂想的虚假中，人生世界完全被当作任作家操作的某种

---

　　① 阎连科：《关于疼痛的随想》，《文艺研究》2004 年第 4 期。
　　② 洪治纲：《乡村苦难的极致之旅——阎连科小说论》，《当代作家评论》2007 年第 5 期。

叙事技巧机械处理的对象"①。

对主观怨怒情绪的放任，使得阎连科不仅在思维的"狂想"和叙事元素的"极致化"操作中将其创作日益变得奇观化、怪异化，而且在反观乡村方面也使其日益失去了对"事实"的亲和，而完全堕入了自我的主观世界。他说："我不喜欢太当前的、呈现太快的东西。我觉得，任何生活如果没有经过时间的沉淀、没有经过作家内心过滤，都很难靠得住；至少也是相对肤浅的。"② 作为一种文学观念这自然是没错的，然而阎连科没有发现，他真正的问题不在于他的"生活"没有经过"时间的沉淀"和"内心的过滤"，而在于他根本就缺少"生活"——鲜活的、与他以往印象中的"生活"已经不同的"生活"！耽溺于个人的情绪和想象可以产生文学，但是阎连科创作的题材取向和主题定位并不允许他完全抛弃"生活"，他虽时常唠叨着自己的绝望和痛苦，并寄望于自己的文字"成为魂灵出血的声响"，"成为写作的缘由和根本"③，但他的绝望和痛苦都是生于具体的病痛和世俗的苦累，④ 而这种痛苦和绝望并没有更进一步导向对于存在、对于自我的根本性的怀疑——无论是其"瑶沟、耙耧系列"还是"和平军人系列"所展示出来的阎连科的主体气质仍然是那种饱满的、充满外张活力的外向型的气质。在这种情况下，与"生活"的疏离和向"狂想"的挺进只能使他的创作变得日渐乖戾，所以无怪乎有人批评，大约从 90 年代中后期开始，尽管"乡土人生依然是他主要的创作资源，原有的元素都还存在于他的作品中，但是，意味变了，价值变了，作用变了———它们不再是与作家内在生命血脉相连的元素，不是作家爱着、恋着、恨着的东西，而是作家

---

①　肖鹰：《真实的可能与狂想的虚假——评阎连科〈受活〉》，《南方文坛》2005 年第 2 期。

②　阎连科、姚晓雷：《"写作是因为对生活的厌恶与恐惧"》，《当代作家评论》2004 年第 2 期。

③　阎连科：《阎连科文集·总序：灵魂淌血的声响》，人民日报出版社 2007 年版。

④　阎连科说："我是因为害怕死亡才写了那部长篇小说《日光流年》……我因为腰椎、颈椎常年有病，东跑西颠，四处求医，十几年不愈，就总害怕自己会有一天瘫在床上，成为一个残疾人，所以今年又写了一部有关人类残疾的长篇小说，叫《受活》。还有《年月日》对恐惧寂寞的描写与抵抗，《耙耧天歌》对疾病的恐惧与抵抗。如此等等，我想我近年的创作，都与恐惧有关。直接的、最早的构思与创作的原因都是来自恐惧，或者说惊恐。"参见阎连科《我为什么写作——在山东大学威海分校的演讲》，《拆解与叠拼——阎连科文学演讲》，花城出版社 2008 年版，第 12 页。

可以随意操纵的小说材料"①。

　　由此可见，阎连科乡村启蒙叙事的最大问题在于他对自己"原初的"乡村情感（即"怨怒"）缺乏一种警惕与控制，他的"怨怒"从一开始便主导了他乡村启蒙叙事的主题模式，而由此发展出的一种特色鲜明的酷烈、痛切风格在得到承认和赞赏之后，又进一步鼓舞他放任了这种"怨怒"，而不是及时地对这种过度"属于"乡村的情感姿态进行反省和控制。而随着自身生存境遇的改变、与乡村的实际距离越来越远，作为最初叙事资源的乡村生活日渐被耗尽之后，"怨怒"以及这种否定性情绪所支撑起的艺术的世界也便失去了其活力的源头，最终只能朝着极端的方向发展为一种炫技式的"狂想"。

　　其实，阎连科并非没有意识到自己这方面的问题，他说作家写作可以分三个阶段，第一阶段是"没有开始写作之前的那种天然的生活阶段"，第二阶段是"从开始写作到所谓的成名成家这一段"，第三阶段是"所谓的成名成家之后"，在这一阶段，"你前两个时期的生活体悟、生命感受，无论如何说，随着你写作年龄的增长，都已写尽或基本写尽……必须承认，你对现实的体验已经很难有那种纯天然、甚至半天然的经验和过程。你与现实的融合之间，无论你承认还是不承认，都已经有了隔膜和阻隔"，"这就是目前中年作家——至少是我所面临的写作的常态和困境"②。然而意识到这种"隔膜"和"困境"，阎连科却并没有反躬自省，探求根源和解决之道，反而是在其已经矫情化的"怨怒"的基础上发展出一套更为极端的、拒绝"生活"的理论，以此为自己日渐抽象的写作寻求解释和依据："为什么要热爱生活呢？不热爱生活就不能写作？……也许，对于写作来说，仇恨生活和现实世界比热爱生活更为重要，更能呈现文学世界与现实世界更内在、更本质的关系"；"对于一个写作者来说，真正的真实不在日常生活里，而是在作家的内心世界里"。③ 在那篇广受争议的《受活·寻求超越主义的现实（代后

　　① 肖鹰：《真实的可能与狂想的虚假——评阎连科〈受活〉》，《南方文坛》2005 年第2 期。

　　② 阎连科：《我的现实 我的主义——在复旦大学的演讲》，《拆解与叠拼——阎连科文学演讲》，花城出版社 2008 年版，第 129—130 页。

　　③ 阎连科：《小说与世界的关系——在上海大学的演讲》，《拆解与叠拼——阎连科文学演讲》，花城出版社 2008 年版，第 31 页。

记)》中他激烈地表示——

> 请你不要相信什么"现实"、"真实"、"艺术来源于生活"、
> "生活是创作的唯一源泉"等等那样的高谈阔论。事实上，并没有
> 什么真实的生活摆在你的面前。每一样真实，每一次真实，被作家
> 的头脑过滤之后，都已经成为虚假。当真实的血液，流过写作者的
> 笔端，都已经成为了水浆。真实并不存在于生活之中，更不在火热
> 的现实之中。真实只存在于某些作家的内心。来自于内心的、灵魂
> 的一切，都是真实的、强大的、现实主义的。哪怕从内心生出的一
> 棵人世本不存在的小草，也是真实的灵芝。这就是写作中的现实，
> 是超越主义的现实。如果硬要扯上现实主义这杆大旗，那它，才是
> 真正的现实主义，超越主义的现实主义。①

不能不承认，阎连科对"真实"的看法、对"现实主义"的批判
都有一定的道理，文学作品中的"真实"自然不等同于生活中的"真
实"，"仇恨生活"虽不像阎连科说的"比热爱生活更为重要"，但对于
写作来说至少同样有价值，但是阎连科所忽略的是：现实生活对于写作
的功用并不仅仅是用来获取"真实"，而"仇恨生活"更不代表着要在
现实生活面前闭目塞听。生活确非创作的唯一源泉，但真正有生命力的
写作——尤其是对于阎连科这种并非纯粹内向型气质的作家来说——却
不可能完全依靠"狂想"而拒斥"生活"。

然而，阎连科却并不这样认为，他似乎越来越沉溺于自己的"拒
绝"了：

> 怀念某些时候，面对现实，我是多么想在现实面前吐上一口恶
> 痰，在现实的胸口上踹上几脚。可是现在，现实更为肮脏和混乱，
> 哪怕现实把它的裤裆裸在广众面前，自己却也似乎懒得去多看一
> 眼，多说上一句了。②

---

① 阎连科：《受活·寻求超越主义的现实（代后记）》，春风文艺出版社2003年版。
② 阎连科：《阎连科文集·总序：魂灵淌血的声响》，人民日报出版社2007年版。

在随着生活境遇的改变而与乡村日渐隔膜之后，这种对"生活"的有意识的拒绝和对"内心"的反复强调，一方面让我们看到作家并没有积极地寻求一种调整自我与现实关系的方式，另一方面它作为一种行之有效的写作策略也实实在在地使他与乡村更加远离了。

从根本上来看，阎连科的乡村叙事表现所反映出的是作家本人对于自我内心世界的缺乏反思，因为缺乏反思所以没能及时地调整自我与现实的关系，从而使自己的写作日渐陷入到一种"中年危机"。而这样一种"危机"似乎并不为阎连科独有，莫言的《四十一炮》、《生死疲劳》相较于他八九十年代的创作也明显显出一种"形式"大于"内容"的疲态。① 与此形成对照的是，在更年轻一代的作家——如孙慧芬、李洱、毕飞宇等人——那里，我们看到了一种更富有冲击力的乡村写作正在发生，他们共同的一点便是——不管是出于客观的环境优势，还是主观努力——与已经变化或正在变化的、鲜活的乡村事实保持着密切的感应。而更有意味的是，与阎连科和莫言那种"狂想"或"怪诞"的形式主义追求不同，比阎连科稍长、与莫言同代的女作家王安忆，她在新世纪之后有意识地转向了一种自己此前并不是特别熟悉的"底层"生活书写，反而使自己的创作别开一番生面，这是否可以作为"生活"之于写作从未丧失其重要意义的一个证明？而从王安忆"转向"背后所体现出来的作家对现实与自我关系的有意识调整②来看，对自我写作姿态的警惕与反省，对于当代中国语境下的文学写作者来说又是多么重要！

第二节　"乡愁"：乡村浪漫派的
沉溺——以刘庆邦为例

通过上一节的分析我们发现，阎连科的乡村启蒙叙事最大的问题在

---

① 同样的情况还包括阿来的《空山》、铁凝的《笨花》等，这些小说较之作家此前的有代表性的作品，都出现了不同程度的水平滑落。

② 王晓明认为，王安忆在《富萍》、《上种红菱下种藕》等作品中所发生的"转向"是出于对上海大都市近年崛起的一种新型的"现代化"的"意识形态"的反抗，"一种凭感性和诗情去深入'生活'、摆脱'强势文化'的决心"。参见王晓明《从"淮海路"到"梅家桥"——从王安忆小说创作的转变谈起》，《文学评论》2002 年第 3 期。

于他对自己"原初的"乡村情感缺乏一种警惕与控制，他的"怨怒"所发展出的一种特色鲜明的酷烈、痛切风格在得到肯定和赞扬之后，又进一步鼓舞他放任了这种"怨怒"。然而随着与乡村的现实距离越来越远，"怨怒"以及这种否定性情绪所支撑的艺术世界也便失去了其唯一的活力之源，最终只能朝着极端的方向发展。在这整个过程中，阎连科对自己那种过度"属于"乡土的情感姿态缺乏反省和控制是导致他的乡村小说叙事日渐乖戾的关键因素，这里所反映出的是中国作家一种普遍的理性能力的不足。

"怨怒"是一种否定性的情感，阎连科所秉承的也是以鲁迅、高晓声、乔典运等为代表的启蒙叙事传统，但在一般的乡村叙事者身上，纯粹的否定性的乡村情感是不多见的，即便阎连科，他不也在"怨怒"的同时坦承自己对故乡也是一种爱恨交织的"混乱的情感和困惑"？[①]而在沈从文等作家那里，"文明怀旧"式的浪漫主义乡村叙事更是将一种肯定性的乡村情感表达得淋漓尽致，研究者往往将这一表达视为以"启蒙"和"写实"尺度观照乡村生活的乡村书写的一种"变调"和"悖常"，这种乡村叙事表达源于人类与生俱来的"对于'土地'的亲怀"[②]，同时又体现着充满永恒悲剧意味的现代知识者灵魂漂泊与救赎的努力。可以说，在一个"乡土"日渐亡逝的时代，这样一种"文明怀旧"式的乡村叙事表达势必将占据相当的分量。

但是对这种源发于人类对自然、土地、家园、母亲最原始、最天然的情感的乡村叙事来讲，那种"文明怀旧"式的乡土眷恋却往往意味着它必然面临了更为严峻的理性不足的考验。陈继会等所著《中国乡土小说史》便对那种"对乡村文化未加理性审视的、缺乏现代意识观照的自然摹写"的乡村书写进行过批判，称其为一种缺少"现代意识"的、"非自觉的形而下的写实的"、以"不加甄别的全盘肯定'东方'精神为其主要特征"的乡村叙事类型。[③]而这样一种乡村叙事的倾向在90年代尤其是新世纪以来的乡村叙事中，因为文明交替所导致的现实

---

① 阎连科：《我的现实 我的主义——在复旦大学的演讲》，《拆解与叠拼——阎连科文学演讲》，花城出版社 2008 年版，第 132 页。

② 陈继会等：《中国乡土小说史》，安徽教育出版社 1999 年版，第 5 页。

③ 同上书，第 10—11 页。

情感冲突的加剧而变得更为常见。在一些作家作品那里，我们看到的是一种对纯美、静谧的乡村意境的苦心经营，是一股浓重的"乡愁"情绪的泛滥，其背后体现出的是一种对"过去"无择取的文化趣味主义倾向。在此，我们以河南籍作家刘庆邦为典型个案，对这样一种乡村叙事类型或倾向做一详细的分析，以期发现乡村浪漫叙事在当下中国语境中所面临的发展机遇和瓶颈。当然除了刘庆邦之外，在这方面还有不少作家都值得我们关注，较为典型的比如宁夏作家郭文斌，他为人注意的《点灯十分》、《吉祥如意》、《中秋》、《大年》等作品，也大都以童年视角追念一种温馨古朴的传统道德习气，而作者那种缺乏理性观照距离的眷恋和肯定态度却使其堕入了一种封闭、静止的叙事境地。刘庆邦的乡村写作在这一点上表现得更为典型，同时其创作自身的复杂构成性也使我们获得了一个观察、分析这样一种乡村叙事情感及心理的有效角度。

一 "黑"与"白"——两个不同的世界

刘庆邦 1951 年生于河南沈丘农村，做过煤矿工人、记者、编辑等，作品多以自我人生经历为题材，因短篇小说创作颇丰，因而有"短篇之王"的美称。作为一个值得分析的个案，刘庆邦吸引我们的地方在于他自身异常鲜明的矛盾性，恰如大家都已经看到的，刘庆邦使用的是两套笔墨，创造出的也是黑白分明的两个世界：黑的是"煤矿"，白的是"乡村"。当然，黑与白还代表了黑暗与光明，苦难和美好。同时，乡村和煤矿在刘庆邦这里不仅是空间上的对应，还是一种时间上的划分：乡村是过去，煤矿是现在。审视刘庆邦的创作，我首先产生的一个疑问是：要是没有"煤矿"，刘庆邦的"乡村"会是什么样子呢？当我们试图把刘庆邦的乡村小说叙事提取出来分析的时候，我发现它是不应该被孤立论述的，我们必须最终将其置于他创作的那个"黑／白"对立的大背景之下，才能更有效地提出并回答我们的问题。

刘庆邦的乡村小说数量众多，有的也写到了苦难和阴暗，但更多的也更具代表性的是他那些所谓"金色小调"式的作品，在这些作品里，刘庆邦取材家乡豫东农村，用散文化的笔调描绘了中原农村所特有的风俗民情。这部分小说是刘庆邦最具有代表性的乡村小说，不仅是因为它们写得更出色，更重要的是这些作品与作家自身的个性和气质更为贴近。刘庆邦在"自述"中曾这样说过："我1951年12月生于河南沈丘农村。1960年我9岁时父亲病故，母亲带着我们兄弟姐妹6人过日子，家境十分贫寒。此后不久，我祖父和小弟弟又相继死去。我是家里的长子，过早经历的亲人们的生死离别，给我的心灵成长罩上了一层阴影，养成了我压抑、向心、敏感、自尊和负责的性格。1967年初中毕业后，我回乡当了两年农民，1970年被招到煤矿当工人。9年的矿区生活，使我的人生经历更丰富，为后来的创作无意识地积累了大量感情和素材。"① 从这段话可以看出，作为地地道道出身农村的作家，乡村生活是作者生命的本源，也培养了他那种敏感、细腻的性格，因此那些描写乡村的"金色小调"式作品才是既贴近他生命本真，又体现他才情和个性的代表之作。

在这类作品中，《鞋》、《梅妞放羊》、《远足》、《红围巾》等都是富有代表性的作品，它们以平淡的笔调、舒展自如的短篇体制书写乡村日常生活，呈现出一种鲜明的散文化特点，类似于汪曾祺的那种世情风俗小说。以短篇小说《鞋》为例，它和《受戒》几乎有着同样的主题和结构（尤其是小说最后都有一个"后记"），作品通过细腻的心理描写展现了中原农村的婚嫁习俗在人的日常生活中所引起的波动，小说最值得称道处在于它的结构和心理描写，"鞋"不仅凝聚了乡村少女对美好生活的全部向往和对初恋的全部柔情，作者还以这样一个普通的乡村物什为线索，刻画了一个农家少女质朴、纯净的心灵世界，小说由此也写出了一种人性美，这种人性美也正是刘庆邦整个世情风俗叙事的最终指向。在《红围巾》中，少女喜如与父母之间所传递和感受到的亲情、那种农家孩子早当家的细腻心理都展示出了一种至纯至美的心地与情感；《远足》中那个离家远足的小男孩也是如此，纤细如发的心理描写让我们看到了生命最本真、最动人的一面，那也是人性最普遍、最美好的一面。刘庆邦说："生活是在不断变化……但变中有不变，文学更应该关注那些不变的东西。"② 而这种"不变的东西"在他这里其实就

---

① 刘庆邦：《从写恋爱信开始》，《小说评论》2009年第3期。
② 杨建兵、刘庆邦：《"我的创作是诚实的风格"——刘庆邦访谈录》，《小说评论》2009年第3期。

是——人性。

有人评价刘庆邦的乡村小说有"沈（从文）氏风"，这是有道理的，他们都瞩目乡村生命个体的人性与人情美，都以抒情式的散文文体出之，但他们又有明显的不同，那就是沈从文在写人性美的同时，还写一种强悍、粗犷的生命力，他"想借文字的力量，把野蛮人的血液注射到老态龙钟，颓废腐败的中华民族身体里去"①。而刘庆邦笔下的人物则更单纯、明净——他们甚至都还是一些稚弱温顺的孩童，他们是中原文化培育的平和、舒正性格，缺少湘西偏远地区那种雄强、蛮野的气质。大致说来，刘庆邦所关注的其实只是一些并无多少故事性可言的生活细节和心理细节。他说："我认为短篇小说关注的表现的就是一些微妙的东西，是细微的，又是美妙的。一连串美妙的东西串起来，最后就成了大妙，成了妙不可言。"② 这种"微妙的东西"在他这里是在细节中显现的，少男和少女是乡村人的"细节"，他们懵懂的童贞感和性意识更是"细节"的"细节"，而它们又串联起了整个乡村最日常化的风俗图景。这种从"细节"出发并以此作为叙述重心的叙事可以说是一种感性的、印象式的乡村书写，它生发于一些偶然获得的发现，并构造起一个个片段式的、零散的乡村印象。这个印象式的乡村是美好的，当然也有伤害和失望，但它们都是细微的，起先常常只是作为一种反衬背景若有似无地存在着，随即便被一种欢欣和愉悦感压倒了，就像在小说《红围巾》里那样，农家的艰辛已经在挖红薯这一农事上显现出来了，但喜如这个农家女孩最终还是使我们沉浸在了一种质朴的温馨、感动之中无法自拔。

所以，刘庆邦的乡村世界是从感性的细节、局部开始的，然后通过作者的"蒸馏"和"发酵"，生成一个单纯的、印象式的世界。这个世界所具有的现实震撼力远不如它的浪漫主义美学价值，因此我们也可以这样说，刘庆邦的乡村叙事是一种非常感性化和个人化的表达。当我们将这个乡村世界与作者创造的另一个煤矿世界比较来看的话，这一点就更加明显：前者更趋主观和个人化，后者更趋客观和社会化，它们是截

---

① 苏雪林：《沈从文论》，《苏雪林文集》（第三卷），安徽文艺出版社1996年版，第290页。

② 刘庆邦：《生长的短篇小说》，《北京文学》2001年第7期。

然相反的两个世界。而且，当我们再一次回头去仔细地审视这个乡村世界，并注意到它究竟是如何生成的时候，它的感性化和个人化特征就显得愈加鲜明了。

二　"童心"与"梦境"——感性化的乡村叙写

刘庆邦笔下的乡村首先是一个由"回忆"构成的世界。尽管刘庆邦常常是以一种现在时的语气进行叙述，但他所叙述的内容却是属于过去的，而且是他童年时代遥远的过去。在《无望岁月》当中作者以小说的形式再现了自己的青少年时代，这个时代的记忆几乎是他乡村小说叙事全部的源泉，刘庆邦说，多少年后回顾自己的创作，才发现"原来我的小说故事也多是以儿时的记忆为蓝本的"，这种记忆已经化成了一种"不可改变的梦境"①。所谓"不可改变的梦境"不就是一种乡愁吗？只是面对这种"乡愁"，文学有时被寄寓忧愤、同情，成为一种担当，有时则被寄寓眷恋、惆怅，化成一种"梦境"。在刘庆邦的"梦境"里总是一再地出现那些少男少女的形象，他们都影影绰绰地叠印着他的影子：《远足》里的金生，《鞋》里被招工的男孩子，还有《红围巾》里那个在麦田地头只露了一面的"他"……关于童年的记忆总是令人难忘的，那里有刘庆邦所说的那种"细微的"、"美妙的"东西，而他这种回忆性书写也注定了是"美妙"的——它的书写对象是美妙的，书写者自身的情绪体验也是美妙的。小说《红围巾》这样写到"扒红薯"：

　　……直到东方出现了朝霞，喜如才恍然大悟似的，记起自己在扒红薯。朝霞是嫩红的，跟刚出土的红薯的颜色一样。随着朝霞不断漫延，布满了半边天，朝霞就变成了和红围巾一样的大红颜色。她想，要是随便扯下一块朝霞，做一条围巾就用不完。这样想着，她停下来，对着朝霞看了一会儿。朝霞抹在她脸上，使她的脸变得红通通的。

这是一个凝聚着农家辛酸的劳动场景，借助于散文化的景物描写和

① 刘庆邦：《自序：不可改变的梦境》，《河南故事》，昆仑出版社2004年版。

对小主人公天真无邪心理的刻画，它被诗意化地处理了。如前所说，作者在他的乡村世界里确实为我们塑造了一种美好的人性，但他同时也塑造出了一个感性的、印象式的乡村——那种美好的人性何尝不是这个感性的、印象式的乡村必不可少的一部分呢？

与回忆性取材相应的，是"童心"视角的选择。这一点已被许多论者注意并分析过，我们这里想探讨的是这种"童心"视角的选择在小说叙事方面所造成的影响。刘庆邦的小说基本都是采取的第三人称叙事，包括这些以乡村少男少女为主人公的作品，所谓"童心"视角指的是一种局部性的策略，它通常是通过小说叙述人对自我叙述权力的出让或者对全知视角的限制来实现的，比如《鞋》的结尾：

> 守明下了桥往回走时，见夹道的高庄稼中间拦着一个黑人影，她大吃一惊，正要折回身去追那个人，扑进那个人怀里，让她的那个人救她，人影说话了，原来是她母亲。
> 怎么会是母亲呢！在回家的路上，守明一直没跟母亲说话。

"怎么会是母亲呢"，这疑问或抱怨显然是守明发出的，叙述人在此将叙述的权力出让给了小说人物，这是全篇最出彩的地方，它给整个平淡的故事平添万千滋味：守明的不开心、母亲的忧心，以及了解结局后的我们的不忍……"童心"视角的运用在这里成为提升整个故事的关键——小说由一种平淡的风俗描写一跃成为对人性美的生动塑造。《红围巾》的结尾同样也值得回味："女儿家的心事让人猜不透，她为什么还去扒红薯呢？"这里没有直接运用"童心"的视角，而是叙述人主动对自己的全知能力进行了限制，从而为小说营造了更充分的想象空间，也增加了叙述本身的韵致。这种"童心"视角的运用在刘庆邦童年题材的乡村小说里很常见，而且它们往往都是在故事的最为关键处出现，也就是说作者在整个小说需要出现某种思想或情感的提升或转折的时候，往往将驾驭的权力出让，交予"童心"处理，这样子所敞开的世界当然也是一个"童心"世界。

首先是回忆性的取材，其次是"童心"视角的选择，我们看到，刘庆邦的乡村世界是一个逐步"退缩"的世界：退回到过去，缩小至童心。所谓"梦境"不过如此！以这样一种"退缩"的方式，刘庆邦努力追回的是一个"美妙"的世界，同时这却也是一个被主观化了的世界，文学在此成为了一种心理疏解，这是他对自我的"乡愁"的处理方式。

然而在谈到对故乡的情感时，刘庆邦又这样说过："我看到了乡村的美，也看到了乡村的丑；我看到乡人的善，也看到了乡人的恶。我在家乡感到的痛之深，也对家乡爱之切。"① 此话应该不假，这种对故乡矛盾的感情非刘庆邦独有，莫言、贾平凹、阎连科等乡土小说家莫不如此，但这种矛盾情感下的乡村文学，在刘庆邦这里却为什么是如此得"美好"?! 当然，有些不美好的东西是躲不开的，但他可以做到尽量不渲染、不暴露，比如《梅妞放羊》写了大人不遵守诺言给一个小女孩带来的小小伤害，它折射出了乡村生活一种难言的辛酸，但这种辛酸并没有被深究，小说表达得非常微妙，我们最终还是被小女孩那种纯洁的心地与感情感动了。刘庆邦是看到了"乡村的丑"和"乡人的恶"了，可他还是宁愿写"乡村的美"和"乡人的善"，这是为什么呢？

刘庆邦在谈到沈从文的小说给自己的影响时说："沈从文的小说让我享受到超凡脱俗的情感之美和诗意之美，他的不少小说情感都很饱满，都闪射着诗意的光辉。大概我和沈从文的审美趣味更投合一些，沈从文的小说给我的启迪更大一些。"② 刘庆邦在此谈到的是"情感之美和诗意之美"，这暴露出了他的审美偏好，其实也可以反映出他骨子里的一种诗性气质，他的乡村小说那种平淡细腻的抒情气质与其说是一种刻意的美学追求，不如说是他性情和气质的流露，而他这种偏于感性的诗性气质在面对"乡愁"的时候会沉入"梦境"，这几乎是必然的。

但是，人不能总是生活在梦境，有时候人梦见光明，是因为在白天见多了黑暗，观察刘庆邦的乡村世界不能忽略他创造的另一个世界——煤矿。如果说"乡村"代表光明、美好，那么"煤矿"便代表黑暗、苦难。他赢得文坛的关注，最初便是凭着他的煤矿题材作品《走窑汉》，小说以"复仇"为主题，探测了人性的深度，而中篇小说《神

① 杨建兵、刘庆邦：《"我的创作是诚实的风格"——刘庆邦访谈录》，《小说评论》2009 年第 3 期。
② 同上。

木》更是因为对底层生存境遇与人性复杂性的大胆揭露而广受关注，近年发表的长篇小说《红煤》依旧是以沉重的笔触书写那个"不见天日"的世界。可以说，煤矿题材作品因其独特的取材和对社会、人性富有深度的观察而真正奠定了刘庆邦在当代作为一个不容忽视的小说家的地位。而从创作论的角度来看，这部分作品与作者乡村题材的作品正好形成了鲜明的对照，如果说后者主要是写作者青少年时代遥远的记忆，传递出"美妙"，前者则生成于他的成年经历，令人感到沉重，虽然——我们之前也已经提到过了——他的乡村世界不是没有黑污，他的煤矿世界也并非通体黑暗，但总体来讲这是两个黑白分明的世界，给我们造成的印象就是，刘庆邦仿佛把白天里对于人生悲苦的所有体验都赋予了煤矿，而把黑夜里最美好的梦境和寄托都托付给了乡村。这确实是一个奇妙的现象，因此我才禁不住想：要是没有"煤矿"，刘庆邦的"乡村"还会是这个样子吗？问题也就出来了：刘庆邦的"煤矿"和"乡村"究竟有什么关系？

刘庆邦称对故乡的记忆为"不可改变的梦境"，他还这样论及故乡对创作的意义："我认为每个作家都有自己的根，这个根就是作家生于斯长于斯的老家。作家若深入生活，最好的去处就是回老家。回到老家，就找到了生活的源头，和自己有着血肉联系的生活就会迎面扑来。这时，不是你去找生活，是生活在找你，你想躲，都躲不开。"① 而谈到"煤矿"时，他则说："我把人物的舞台放在煤矿，因为我对这个领域的生活比较熟悉。我一直认为，煤矿的现实就是中国的现实，而且是更深刻的现实。"② 从这两段话我们看到，刘庆邦将乡村比作是"梦境"，称煤矿为"现实"，对创作来讲，乡村是"迎面扑来"的、"躲不开"的，而煤矿则只是因为"比较熟悉"，是他把人物放在那里的一个"舞台"，它是可择取的，而不是"不可改变"的。因此我们也就看出，两个世界在刘庆邦心里位置的不同，用他自己的话来说就是，"每个作家都有自己的根，我的文学之根在乡土"③——乡土才是"根"，其他

---

① 刘庆邦：《从写恋爱信开始》，《小说评论》2009 年第 3 期。
② 刘庆邦：《红煤·后记》，十月文艺出版社 2006 年版，第 374 页。
③ 杨建兵、刘庆邦：《"我的创作是诚实的风格"——刘庆邦访谈录》，《小说评论》2009 年第 3 期。

的则不是。情感位置不同，所持姿态就不同，对乡村，那是拥抱的，对于煤矿，则是一种审视，前者是趋于感性，后者则更趋理性。

那么为什么在煤矿世界里所表现出来的那种冷峻的现实主义作风并没有被带入"乡村"呢？弗洛伊德认为艺术是对痛苦的补偿，那么难道刘庆邦的"乡村"是对"煤矿"的补偿？难道真的因为现实太灰暗，从而迫使刘庆邦去"梦境"追求光明？然而，到底是什么力量使"乡村"成为他唯一的"梦境"，是什么力量使他在现实面前那种冷峻批判的目光每每转向故乡时就变得柔软？这个问题到底怎么解答？

三　致命的沉溺——"梦境"与"乡愁"的诱惑

作家在面对故乡的时候，常常有一种"地之子"式的情感，一方面是眷恋和不舍，另一方面是无奈地告别，这是由乡土中国现代化的命运造成的，在处理这种情感的时候他们常常会陷入一种感性与理性的纠葛当中，有时候或者说在有些人那里是感性压倒理性，而另一些时候或者说在另一些人那里是理性压倒感性，纯然的感性或者理性是很难见到的。面对"乡村"，即使在最坚定的批判者和歌颂者那里也有犹疑和迷惘，鲁迅讽刺阿Q，但他不也无限怀念着故园的桑葚和三味书屋？张炜呼喊着要"融入野地"，但那个"野地"有谁相信它是真正的现实的乡村？反过来说，也正是这种犹疑和迷惘使得我们的乡村叙事获得了一种苍茫混沌的美学品格，失去这种犹疑和迷惘，叙事往往就会变得生硬、僵涩，甚至流于肤浅，从而脱离真正的乡村现实。

对于刘庆邦来说，在面对"乡村"的时候，显然他的感性是压过了他的理性的，我们甚至感觉不到他的"犹疑和迷惘"。原因我想可能有两点：第一是"根"性意识的过于强大，这"根"性意识就是指对故乡母亲般的感情，所谓"子不嫌母丑"，它是排斥理性的，这一点其实在中国当代作家身上表现得比较普遍；第二就是从刘庆邦个人性情角度来讲，他本身就是一个偏于敏感、细腻的感性气质的人，这一点前面已经提到过，这种感性气质当然会对他的写作发生作用。也许我们还可以更大胆地揣测一下：他所创造的两个世界确实分担了两种不同但又互为补充的心理疏解功能——"煤矿"是面对现实、主动承担，"乡村"是回到自我、渴望解脱。而刘庆邦越是面对现实，也就越渴望着解脱。反正不管怎样，有一点是肯定的，那就是在面对故乡的时候，刘庆邦看起来不像个小说家，而是像一个动情的歌者。

《鞋》、《红围巾》、《梅妞放羊》等可以算作刘庆邦最好的乡村题材作品，从当下整个乡村小说叙事略显同质化的大背景下来看，我们甚至可以把它们那种平淡诗意的风格视为一种"逸变"，但这种"逸变"仅仅是艺术风格上的，而且是仅就当下来讲的，放在整个乡村小说叙事的历史来看，它并没有脱出浪漫主义乡村叙事传统。更重要的是，这样一种风格如果真的只是出于一种寻求"解脱"的心理，那么此时的"乡村"也就不会再具有真正的现实性。但刘庆邦毕竟生活在当下，只要他还没有失去对现实的感受能力，他就不得不面对那种"犹疑和困惑"，他吹奏的"金色小调"也就不会那么和谐。

在刘庆邦近年来创作的乡村小说中，有一部分作品引起我们关注，比如《金色小调》、《外面来的女人》、《不定嫁给谁》、《怎么还是你》等，它们较之《鞋》、《梅妞放羊》等作品的不同之处在于，它们不仅有的已经将视角转向当下，而且大都在叙事态度上出现了某种新的变化。首先来看前两部作品，《金》写的是儿子和儿媳与邻居玩类似"换妻"的游戏，结果被母亲发现这样一桩事件，《外》则是写一个小有文化的乡村知识分子试图启蒙和拯救一个被拐卖来的女子，进而引发的一系列荒唐与尴尬。两个作品都似乎带有批判现实主义的味道，但如果不自欺欺人或强以为说的话，我们就不会得出所谓批判（或启蒙）的结论，因为小说里看不出批判，"换妻"风波你顶多只能说它写出了一种乡村伦理冲突，而乡村知识分子的启蒙和拯救计划看起来更像是对启蒙本身的嘲讽，作者在这里是在批判，还是在嘲讽，抑或只是一种无关痛痒的展示？可能连他自己也说不清，叙事在此呈现出一种暧昧态度，这种暧昧反映出作家面对当下乡村现实的一种困惑，这样一种困惑对于习惯了观念和本质化写作的中国作家来讲是一个非常大的考验，他们不仅要面对引起这种困惑的社会现实，他们还要面临如何处理这种困惑的问题。刘庆邦是怎么做的呢？

在《不定嫁给谁》、《怎么还是你》两部作品中，我们看到作者开始沉入了一种单纯的乡村风俗描写，小说都是围绕乡村习俗（尤其是婚嫁习俗）、选取生活最微不足道但却富有情趣的细节展开叙事，从而写出乡村生活本身的一种机趣。《不》写的是一个女子因婚姻不如意而对当年错过的"对象"念念不忘并试图重修旧好，最后却遭到拒绝；《怎》是写一个女孩子因为令人难以捉摸的少女心思而费了两次相亲的周折终于和意中人走到一起。两个小说都津津乐道于乡村习俗以及习俗所引发的微妙的心理波动和相关事件，它们吸引我们的地方，不是在于有什么深刻的思想和内涵，而在于一种生活和习俗的趣味性，所谓的"犹疑和困惑"在此已经消失，只剩了一种赏玩的态度。如果说前面两篇作品所表现出来的"暧昧"是理性对于感性的干扰的话，那么后两篇作品表现出来的趣味主义态度则应该算是感性对于理性的摒除了吧。

　　然而，我们能下结论说，这种趣味主义就是刘庆邦面对当下乡村现实的方式吗？他在2003年发表的《到城里去》显然是大异于我们这里所讨论的他的所有乡村小说的，小说描写了一个名叫宋家银的乡村女人执着地以"到城里去"作为自己的人生信念和奋斗目标而不断"进取"的故事，小说通过对这一人物成功的塑造，写出了在现代化进程中当代中国农村和农民的坎坷命运，也生动地展示了转型期乡土中国一种最基本的国情，可以说，宋家银这个人物形象是新世纪乡村小说叙事贡献给我们最生动的农民形象之一。所以，说刘庆邦回避了现实也是不恰当的。

　　那么究竟该如何评价？我们只能说，现实是无法回避的，因为它是如此得炽热和巨大，以至于任何属于或曾经属于这片乡土大地的人们——无论你是多么的脆弱和感性——都不得不去直面它，去经受它的灼痛。而对于刘庆邦个人来说，很明显，他一方面在巨大的"现实"面前身不由己，但另一方面，源于一种原初性的对于乡土、故乡的眷恋而往往情不自禁地沉入"梦境"，追怀那个遥远的、"美妙"的乡村。当然，"梦境"也是对现实的一种反映，但是对于"梦境"的钟爱以至沉溺，却势必会使之发展成为一个狭隘、封闭的世界。有人已经对这种由回忆和想象构成的封闭的乡村书写提出了批评："光凭'童年记忆'的书写往往是有毒的，那种对乡土文学的'改写'是致命的"，它往往"陶醉在纯美的情境中而丧失文化批判的功能"①。

---

① 丁帆：《中国乡土小说生存的特殊背景与价值的失范》，《文艺研究》2005年第8期。

第三节　纠结："观念"与"事实"的
冲突——以贾平凹为例

在前面两节我们看到，在急剧变化的乡村现实面前，传统的乡村叙事确实面临着一种叙事资源的重整和观念创新问题，无论是立意"启蒙"，还是"文明怀旧"，都迫切地需要从"现实"而非旧有的情感和观念出发建立自己叙事的根基。但是事实上，在混乱无序的"现实"面前，作家却往往陷入一种困惑和迷惘，路遥当年说，"应该把自己熟悉的生活上升到时代和社会的高度去认识"①，而今天的作家在历史和现实面前已经普遍丧失了这种自信和雄心，贾平凹说，"我的写作充满了矛盾和痛苦，我不知道该赞歌现实还是诅咒现实，是为棣花街的父老乡亲庆幸还是为他们悲哀"。② 迷惘，这是"后改革"时代历史迷向所造成的一种典型的时代情绪，它更多的是对当下已经变化且正急剧变化着的乡村现实的一种直接的、本能的反应，因此以表现迷惘为主要特征的叙事也就注定不会是一种具有持久性的叙事表达，由这种直接的、本能的情感反应转向富有深沉的理性品质和批判力的写作，这应该是历史发展的必然。

然而从当下的乡村叙事表现来看，对"苦难"的热衷、对现实理解的浮表化、艺术表达的仓促与粗疏等，都让我们看到了作家自我发展能力的不足，他们一方面面临着已经涨破了既有"观念"的"现实"，另一方面却茫然漂浮于"现实"的表面；他们触及了乡村和农民那种本体性的历史悲剧命运，但是对于这种历史悲剧命运，他们的态度却仅仅是一种迷惘和悲哀——而这样一种迷惘和悲哀很大程度上所反映出的是作家认识现实和理解现实的惯有方式的失效。贾平凹说，"我在写作过程中一直是矛盾的，痛苦的，不知道该怎么办，是歌颂，还是批判？是光明，还是阴暗？以前的观念没有办法再套用。我并不觉得我能站得更高来俯视生活，解释生活，我完全没有这个能力了"。矛盾和痛苦既是

---

① 路遥：《答〈延河〉编辑部问》，《路遥文集》（2），陕西人民出版社1993年版，第394页。

② 贾平凹：《秦腔·后记》，作家出版社2005年版。

为了乡村、乡党的命运，但更是因为"不知道该怎么办"，不能"俯视生活"、"解释生活"——"实际上我并非不想找出理念来提升，但实在寻找不到"。① 因为失去了"观念"的庇护，所以便无法承受独自面对历史和现实的痛苦，那么我们便不得不反思：他们所曾信奉的"观念"究竟是一种什么样的"观念"，它与"现实"是怎样的关系？这种（些）"观念"是怎样进入了作家的意识，并作为一种怎样的力量发挥了作用，以致一旦丧失便如此痛苦？

五四以来的乡村叙事始终在不同的"观念"间游弋，"启蒙"、"革命"、"改革"、"寻根"……而每一种"观念"从根本上来说都是对于"现实"的一种"解释"，我们的作家很少有人能表现出一种清醒的判别能力和强大的坚守能力，更多的是对"观念"的迷恋和在"观念"间游弋。在社会转型加剧促使各种"观念"趋于解体的今天，作家的迷惘和困惑一方面让我们看到了他们对于"现实"本身（而非"观念"）的趋近，另一方面"迷惘和困惑"背后所凸显的那种失去"观念"的不适也促使我们不得不思考：在当代作家身上究竟包含着怎样的文化人格因素？这种文化人格因素可能是阻碍作家真正实现自我发展的深层制约力量，也是制约当代中国乡村叙事进一步发展的深层力量。

这里我们将选取贾平凹为个案。贾平凹可以说是新时期之后中国最具分量的乡村叙事的代表，新时期以来的每一个文学思潮都活跃着他的身影，而且在几乎每一次文学发展潮流中，贾平凹和他的小说都是最具代表性的作家作品之一："伤痕—反思文学"时他有《满月儿》、《夏家老太》，"改革文学"时有《腊月·正月》、《浮躁》，"寻根文学"时有《商州三录》，90 年代反映市场经济大潮下精神失落的有《废都》，世纪之交写"生态"时他写有《怀念狼》（2000），及至新世纪"底层写作"，他又推出了《秦腔》（2005）、《高兴》（2007）……真可谓随潮流而动，又领潮流之先。也无怪乎有人说，"贾平凹是三十年中国文学的亲历者和见证人，他的每一个阶段的创作都表现出鲜明的时代特色和突出的个人标记，他的既胶着于时代又特立独行的创作风范，呈现出别

---

① 贾平凹、郜元宝：《关于〈秦腔〉和乡土文学的对谈》，《河北日报》2005 年 4 月 29 日。

一种作家与时代文学的构成关系"。①

　　我们这里则主要想讨论一下贾平凹的《秦腔》、《高兴》两部作品。这两部作品不仅体现着贾平凹个人创作一种较为恒常的艺术特质，又典型地体现了乡村叙事的一种"世纪新变"，同时，作为两部同样写"底层"、着眼点却又不同（一个写"乡"，一个写"城"）的作品，它们在体现作者对于现实问题的态度方面表现出了一种显著的差异，而这种差异正好为我们提供了一个了解贾平凹这个作家精神状态和文化人格的很好的切入角度。

一　《秦腔》："不得不承受之轻"

　　《秦腔》发表后引起了评论界的广泛关注和争议，争议之一是针对作品那种力图"呈现"② 生活原态的美学表达方式上。批评者认为，"《秦腔》中的描写，大多是'自然主义的描写'，按照生活的'原生态'展开粗糙的自然主义描写，则是在简单得近乎原始的形态下，与生活保持着消极意义上的相似"，而"呈现"本身是一种"表面化和无意义的描写"，其背后体现出的是作家"生活资源枯竭"和"丧失把握生活的思想能力"；赞扬者则认为《秦腔》的这样一种美学形态标志着"乡土文学的终结"，它所表现的是"无法被虚构"的"乡土中国的生活现实"，其"呈现"式的表达乃是"对宏大叙事最坚决的拒绝"③。其实《秦腔》究竟写得怎样是见仁见智的事情，这里姑且不论，而如果把作品放置在作家的整个乡村写作历程以及中国乡村叙事的总体发展历程来看，它叙事的独特性及其意义、价值便非常明显了。

　　正如有论者所指出的，"'农村的发现'是以城市为核心的现代性将广大农村区和农民的生活'外化'和'他者化'的结果。导致这一结果的是一个复杂的现代性认识机制，包括现代性的时间观、空间观，而其最重要的内在叙述动力机制是五四以来的'进化论'的历史观"④。

---

　　①　周燕芬：《贾平凹与三十年当代文学的构成关系》，《当代作家评论》2009 年第 5 期。
　　②　贾平凹：《秦腔·后记》，作家出版社 2005 年版。
　　③　《众说纷纭谈〈秦腔〉》，《文艺理论与批评》2005 年第 4 期。
　　④　何吉贤：《农村的"发现"和"湮没"——20 世纪中国文学视野中的农村》，《文艺理论与批评》2004 年第 2 期。

在"进化论"史观支配下的这种"现代性认识机制"中，乡村的"发现"其实也正是一种被"湮没"的过程，而"乡村"作为"现代化"这一文明更替过程中不可否认的悲剧性历史命运主体，其自身便构成了抗拒这种"湮没"（或"他者化"）的本体性力量。作为精神形态和物质形态的"乡村"注定是要消逝的，这种消逝对于农民这一"沉默而不具有自我表达能力"的历史命运主体来讲意味着一种实实在在的疼痛。无论社会怎样变化，"农村最根本的东西没有变，主要是农民的命运没有改变，他们在社会结构中的地位没有改变"①，这是"悲剧性"基本的内涵所在，鉴于其与具有"解释"功能的各种各样的现代性"观念"的对应关系，我们不妨将其称为"事实"，它是基本的、唯一的、确定的。然而不论鲁迅的"文化启蒙"、沈从文的"文明怀旧"，还是"革命"、"改革"和"寻根"等意识形态表达或文化表达，我们尽管可以从每一种乡村叙事类型和潮流中发现对"事实"的触及（比如在鲁迅这里，有以《祝福》、《故乡》为代表的"虽然不缺乏理性的烛光但更显消极被动批判意识的充满着情感形式的形而下之作"②；在沈从文这里有与《边城》形成对照、反映"平凡人物生活上的'常'与'变'"、有着"较为广阔的历史视角"③的《长河》；"革命"的左翼文学和延安文学有茅盾的《春蚕》、赵树理的《锻炼锻炼》；"改革"文学有路遥的《人生》、王润滋《鲁班的子孙》；"寻根"文学则有李杭育吟唱文明"挽歌"的《最后一个渔佬儿》等），但却从未发现一种真正的贴紧。这里并不是否认百年乡村叙事所取得的成绩，而是说，在现代性"观念"支配下，对于"事实"的各种各样的"解释"委实不同程度地遮蔽了"事实"本身。

真正贴近了乡村、农民在现代化社会历史进程中那种本体性的悲剧命运"事实"的是90年代以来所谓的乡村"底层叙事"，它对于乡村、农民当下境遇的普遍关注，它对于苦难和疼痛的有意识书写，与对疼痛和苦难寻求"解释"的既往的乡村叙事形成了鲜明的对比。但是总的来看，"底层叙事"普遍欠缺一种艺术的个性和创造力，同时"作家们

---

① 摩罗：《我是农民的儿子》，《天涯》2004年第6期。
② 丁帆等：《中国乡土小说历史》，北京大学出版社2007年版，第31页。
③ 钱理群等：《中国现代文学三十年》，北京大学出版社1998年版，第283页。

普遍地陷入了某种迷惘性的同情误区，缺乏必要的叙事节制和独特有效的理性思考"，① 由此也便导致了叙事本身"说服力"的不足和真正的"底层"现实的被遮蔽。

《秦腔》则为"底层叙事"树立了很好的榜样。小说以全景的视角展示了一个名叫清风街的村庄混乱、颓败的当下，作为小说着墨最多的三个人物形象，夏天义、夏天智、夏君亭分别象征了三种维系乡村的力量，夏天义是"土地"的守护神，夏天智是维护乡村宗法伦理的"家族长者"，夏君亭则是混乱时局的维持者，他们从不同的方面试图阻止村庄的混乱、颓败，使其重新凝聚成一个整体，但是最后都没有成功，乡村正在止不住地解体、颓败。贾平凹在展示这样一种颓败、混乱的现实时，使用的是一种力图"呈现"生活原态的写实手法，小说没有完整、贯穿的故事情节，没有一般小说里那种突出的主要人物形象，"没有剧烈的历史矛盾，也没有真正的深仇大恨，只有人们在吃喝拉撒"，② 细节化的"对话"和"动作"构成了小说叙事的全部，写出来的也便是一种"原生态"的生活之流，正如贾平凹自己所说，他写的就是"一堆鸡零狗碎的泼烦日子"③。而之所以这样写，就在于作者在面对当下乡村现实的时候"不知道该怎么办"，他不能"站得更高来俯视生活，解释生活"④。评论家陈晓明因此认为《秦腔》意味着"乡土美学想象的终结"："我们在贾平凹的《秦腔》这里，看到乡土叙事预示的另一种景象，那是一种回到生活直接性的乡土叙事。这种叙事不再带着既定的意识形态主导观念，它不再是在漫长的中国的现代性中完成的革命文学对乡土叙事的想象，而是回到纯粹的乡土生活本身，回到那些生活的直接性，那些最原始的风土人性，最本真的生活事相。"⑤

而所谓"乡土美学想象的终结"其实也就是我们这里所说的"观

---

① 洪治纲：《底层写作与苦难焦虑症》，《文艺争鸣》2007 年第 10 期。

② 陈晓明：《乡土叙事的终结和开启——贾平凹的〈秦腔〉预示的新世纪的美学意义》，《文艺争鸣》2005 年第 6 期。

③ 贾平凹：《秦腔·后记》，作家出版社 2005 年版。

④ 贾平凹、郜元宝：《关于〈秦腔〉和乡土文学的对谈》，《河北日报》2005 年 4 月 29 日。

⑤ 陈晓明：《乡土叙事的终结和开启——贾平凹的〈秦腔〉预示的新世纪的美学意义》，《文艺争鸣》2005 年第 6 期。

念"的解体——"观念"解体而"事实"凸显，这是《秦腔》之于整个中国乡村叙事历史的意义所在。而同时我们应该看到的是，《秦腔》之于"底层叙事"的特殊意义更在于其独特的艺术形式，即它对于"事实"的趋近并非像一般的"底层叙事"（尤其是"苦难叙事"）那样借助于一种传奇化、公共化的艺术表达，它是个人化的、直接的、自在的、自然的。如果说贾平凹此前以故乡为原型的创作都还带有很强的虚构性和想象性的话，《秦腔》则最大限度地削减了这种虚构和想象，贾平凹说，"《秦腔》写我自己的村子，家族内部的事情，我是在写故乡留给我的最后一块宝藏"①，写它的目的是"决心以这本书为故乡树起一块碑子"。②树碑是要纪念，因为故乡正在消失。《秦腔》原原本本呈现着村庄最后的音容笑貌，以寄托作者满腔的悲哀——当我们看到夏天智去看望被儿子们限制去不成七里沟的二哥夏天义，老兄弟二人在冬雨中听收音机放"苦音双锤代板"时；当我们看到清风街上那个阴冷凄清的年三十的夜晚连个社火都放不起来时；当我们看到白雪拿来当生命呵护、挚爱的，也是昔日故乡人生命里不可缺少的秦腔成了红白宴席上可有可无的陪衬和帮衬时；当我们看到夏天智在秦腔声中被埋葬时……我们便不会怀疑贾平凹在他不露声色的"呈现"式表达的背后是隐藏了莫大的悲哀的。这种悲哀是一种失家、失根的悲哀，它是属于作者自己的，然而同时也是我们这个社会的、时代的。

同样是写现实、写"底层"，《秦腔》写的是日常生活（而不是"苦难"），它是忠实的"呈现"（而不是虚构），它捧举出的是自己的家乡而表达的也是自己失去家园的个人的悲哀（而不是公共化的乡村想象），这正是《秦腔》之于乡村叙事、"底层叙事"的典范意义所在！而且对比作者此前的创作我们也发现，不管是80年代的《商州》、《浮躁》，还是90年代之后的《高老庄》、《怀念狼》等，这些小说都带有很强的虚构性和想象性，作品的观念化痕迹都很重，80年代表现为主流政治意识形态观念，90年代表现为文化观念，而《秦腔》则克服了这一点，因此从这个意义上说小说也是作者乡村写作的一次自我反拨。

---

① 贾平凹、郜元宝：《关于〈秦腔〉和乡土文学的对谈》，《河北日报》2005年4月29日。

② 贾平凹：《秦腔·后记》，作家出版社2005年版。

　　然而这样一种反拨，是作者的有意识调整，还是迫于无奈？在作品"后记"中贾平凹一再表示他的写作"充满了矛盾和痛苦"，他"不知道该怎么办"，这种"矛盾和痛苦"一方面是忧心于故乡的命运，另一方面却是失去"观念"的不适。在与郜元宝关于《秦腔》的对谈中他说得非常明白："我以前的作品总想追求概括的高度、理念等等，一旦写家族，写亲戚这些事情，太熟悉，太丰富了，这些反而全用不上。我所目睹的农村情况太复杂，不知道如何处理，确实无能为力，也很痛苦。实际上我并非不想找出理念来提升，但实在寻找不到。"[1] 不是"不想找出理念来提升"，而是"实在寻找不到"，当观念无法构成对于"太复杂"的现实的统摄，于是他"只有呈现"，由此可见，《秦腔》的写法不是有意为之，不是出于艺术形式创造的需要，而"只能是这一种写法"。[2] 也就是说，对习惯了"观念化"表达的作者来讲，失去"观念"令他感到一种明显的"不适"，他不得不面对一种无观念之"轻"。所以，《秦腔》所表现出的美学新变更多的是拜时代所赐，而非作者有意为之，换句话说，《秦腔》只是时代借贾平凹之口唱出的乡土中国的一曲挽歌。

二　《高兴》："观念"的失而复得

　　对于贾平凹来说，失去"观念"的"不适"始终是一种折磨，直面一种无"本质"的现实、承受一种无"观念"之"轻"，这是需要强大的理性能力和心灵勇气的。意大利作家卡尔维诺说："当我开始我的写作生涯时，表现我们的时代曾是每一位青年作家必须履行的责任。我满腔热情地尽力使自己投身到本世纪历史前进的艰苦奋斗之中去，献身集体的与个人的事业，努力在激荡的外部世界那时而悲怆时而荒诞的景象与我内心世界追求冒险的写作愿望之间进行谐调。源于生活的各种事件应该成为我的作品的素材；我的文笔应该敏捷而锋利。然而我很快发现，这二者之间总有差距。我感到越来越难于克服它们之间的差距了。也许正是那个时候我发现外部世界非常沉重，发现它具有惰性和不透明

---

　　① 　贾平凹、郜元宝：《关于〈秦腔〉和乡土文学的对谈》，《河北日报》2005 年 4 月 29 日。

　　② 　贾平凹：《秦腔·后记》，作家出版社 2005 年版。

性。如果作家找不到克服这个矛盾的办法，外部世界的这些特征会立即反映在作家的作品中。"这里卡尔维诺说的"外部世界"即相对于心灵世界来说的，它是难把握的（"具有惰性和不透明性"）、"沉重"的，所以卡尔维诺说他的工作就是"为了减轻分量"——"有时尽力减轻人物的分量，有时尽力减轻天体的分量，有时尽力减轻城市的分量，首先是尽力减轻小说结构与语言的分量"①。其实"外部世界"的"沉重"、"惰性和不透明性"一方面是源于外部世界本身的复杂和庞大，另一方面则是源于"观念"的遮蔽，所以卡尔维诺这里说的"减轻分量"很大程度上是意味着减轻"观念"的分量，从而使心灵获得自由，因为心灵完全摆脱外部世界是不可能的，它所获得的自由只能是一种独自面对世界的自由，一种独自承担"自由"的自由。

贾平凹显然还没有做好领受这份自由的准备，在"观念"解体之后，他没有反思自己既往写作对"观念"的趋附，也就没有真正认识到《秦腔》对于他个人的写作来说所具有的意义和启迪，因而只能深陷入"观念"的"不适"和焦虑中难以自拔。因为失去"观念"而"痛苦"、"不适"，所以解除"痛苦"和"不适"最有效的方法便是找回"观念"。在《秦腔》发表两年之后，贾平凹又推出了关注当下农民生存处境的长篇小说《高兴》，小说写的是进城农民刘高兴在西安城捡破烂的生活故事，从《秦腔》写"农民怎样一步步从土地上走出"到《高兴》写"他们走出土地后的城里生活"②，贾平凹紧贴现实进行着他对当下中国乡村出路、农民生存问题的追踪。但是和《秦腔》忠实地"呈现"生活的原态不同，《高兴》尽管也是从凡俗生活入手，但是无论人物形象的塑造还是情节的设置都重新显出一种"观念"回归的趋势。

小说主人公刘高兴是一个与众不同的"底层"形象，他有文化、有理想、有自尊，面对自我的"底层"身份和"底层"生存处境，他不抱怨、不憎恨，而是像贾平凹在《后记》中说的那样，"得不到高兴但仍高兴着"。而且他这种"高兴"不是阿Q式的"精神胜利"，而是

---

① ［意］伊塔洛·卡尔维诺：《美国讲稿》，萧天佑译，译林出版社2008年版，第2—3页。

② 贾平凹：《我和刘高兴·后记一》，《高兴》，作家出版社2007年版。

"一个人格健全、充满美好人生理想，知行统一，自觉自身存在价值的的新时期农民"①实际的精神追求和行为追求。小说中的刘高兴原名"刘哈娃"，乡下人"刘哈娃"进城之后便主动更名为"刘高兴"，体现出一种寻求自我改变、自我主宰的意愿，他进入城市不满足于谋生，而是要"融入"城市，为此他不仅注重自己的仪表、谈吐，而且追求城里人的生活习性：穿西服、读报纸、逛公园、休周末……对同伴五富、黄八对城市的仇视和敌意，他劝导他们"不要怨恨"，"要让西安认同咱，要相信咱能在西安活得好，你就觉得看啥都不一样了"。基于这样的理念，他在生存环境难于改善的情况下，极力为自己营造一种乐观、积极（即"高兴"）的精神环境，"在他的精神世界里，那种妒忌、复仇、冲动、堕落的种种因素似乎都被他的一种本分、忍耐、勤劳、富有尊严的生活态度所化解"②，就像小说"后记"里说的那样，他是"在肮脏的地方干净地活着"，"他越是活得沉重，也就越懂得着轻松，越是活得苦难他才越要享受着快乐"③。在当下"离乡进城"叙事所塑造的庞大的"农民"形象中，刘高兴实在是个"另类"，他看起来不是那种在体制和成规下浑浑噩噩地辗转、抱怨的农民，而是富有一定主体自觉的"新一代进城农民"，正如有论者所言，刘高兴这一人物形象"显然表现出作家理解'城里的农民'的一种新的态度"④。

"新的态度"其实即作者对刘高兴所代表的那种以内心快乐对抗现实不快乐的"高兴伦理"的肯定和赞赏。但对这种肯定和赞赏，我们却无法不提出异议。因为对所有"进城农民"来说，他们所面临的一个普遍而基本的事实，便是不合理的城乡二元体制和由此导致的种种偏见与不公，打破这种二元体制和消除偏见不公才是解决城乡对立的治本之策。然而刘高兴所持的"高兴伦理"显然没有直面这一"事实"。甚至从实际情况来看，"高兴伦理"毋宁说是对这一"事实"的默许和纵

①　李星：《人文批判的深度和语言艺术的境界——评贾平凹长篇小说〈高兴〉》，《南方文坛》2008年第2期。
②　王光东：《"刘高兴"的精神与尊严——评贾平凹的〈高兴〉》，《扬子江评论》2008年第1期。
③　贾平凹：《我和刘高兴·后记一》，《高兴》，作家出版社2007年版。
④　王光东：《"刘高兴"的精神与尊严——评贾平凹的〈高兴〉》，《扬子江评论》2008年第1期。

容。尤其是考虑到"高兴伦理"在小说中并不是出于刘高兴生存无奈的被动选择，而是一种积极有意的伦理实践，情形便更是如此。小说写刘高兴在五富怨恨城市时极力劝导他"不要怨恨"，而要学会"欣赏"和"微笑"——"比如前面停着一辆高级轿车，从车上下来了衣冠楚楚的人，你要欣赏那锃光瓦亮的轿车，欣赏他们优雅的握手、点头和微笑，欣赏那些女人的走姿，长长吸一口飘过来的香水味"。我们确实不承认"怨恨"是解决问题的有效途径，但这绝不意味着我们否认"怨恨"的合理性和现实的可批判性，在成规和体制面前，"怨恨"固然不能解决问题，但一味宣扬"欣赏"和"微笑"难道不等于放弃对"怨恨"的成因分析和对现实进行改变的努力？

　　当然，如果仅仅把刘高兴当做一个生活中的人来看待的话，那么他的追求便无可厚非，因为这是他个人的权利和自由，况且"底层"本身就有多样性。但作为艺术形象出现的刘高兴，我们却不能不对其表示异议，因为小说中的他显然不是被当作一个纯粹的生命个体被塑造的，他的一言一行都在极力向我们宣扬和说明着什么。贾平凹在"后记"中说，《高兴》写作时曾数易其稿，最严重的一次是他发现自己"无法摆脱一种生来俱有的忧患，使作品写得苦涩"，内心深处"严重的农民意识"使他在作品中替笔下人物"厌恶城市，仇恨城市"，所以"越写越写不去"，后来全靠刘书祯（刘高兴原型）的一句话——"得不到高兴但仍高兴着"——才使他坚定了心意："这部小说就只写刘高兴……他越是活得沉重，也就越懂得着轻松，越是活得苦难他才越要享受着快乐。"① 由此可见，贾平凹在刘高兴身上是有明显寄托的——刘书祯的话并没有特别含义，但当贾平凹从中有所悟，并将其择定为自己写作的指导思想，那么"一句话"也便成了一条律令。于是在小说中我们才看到，刘哈娃不仅一进城就改名为"刘高兴"，而且时刻不忘向五富等人宣扬要"高兴"：当五富说"城里不是咱的城里，狗日的城里"时，他反驳说"你把城里钱挣了，你骂城里？"当五富埋怨他不捡破烂而去逛城时，他反驳他"你有了这些破烂，我却有了一座城哩"，并在心里嘲笑他"生活贫贱，精神也贫贱"。而且，贾平凹着意要将刘高兴栽培

---

① 贾平凹：《我和刘高兴·后记一》，《高兴》，作家出版社2007年版。

成"泥塘里长出来的一支莲",于是小说专门为其设置了一场"英雄救美"的恋爱,只是刘高兴和风尘女子孟夷纯的精神恋爱却暗藏了太多的不熨帖:首先刘高兴应付这场恋爱的代价是高昂的,关键时刻挺身而出不说,平时还要一次次拿出自己的积蓄,然而他都是毫不犹豫的,可每每这时我们才想起,刘高兴原是个无亲要奉、无家要养的乡村闲汉——幸亏如此;但孟夷纯毕竟是个妓女,她的身世究竟如何,刘高兴从未彻底追寻,他只是在不停地付出、付出、付出,从不问钱的真正去向,然而每每这时我们也才想起,小说早已提醒过我们,孟夷纯是"锁骨菩萨"化身,"菩萨"怎会骗人呢——幸亏如此!但偶然和侥幸终不是生活的真正逻辑,刘高兴最终没有做成救美的英雄,他只能背着同伴的尸体落魄回乡。

贾平凹在小说"后记"中说:"这个年代的写作普遍缺乏大精神和大技巧,文学作品不可能经典,那么,就不妨把自己的作品写成一份份社会记录而留给历史。我要写刘高兴和刘高兴一样的乡下进城群体,他们是如何走进城市的,他们为何在城市里安身生活,他们又是如何感受认知城市,他们有他们的命运,这个时代又赋予以他们如何的命运感,能写出来让更多的人了解,我觉得我就满足了。"然而可惜的是,小说并没有显出他所说的"社会记录"的样子,它力图让我们看到和记住的只是刘高兴"这一个",而不是"一群",所以它没有写出时代的典型特征,而只是在表达一种对时代的个人化理解,而这种理解并不导向对于"问题"的反思和对于现实的改变,而是导向对"问题"的忽视和对现实的容忍。

也就是说,与《秦腔》放弃"观念"、呈现"事实"相反,《高兴》重新拾回了"观念",并试图以此种"观念"解释它所面对的"事实",然而解释的冲动过于强烈,"观念"遮蔽了"事实"本身,于是整部小说虽然在人物、故事的微观细节塑造上依然保持着贾平凹小说惯有的勃勃生机,但是在宏观整体上却显出了一种极度的不熨帖!

三　理性匮乏的反思

《高兴》中始终呈现着一种"观念"和"事实"的分裂:作者力图塑造的是一种"得不到高兴但仍然高兴着"的"另类"底层,但刘高兴的命运遭际却又对他所表征的这种新型底层精神进行着颠覆和嘲讽——他爱并且要拯救孟夷纯，但孟夷纯捉拿凶手的愿望不仅没有完成，自己也被公安拘留；他梦想被城里人接纳，但他信守做人准则、保持做人尊严的为人处世作风在城里却总是遭人白眼；而连和他相依为命的五富，最后也客死他乡。这种种遭遇所凸显的严峻的现实使得"得不到高兴但仍然高兴着"的刘高兴终究高兴不起来，也就是说，作者试图传达的"观念"没能遮蔽住"事实"本身，顽强的"事实"表现，显出了现实本身的巨大和严峻，而"观念"和"事实"的分裂与冲突正是《高兴》这部作品所显现出来的最大的"症候"。

　　米兰·昆德拉在分析"小说的艺术"时，曾经以列夫·托尔斯泰写作《安娜·卡列尼娜》为例，谈到这部作品的定本与作者的初衷大相径庭（安娜并没有按照作者所设想的那样成为一个"令人反感的女人"），他评论道："我不相信托尔斯泰当时修正了他的道德观念，我宁可说他在写作过程中听从的是另一种声音，而不是一己的道德信条"。昆德拉始终认为，小说家应该是"一个力求消失在其作品背后的人"，他"不仅不是谁的代言人，他也不是他自己观念的代言人"，但是现实的情形却往往是小说家因为总是自觉或不自觉地扮演一种"公众的角色"，从而主动或者被动地成为某种"观念"的代言人。因此他忧心地指出，"小说家正危及着他的作品；他的作品有成为其行为、宣言和身份声明的附庸的危险"，而克服这一点最有效方法便是主动地去聆听"另一种声音"。他所谓的"另一种声音"很大程度上就是来自"观念"之外的"事实"或者说"现实"的声音，它构成了小说叙事的本原性逻辑力量，抵御和抗拒着"观念"的操控和侵扰，所以昆德拉将其称为"小说的智慧"，他说："每个真正的小说家都倾听这种超个人的智慧；这也就解释了，为什么伟大的小说总要比其作者更聪明一些"。①秘鲁小说家略萨同样也认为，优秀的、伟大的小说不是向我们宣传故事，而是"用它们具有的说服力让我们体验和分享故事"，至于何为说服力，略萨说，"当小说中发生的一切让我们感觉这是根据小说内部结

---

① ［捷克］米兰·昆德拉：《小说的艺术》，唐晓渡译，作家出版社1992年版，第159页。

构的运行而不是外部某个意志的强加命令发生的,我们越是觉得小说更加独立自主了,它的说服力就越大。当一部小说给我们的印象是它已经自给自足、已经从真正的现实里解放出来、自身已经包含存在所需要的一切的时候,那它就已经拥有了最大的说服力"。① 略萨这里所说的小说的"自给自足"和"说服力"与昆德拉所说的"小说的智慧"其实是同一个意思,即都意味着摆脱狭隘的"观念",聆听"另一种声音"。

在《高兴》的写作过程中,"另一种声音"其实从未消匿,而且贾平凹也并非没有听到——"我总是想象着我和刘高兴、白殿睿以及××的年龄都差不多,如果我不是一九七二年以工农兵上大学那个偶然的机会进了城,我肯定也是农民,到了五十多岁了,也肯定来拾垃圾,那又会是怎么个形状呢? 这样的情绪,使我为这些离开了土地在城市里的贫困、卑微、寂寞和受到的种种歧视而痛心着哀叹着,一种压抑的东西始终在左右我的笔";"我不是政府决策人,不懂得治国之道,也不是经济学家有指导社会之术,但作为一个作家,虽然也明白写作不能滞于就事论事,可我无法摆脱一种生来俱有的忧患,使作品写得苦涩"②。然而他最终还是没有以足够的耐心去聆听这种声音,他不甘于做一个"消失在其作品背后的人",迫不及待地要站到他的作品前面向我们发言,向我们展示他的"观念"。

当然,对于小说创作(甚至任何艺术创作)来说,脱离"观念"几乎是不可能的,但确如昆德拉所说的那样,越是伟大的作品,溢出"观念"的藩篱就越多,伟大的作品之所以伟大、不朽,正是因为它能超越时空、超越个人,而帮助其实现这种超越的往往不是"观念"("观念"是个人化的),而是"观念"之外的那部分,这也就是艺术作品的"混沌"性所在——"混沌"是文学与历史相区别的本质性特征。而纵观贾平凹全部的小说创作我们发现,从作者的主观意愿来看,他总是处于一种对"观念"的渴望和焦虑当中,在《腊月正月》、《浮躁》、《土门》、《高老庄》、《高兴》中,无论是来自意识形态的,还是来自社会的、文化的,作品的"观念"痕迹非常鲜明,而且他的"观念"是

---

① 〔秘鲁〕马里奥·巴尔加斯·略萨:《给青年小说家的信》,赵德明译,上海译文出版社 2004 年版,第 29 页。

② 贾平凹:《我和刘高兴·后记一》,《高兴》,作家出版社 2007 年版。

不断游移、变更，甚至是相互冲突的，而对"观念"的渴望却始终不渝，只是颇具讽刺意味的是，其最好的作品却总是产生在"观念"丧失或求"观念"而不得之际，比如90年代初的《废都》和新世纪之后的《秦腔》等，而在他其他的作品（比如《高老庄》、《高兴》）那里，其最吸引人的地方也往往正是溢出"观念"藩篱的那一部分，比如"观念"始终笼络不住的爱恨交织的乡土情感、对民间和地方风物和文化的浸淫与熟稔、对生命和万物通灵式的感应和参悟等。很多人都赞叹贾平凹对生活细节超强的把握能力和表现能力，而这种超强的把握能力和表现能力正是来源于他异常突出的感性气质——连贾平凹自己都由衷地说他不是一个"现实主义作家"而"应该算作一位诗人"①——然而可惜的是，这种感性能力在他实际的创作中往往为那种理性的"观念"追求所抑制，从而使得他的作品往往在细节上涌动着无穷生气，在整体上却显得浅陋。

　　其实何止贾平凹，在鲁迅、赵树理、孙犁、莫言等历代大陆乡村叙事者身上，我们似乎都能发现这种观念的焦虑，这使他们的作品往往都不同程度地表现着一种观念／事实、理智／情感的分裂。从根本上看，这似乎是中国近代以来社会转型造成的文化冲突所致，然而即便如此我们也发现，大陆作家对观念的焦虑未免显得过于强烈了！我国台湾地区在20世纪70年代前后也步入了社会转型的飞速发展期，当时台湾文坛的黄春明、陈映真、王拓、王祯和、杨青矗、宋泽莱、洪醒夫等一大批作家也瞩目社会转型，但他们却没有像贾平凹们那么纠结，他们关注社会弱小者（如农民、失业者、商贩、妓女等），义无反顾地与他们站在一起，通过表现他们不幸的命运和对命运的反抗，表达对他们的悲悯与敬重。黄春明"宜兰系列"中的青番公（《青番公的故事》）、白梅（《看海的日子》）、坤树（《儿子的大玩偶》），陈映真笔下的三角脸和小瘦丫头儿（《将军族》），王拓笔下的金水婶（《金水婶》），洪醒夫笔下的庆仔（《黑面庆仔》）等底层人物形象都焕发着一种弥足珍贵的人性力量——坚忍、自尊、爱和牺牲。这充分体现出这些台湾作家异常强烈的人道主义情感和立场——他们的写作首先都是从"人"，而不是那

---

　　①　贾平凹：《高老庄·后记》（评点本），长江文艺出版社1999年版。

些与"时代"、"历史"、"民族"等宏大字眼相关的"观念"出发的。台湾这批乡土作家（尤其像黄春明、陈映真）的创作后来都有不同程度的转向，但他们这种具有对"人"的大爱特征的人道主义的立场却始终未变。

而相对于台湾作家这种坚执的人道主义立场，贾平凹以及其他大陆乡土作家对土地、农民所表示的眷恋和忧心则明显缺乏这种超越性的"大爱"特征，他们的乡土情感更多的只是一种对故土、家园本能性的爱恋，这种爱恋尚未上升到一种真正的理性的高度，所以他们的乡土情感中缺乏黄春明那样的坚定性。与台湾作家相比，贾平凹等大陆乡土作家身上普遍缺少一种令人敬佩的价值操守，他们往往是脆弱的、彷徨的，为外在的"观念"所左右，观念和态度的游移多变所反映出的是主体理性能力的不足，理性能力不足所以便无法穿透纷纭复杂的外在现实（包括形形色色的"观念"），直逼人类生存的本质，也无法对自我内心最真实的情感进行甄别，进而也就不能超越本能形成一种有意识的理性坚持。就像我们这里所看到的那样，同样是对乡土、对"底层"小人物的爱，在黄春明那里催发的是对于人类生存可能的探寻，在贾平凹这里却被他自己视为了"严重的农民意识"，并因此被"毁之一炬"。①

哲学家邓晓芒在分析 90 年代中国长篇小说创作时曾深刻指出，历史和文化传统导致中国作家表现出一种显著的"个体人格的萎缩"：

> ……中国人只有依附于群体才有气魄、有力量，一旦脱离群体就会垮下来，不知道自己与动物或尘土有什么区别。文学的真正独立要以个体人格的独立为前提。这种个体人格既不以群体道德的代表自居而盛气凌人，也不是放浪形骸、游戏人生、自轻自贱，而是在孤独中默默地向人性的高峰奋力攀登，与自己的懒散、自欺和粘连于他人的习惯作斗争。②

---

① 贾平凹：《我和刘高兴·后记一》，《高兴》，作家出版社 2007 年版。
② 邓晓芒：《灵魂之旅·序》，《文化三论》，湖北人民出版社 2005 年版，第 374 页。

"个体人格的萎缩"正是导致作家远离自己的内心并趋附于各种"观念"的根本原因，虽然与乡村血肉相连而无法完全脱离于"现实"，但长时间地依附于"观念"（亦邓晓芒所谓之"群体"），毕竟养成了对"观念"、"群体"的依赖，也便逐渐丧失了对于自我真实情感和内心的感知，丧失了对乡村、农民真切的爱的能力。在贾平凹以及其他大陆乡村小说家身上我们很少看到那种具体的对于生命个体的爱恋，而多看到那种宏大而空泛的对于"故乡"和"家园"的忧患以及那种生来就有的、本能性的、缺少理性之光烛照的爱恋——这种常常为乡土作家所标榜的"地之子"式的爱恋与其说是爱别人不如说是爱自己，它往往是对自我身份、道德、情趣的标榜和宣示，正如有人所讥讽的："骄傲的乡下人！这自然只是知识分子的骄傲，与真正的乡下人——农民无干。"①

没有一种普遍而深广的、超越自我的大爱做坚定的心理支撑，也便不会有"在孤独中默默地向人性的高峰奋力攀登"的勇气和力量；他们没有自我，也便忍受不了孤独，于是只能而且惯于依靠"观念"、"群体"，一旦失去便感到"不适"。但外在的"观念"终究纷乱消长，于是他们便注定了要不断地失去、寻找，这使他们变得更加脆弱、无主。贾平凹说："乡村曾使我贫穷过，城市却使我心神苦累。两股风的力量形成了龙卷，这或许是时代的困惑，但我如一片叶子一样搅在其中，又怯弱又敏感，就只有痛苦了。我的大部分作品，可以说，是在这种'绞杀'中的呼喊，或者是迷惘中的聊以自救吧。"② 因为没有一种坚强有力的内心支撑所以必然会"怯弱"，因为"怯弱"所以往往被"绞杀"，而文学写作在此被当成"自救"完全是出于一种误解，因为病由心造，自救也必然应该由救心开始。

那么究竟该如何救治呢？

首先自然是锤炼作家的理性。虽然文学的价值并不一定和作家的思想能力成正比，但眼下的事实已经让我们看到，独立人格的缺失以及由此导致的对观念的趋附已经严重伤害了我们文学的品质，当前底层叙事

---

① 赵园：《地之子·自序》，北京大学出版社2007年版。
② 李遇春、贾平凹：《传统暗影中的现代灵魂——贾平凹访谈录》，《小说评论》2003年第6期。

所表现出来的那种对社会现实的认知困难已经充分暴露出作家理性的孱弱。况且，人格独立性的缺失和对观念的趋附又是以爱和信仰能力的残损为代价的，它使作家对生命应有的真切的爱和敬重进一步丧失。所以作家首先应有意识地锻炼自己的理性，提高对社会历史和现实问题的观察、分析能力，增强自己的思想力、批判力和悲悯意识。

　　除此之外，还有更切实的一个方面，即排除观念的干扰，贴近事实。贴近事实，即贴近生活本身，恢复生活在艺术表现中应有的一种混沌性和自在性。这种混沌性和自在性是艺术自律和自为的前提与根基，是文学批判力和艺术生命力的最重要来源。在这一点上，贾平凹的作品仍然最具说明性：贾平凹很多作品主题先行的特点非常明显，但依赖于他对生活超强的直观体验能力，他的小说总是能在对形而下世界的表现层面焕发出勃勃生机。唯一也是最大的遗憾的是，贾平凹并没有在保持其对生活的直观体验能力的同时发展出一种坚强、独立的人格和理性。其实早在若干年前，孙犁便看出了贾平凹这一缺陷，他说，"你的散文写得很自然，而小说则多着意构思，故事有些离奇，即编织的痕迹"，"今后多从生活实际出发，多写些日常生活中的人和事，如此，作家主观意念的流露则会少些"①——孙犁所指出的其实也正是我们这里所强调的！

　　① 孙犁：《致贾平凹（四封）》，载雷达主编《贾平凹研究资料》（乙种），山东文艺出版社 2006 年版，第 512 页。

结语：乡关何处？

乡土中国正在消逝，然而关于乡村的书写却似乎又正蓬勃起来。并不难理解，这是一贯的乡愁情绪在作祟，尽管所触及的是如许多切实而琐碎的现实性问题，但在这日暮途穷的时刻，绝望和伤感的情绪已十分明显。而与绝望、伤感相伴随的，是不知"往何处去"的惶然无措——是的，乡村消逝了，关于乡村的书写还会继续吗？这应该不是一个难回答的问题，所以也是一个让人失落的话题。

"乡村"确实被寄寓了太多：关于牵挂、关于梦想……文学的"乡村"与"城市"不同，它所唤起的是我们情感中诗意美好的部分，所寄托的是一种肯定性的浪漫情怀，"城市"却相反，它总是与颓废、沮丧甚至愤怒相连，与毁灭般的末日感相连。当然，眷恋乡村的人不会真的回到乡村，就像厌恶城市的他们不会真的离城市而去一样。有人说："多少作家真心地仇视他们所生活的城市呢？这是一个隐秘的问题。"①然而，想往毕竟是真心的，就像痛苦不是做作的一样，只不过满足精神的代价过于巨大，而把精神作为代价所换得的补偿却是那么诱人——让精神去受苦，而肉体在贪欢，这正是现代人"灵与肉"的分离！

分离之痛必然需要抚慰，这种抚慰只能是精神上的，文学的"返乡"便成为经常。因为身在城市，所以城市便是此地、是现在，而乡村则是过去、是别处，这是"乡村"成为一种寄托、一种怀抱、一种白日梦满足的前提。所以，文学的"返乡"不能过于当真，但它又确乎体现着现代人对自我的观照，不管是何种路径的"返乡"，无非是为自己、为众人寻找一块安居的家园。人们说浪漫主义者是"向后看"的，然而有没有一种文学是真正"向前看"的呢？梦想指向未来，但其源

---

① 南帆：《启蒙与大地崇拜：文学的乡村》，《文学评论》2005 年第 1 期。

头却总似乎在"过去",现代主义者的号叫和哀鸣正是因为他们割断了与历史的联系、失去了"过去",失去了"过去"便失去了梦想的能力,所以滞留于"现在"的他们只能与自己的躯壳为伍,以痛苦和自弃证明自己的不能苟活。

文学的"返乡"自然也有怒火和怨气,但真心仇视那个已在记忆深处的、别处的乡村的能有几个?鲁迅的《朝花夕拾》显然比他更理性化的《阿Q正传》、《药》更为"动人",孙慧芬在《致无尽关系》中更是将现代主体对乡村"关系"那种欲罢不能的心理描写得淋漓尽致,所以潜意识的依恋应该是文学"返乡"的根本动因。那么,这种潜意识的依恋、稳固的乡愁是否有更深刻的制动因素?文学总是如此频繁而固执地"返乡",难道是人类的感官系统天生适应不了城市的怪、力、乱,而只宜洽于乡村的静、和、美?赵园说:"乡村文学创作中'传统'是限制,又是凭藉。写乡村小说,易于因袭,也易于维持水准。乡村文学可凭藉的,远不止于文学传统与范本,还有乡村世界固有的历史纵深,相对稳定的文化结构。"[①]而除了这种"固有的历史纵深"和"相对稳定的文化结构"外,乡村世界是否还有某种更基本的东西与人类的生命基因和遗传密码相通连呢?

然而,不管怎样,现代以来的乡村叙事者对于这种依恋却始终是欲说还休的,因为它过于感性,它缺乏理智——理智的世界里乡村不是家园,不是梦想,它是被启蒙、被改造、被改革、被发展的对象。所以,我们以"乡村"为寄托所表达的多的是阐释和教诲,少的是咏叹和冒犯;多的是犹疑,少的是偏执;多的是"现实"、"理性",少的是"非现实"、"非理性"和"反现实"、"反理性"。我们还没有出现卢梭、爱默生那样的哲学家,没有出现梭罗那样的行动者,我们没有工业化和后工业化西方国家今天仍然还有的他们的那种乡村文学、乡村音乐,以及《与狼共舞》、《阿凡达》那样的电影……

在对"进步"、"发展"的看法上,我们的乡村叙事者往往是以怯弱的方式、隐蔽的方式、言不由衷的方式表达着他们难得的保守,这使五四以来的乡村叙事总是呈现着一种焦虑与彷徨、狂热与犹疑相交织的

---

① 赵园:《地之子》,北京大学出版社2007年版,第121页。

矛盾情绪，表现着一种情感与理智、意识与潜意识的精神分裂。在这样的情况下，《石榴树上结樱桃》、《额尔古纳河右岸》以及《一句顶一万句》这样的作品确实让人惊喜，它们的轻快愉悦、深婉偏执和简洁明晰强有力地扫荡了传统乡村叙事那种纠结抑郁之气。这是新世纪以来的乡村叙事给我们的惊喜，它们闪闪发光，昭示着新变与希望。其实，对于"新变"的研究，本身便包含了反思和发现的双重目的，而所谓"发现"——对"可能性"的探讨——也许不是最严谨、最具学术价值的工作，但却引起我最大的好奇与乐趣。

乡村消逝的时代也是一个诗意高涨的时代，然而关于消逝的书写是否是最后的诗意？或者会有一种更自由、更纵情的表达将在"乡村"的废墟上冉冉升起？我们去往的究竟是一个怎样的世界，那里是否还有一种类似"乡村"的东西让我们依恋？当我们沿着我们理性所设计的路线飞速向前的时候，我们是否在奔向幸福？马克斯·韦伯一百多年前用近乎诅咒的语气表达了他对现代人未来的悲观，他说："没人知道将来会是谁在这铁笼里生活；没人知道在这惊人的大发展的终点会不会又有全新的先知出现；没人知道会不会有一个老观念和旧理想的伟大再生；如果不会，那么会不会在某种骤发的妄自尊大情绪的掩饰下产生一种机械的麻木僵化呢，也没人知道。因为完全可以，而且是不无道理地，这样来评说这个文化的发展的最后阶段：'专家没有灵魂，纵欲者没有心肝；这个废物幻想着它自己已达到了前所未有的文明程度'。"①

如果韦伯说的那一天真的来临，那么它将提供文学继续存在的理由？还是变成它真正寿终正寝的背景？

---

① ［德］马克斯·韦伯：《新教伦理与资本主义精神》，于晓等译，三联书店1987年版，第143页。

参 考 文 献

一 著作类

1. ［丹］勃兰兑斯：《十九世纪文学主流》，张道真等译，人民文学出版社 1997 年版。

2. ［美］菲利普·李·拉尔夫等：《世界文明史》，赵丰等译，商务印书馆 1999 年版。

3. ［美］丹尼尔·贝尔：《资本主义文化矛盾》，赵一凡等译，三联书店 1989 年版。

4. ［美］露丝·本尼迪克特：《文化模式》，王炜等译，三联书店 1988 年版。

5. ［德］马克斯·韦伯：《新教伦理与资本主义精神》，于晓等译，三联书店 1987 年版。

6. ［英］弗雷德里希·奥古斯特·冯·哈耶克：《通往奴役之路》，王明毅等译，中国社会科学出版社 1997 年版。

7. ［英］弗雷德里希·奥古斯特·冯·哈耶克：《自由宪章》，杨玉生等译，中国社会科学出版社 1999 年版。

8. ［美］爱德华·W. 萨义德：《知识分子论》，单德兴译，三联书店 2002 年版。

9. ［英］T·H·马歇尔、安东尼·吉登斯：《公民身份与社会阶级》，郭忠华等译，江苏人民出版社 2008 年版。

10. ［英］德里克·希特：《何谓公民身份》，郭忠华译，吉林出版集团有限责任公司 2007 年版。

11. ［美］R. 麦克法夸尔、费正清编：《剑桥中华人民共和国史（1966—1982）》，中国社会科学出版社 1992 年版。

12. ［美］托马斯·库恩:《科学革命的结构》,金吾伦等译,北京大学出版社 2003 年版。

13. ［捷］米兰·昆德拉:《小说的艺术》,唐晓渡译,作家出版社 1992 年版。

14. ［意］伊塔洛·卡尔维诺:《美国讲稿》,萧天佑译,译林出版社 2008 年版。

15. ［美］金介甫:《沈从文传》,符家钦译,时事出版社 1990 年版。

16. ［美］马尔库赛:《单向度的人》,刘继译,上海译文出版社 1989 年版。

17. ［美］卡林内斯库:《现代性的五副面孔》,顾爱彬等译,商务印书馆 2002 年版。

18. ［美］明恩溥:《中国乡村生活》,午晴、唐军译,时事出版社 1998 年版。

19. ［俄］康·怕乌斯托夫斯基:《金蔷薇》,李时译,长江文艺出版社 2008 年版。

20. ［美］奥斯汀·沃伦、勒内·韦勒克:《文学理论》,刘象愚等译,江苏教育出版社 2005 年版。

21. ［法］米歇尔·福柯:《规训与惩罚》,刘北成等译,三联书店 1999 年版。

22. ［法］罗杰·加洛蒂:《论无边的现实主义》,吴岳添译,百花文艺出版社 2008 年版。

23. ［法］丹纳:《艺术哲学》,傅雷译,安徽文艺出版社 1998 年版。

24. ［德］康德:《实践理性批判》,邓晓芒译,人民出版社 2003 年版。

25. ［美］伊恩·P. 瓦特:《小说的兴起:笛福、理查逊、菲尔丁研究》,高原等译,三联书店 1992 年版。

26. ［英］卡尔·波普尔:《二十世纪的教训——卡尔·波普尔访谈录》,王凌霄译,广西师范大学出版社 2004 年版。

27. 曹锦清:《黄河边的中国——一个学者对乡村社会的观察与思

考》,山海文艺出版社 2000 年版。

28. 费孝通:《乡土中国 生育制度》,北京大学出版社 1998 年版。

29. 赵园:《地之子》,北京大学出版社 2007 年版。

30. 严家炎:《中国现代小说流派史》,人民文学出版社 1995 年版。

31. 陈继会等:《中国乡土小说史》,安徽教育出版社 1999 年版。

32. 钱理群等:《中国现代文学三十年》,北京大学出版社 1998 年版。

33. 洪子诚:《中国当代文学史》,北京大学出版社 1999 年版。

34. 於可训:《中国当代文学概论》(第三版),武汉大学出版社 2009 年版。

35. 王又平:《新时期文学转型中的小说创作潮流》,华中师范大学出版社 2001 年版。

36. 丁帆等:《中国乡土小说历史》,北京大学出版社 2007 年版。

37. 丁帆等:《中国大陆与台湾乡土小说比较史论》,南京大学出版社 2001 年版。

38. 王庆生主编:《中国当代文学》(上、下卷),华中师范大学出版社 2001 年版。

39. 於可训:《当代文学建构与阐释》,武汉大学出版社 2005 年版。

40. 朱立元主编:《文艺理论》,华东师范大学出版社 1997 年版。

41. 陈晓明:《表意的焦虑》,中央编译出版社 2003 年版。

42. 余英时:《论士衡史》,上海文艺出版社 1999 年版。

43. 李泽厚:《中国现代思想史论》,天津社会科学院出版社 2003 年版。

44. 陈平原:《中国小说叙事模式的转变》,北京大学出版社 2003 年版。

45. 昌切:《清末民初的思想主脉》,东方出版社 1999 年版。

46. 邓晓芒:《文化三论》,湖北人民出版社 2005 年版。

47. 王晓明主编:《二十世纪中国文学史论》,东方出版中心 1997 年版。

48. 王晓明:《潜流与漩涡:论二十世纪中国小说家的创作心理障碍》,中国社会科学出版社 1991 年版。

49. 陈国恩：《浪漫主义与 20 世纪中国文学》，安徽教育出版社 2000 年版。

50. 叶君：《乡土·农村·家园·荒野——论中国当代作家的乡村想象》，中国社会科学出版社 2007 年版。

51. 李欧梵：《现代性的追求》，三联书店 2000 年版。

52. 钱穆：《现代中国学术论衡》，三联书店 2005 年版。

53. 钱穆：《中国思想通俗讲话》，三联书店 2005 年版。

54. 薛毅编：《乡土中国与文化研究》，上海书店出版社 2008 年版。

55. 董长芝、李帆：《中国现代经济史》，东北师范大学出版社 1988 年版。

56. 杜润生：《杜润生自述：中国农村体制改革重大决策纪实》，人民出版社 2005 年版。

57. 梁漱溟：《梁漱溟全集》（1—8），山东人民出版社 1989 年版。

58. 秦晖、苏文：《田园诗与狂想曲——关中模式与前近代社会的再认识》，中央编译出版社 1996 年版。

59. 秦晖：《耕耘者言——一个农民学研究者的心路》，山东教育出版社 1999 年版。

60. 温铁军：《解构现代化——温铁军演讲录》，广东人民出版社 2004 年版。

61. 温铁军：《三农问题与世纪反思》，三联书店 2005 年版。

62. 孟雷编著：《从晏阳初到温铁军》，华夏出版社 2005 年版。

63. 孙立平：《断裂——20 世纪 90 年代以来的中国社会》，社会科学文献出版社 2003 年版。

64. 孙立平：《失衡：断裂社会的运作逻辑》，社会科学文献出版社 2004 年版。

65. 贺雪峰：《新乡土中国——转型期乡村社会调查笔记》，广西师范大学出版社 2003 年版。

66. 陆学艺主编：《当代中国社会阶层研究报告》，社会科学文献出版社 2002 年版。

67. 陆学艺：《"三农论"——当代中国农业、农村、农民问题研究》，社会科学文献出版社 2002 年版。

68. 陆学艺：《"三农"新论——当代中国农业、农村、农民问题研究》，社会科学文献出版社 2005 年版。

69. 余德鹏：《城乡社会：从隔离走向开放——中国户籍制度与户籍法研究》，山东人民出版社 2002 年版。

70. 冯小双、孟宪范主编：《中国社会科学文丛》，中国政法大学出版社 2005 年版。

71. 李根蟠：《中国古代农业》，商务印书馆 1998 年版。

72. 李强：《农民工与中国社会分层》，社会科学文献出版社 2004 年版。

73. 邓晓芒：《康德哲学讲演录》，广西师范大学出版社 2006 年版。

74. 邓晓芒：《康德哲学诸问题》，三联书店 2006 年版。

75. 胡亚敏：《叙事学》，华中师范大学出版社 1994 年版。

76. 金宏宇：《新文学的版本批评》，武汉大学出版社 2007 年版。

77. 范家进：《现代乡村小说三家论》，上海三联书店 2002 年版。

78. 樊星：《当代文学与多维文化》，武汉大学出版社 2005 年版。

79. 陈美兰：《中国当代长篇小说创作论》，上海文艺出版社 1991 年版。

80. 方长安：《对话与 20 世纪中国文学》，湖北人民出版社 2005 年版。

81. 路遥：《路遥文集》（五卷），陕西人民出版社 1993 年版。

82. 凌宇：《沈从文传》，北京十月文艺出版社 1988 年版。

83. 於可训主编：《小说家档案》，郑州大学出版社 2005 年版。

84. 王尧、林建法主编：《我为什么写作——当代著名作家讲演录》，郑州大学出版社 2005 年版。

85. 郜元宝、张冉冉：《贾平凹研究资料》，天津人民出版社 2005 年版。

86. 韩少功、王尧：《韩少功王尧对话录》，苏州大学出版社 2003 年版。

87. 红柯：《敬畏苍天》，上海人民出版社 2002 年版。

88. 李遇春：《权力·主体·话语：20 世纪 40—70 年代中国文学研究》，华中师范大学出版社 2007 年版。

89. 刘旭：《底层叙述：现代性话语的裂痕》，上海古籍出版社 2006 年版。

90. 刘小枫：《沉重的肉身》，上海人民出版社 1999 年版。

91. 刘小枫：《拯救与逍遥》，上海人民出版社 1999 年版。

92. 刘小枫：《我们这一代人的怕和爱》，华夏出版社 2007 年版。

93. 胡河清：《灵地的缅想》，上海学林出版社 1994 年版。

94. 王晓明等编：《胡河清文存》，三联书店 1996 年版。

95. 南帆：《后革命的转移》，北京大学出版社 2005 年版。

96. 南帆主编：《文学理论：新读本》，浙江文艺出版社 2002 年版。

97. 张柠：《土地的黄昏》，东方出版社 2005 年版。

98. 王晓明：《思想与文学之间》，人民文学出版社 2004 年版。

99. 阎连科：《拆解与叠拼——阎连科文学演讲》，花城出版社 2008 年版。

100. 叶立文：《启蒙视野中的先锋小说》，湖北人民出版社 2007 年版。

101. 周水涛：《论新时期乡村小说的文化意蕴》，华中师范大学出版社 2004 年版。

102. 陈国和：《1990 年代以来乡村小说的当代性》，中国社会科学出版社 2008 年版。

103. 赵顺宏：《社会转型期乡土小说论》，上海学林出版社 2007 年版。

104. 王庆：《现代中国作家身份变化与乡村小说转型》，华中科技大学出版社 2007 年版。

105. 崔志远：《乡土文学与地缘文化：新时期乡土小说论》，中国书籍出版社 1997 年版。

106. 朱晓进：《"山药蛋派"与三晋文化》，湖南教育出版社 1995 年版。

107. 朱大可：《话语的闪电》，华龄出版社 2003 年版。

108. 孔范今、施战军主编：《莫言研究资料》，山东文艺出版社 2006 年版。

109. 吴义勤主编：《韩少功研究资料》，山东文艺出版社 2006

年版。

110. 雷达主编:《陈忠实研究资料》,山东文艺出版社 2006 年版。

111. 孔范今、施战军主编:《张炜研究资料》,山东文艺出版社 2006 年版。

二　文章类

1. 陈晓明:《现代性与文学研究的新视野》,《文学评论》2002 年第 6 期。

2. 陈晓明:《乡土叙事的终结和开启——贾平凹的〈秦腔〉预示的新世纪的美学意义》,《文艺争鸣》2005 年第 6 期。

3. 陈晓明:《"喊丧"、幸存与去历史化——〈一句顶一万句〉开启的乡土叙事新面向》,《南方文坛》2009 年第 5 期。

4. 罗关德:《风筝与土地:20 世纪中国文化乡土小说家的视角和心态》,《文学评论》2005 年第 4 期。

5. 丁帆:《作为世界性母题的"乡土小说"》,《南京社会科学》1994 年第 2 期。

6. 丁帆:《中国乡土小说生存的特殊背景与价值的失范》,《文艺研究》2005 年第 8 期。

7. 段崇轩:《90 年代乡村小说综论》,《文学评论》1998 年第 3 期。

8. 何吉贤:《农村的"发现"和"湮没"——20 世纪中国文学视野中的农村》,《文艺理论与批评》2004 年第 2 期。

9. 洪治纲:《底层写作与苦难焦虑症》,《文艺争鸣》2007 年第 10 期。

10. 贾平凹、郜元宝:《关于〈秦腔〉和乡土文学的对谈》,《河北日报》2005 年 4 月 29 日。

11. 李洱:《为什么写,写什么,怎么写——在苏州大学"小说家讲坛"上的讲演》,《当代作家评论》2005 年第 3 期。

12. 李陀、李静:《漫说"纯文学"——李陀访谈录》,《上海文学》2001 年第 3 期。

13. 李星:《西部精神与西部文学》,《唐都学刊》2004 年第 6 期。

14. 李兴阳:《"新世纪"的边界与"新世纪乡土小说"的边界——

新世纪中国乡土小说转型研究之一》，《扬子江评论》2008 年第 1 期。

15. 蔡翔：《底层》，《钟山》1996 年第 5 期。

16. 南帆等：《底层经验的文学表述如何可能?》，《上海文学》2005 年第 11 期。

17. 南帆：《底层：表述与被表述》，《福建论坛》2006 年第 2 期。

18. 南帆：《启蒙与大地崇拜：文学的乡村》，《文学评论》2005 年第 1 期。

19. 施战军：《时代之变与文学之难》，《上海文学》2007 年第 10 期。

20. 汪晖：《当代中国的思想状况与现代性问题》，《文艺争鸣》1998 年第 6 期。

21. 汪民安：《身体的双重技术：权力和景观》，《花城》2006 年第 1 期。

22. 王光东：《"乡土世界"文学表达的新因素》，《文学评论》2007 年第 4 期。

23. 王晓明：《从"淮海路"到"梅家桥"——从王安忆小说创作的转变谈起》，《文学评论》2002 年第 3 期。

24. 王尧：《关于"底层"写作的若干质疑》，《当代作家评论》2008 年第 4 期。

25. 王又平：《从"乡土"到"农村"——关于中国当代文学主导题材形成的一个发生学考察》，《华中师范大学学报》（人文社会科学版）2003 年第 7 期。

26. 温铁军：《"三农问题"：世纪末的反思》，《读书》1999 年第 12 期。

27. 肖鹰：《真实的可能与狂想的虚假——评阎连科〈受活〉》，《南方文坛》2005 年第 2 期。

28. 徐德明：《"乡下人进城"的文学叙述》，《文学评论》2005 年第 1 期。

29. 徐德明：《乡下人进城的一种叙述——论贾平凹的〈高兴〉》，《文学评论》2008 年第 1 期。

30. 於可训：《新世纪文学研究断想》，《文艺争鸣》2010 年第

3 期。

31. 於可训：《小说界的新旗号——人文现实主义》，《文学评论》1996 年第 2 期。

32. 余荣虎：《周作人、茅盾、鲁迅与早期乡土文学理论的形成》，《南京师范大学学报》（社会科学版）2007 年第 3 期。

33. 尉天骢：《小市镇人物的困境与救赎——黄春明小说简论》，《世界华文文学论坛》1998 年第 4 期。

34. 张均：《"现代"之后，我们往哪里去?》，《小说评论》2006 年第 2 期。

35. 张旭东：《重访 80 年代》，《读书》1998 年第 2 期。

36. 张学昕：《回到生活原点的写作——贾平凹〈秦腔〉的叙事形态》，《当代作家评论》2006 年第 3 期。

37. 赵园：《乡村荒野》，《上海文学》1991 年第 2 期。

38. 周水涛：《"乡土小说"的涵盖能力及其他》，《当代文坛》2003 年第 1 期。

39. 周宪：《现代性的张力——现代主义的一种解读》，《文学评论》1999 年第 1 期。

40. 李从云、董立勃：《我相信命运的力量——董立勃访谈录》，《小说评论》2006 年第 5 期。

41. 李遇春、贾平凹：《传统暗影中的现代灵魂——贾平凹访谈录》，《小说评论》2003 年第 6 期。

42. 张赟、孙惠芬《在城乡之间游动的心灵——孙惠芬访谈录》，《小说评论》2007 年第 2 期。

43. 阎连科、姚晓雷：《"写作是因为对生活的厌恶与恐惧"》，《当代作家评论》2004 年第 2 期。

44. 杨建兵、刘庆邦：《"我的创作是诚实的风格"——刘庆邦访谈录》，《小说评论》2009 年第 3 期。

45. 魏天真、李洱：《"倾听到世界的心跳"——李洱访谈录》，《小说评论》2006 年第 4 期。

46. 张均、张炜：《"劳动使我沉静"——张炜访谈录》，《小说评论》2005 年第 3 期。

47. 李勇：《刘庆邦的"梦境"与乡愁》，《平顶山学院学报》2009年第 3 期。

48. 李勇：《面对苦难的方式——评新世纪以来的乡村小说叙事》，《武汉科技大学学报》（社会科学版）2009 年第 2 期。

三　博士学位论文类

1. 刘海军：《乡土中国的续写——论新世纪乡村叙事的审美新变》，华中师范大学，2009 年。

2. 施战军：《中国小说的现代嬗变与类型生成研究》，山东大学，2007 年。

3. 赵允芳：《90 年代以来新乡土小说的流变》，南京师范大学，2008 年。

4. 张懿红：《1990 年代以来中国乡土小说研究》，兰州大学，2006 年。

5. 李莉：《论现代化进程中的新时期乡族小说》，山东师范大学，2006 年。

6. 范耀华：《论新时期以来"由乡入城"的文学叙述》，华东师范大学，2007 年。

7. 韩文淑：《新世纪中国乡村叙事研究》，吉林大学，2009 年。

附 录

新世纪乡村小说创作年表

一 《当代》

2000 年第 3 期——萨娜：《幻觉的河流》（中）

2000 年第 4 期——严歌苓：《谁家有女初长成》（中）

2000 年第 5 期——孙慧芬：《春天的叙述》（中）

2000 年第 6 期——红柯：《库兰》（中）

2001 年第 4 期——陈爱萍：《小说两篇》（短）

2001 年第 5 期——夏天敏：《好大一对羊》（短）

2002 年第 1 期——孙惠芬：《民工》（中）

2002 年第 1 期——梁晓声：《沉默权》（中）

2002 年第 2 期——张学东：《第三十五日上》（短）

2002 年第 3 期——傅恒：《山不转水转》（中）

2003 年第 3 期——黎民泰：《妖绿》（短）

2003 年第 1 期——董立勃：《白豆》（长）

2003 年第 4 期——董立勃：《风吹草低》（中）

2003 年第 4 期——叶广芩：《长虫二颤》（中）

2003 年第 4 期——夏天敏：《洞穿黑夜》（中）

2003 年第 6 期——陈桂棣 春桃：《中国农民调查》（报告文学）

2004 年第 1 期——向本贵：《农民刘兰香之死》（短）

2004 年第 2 期——夏天敏：《银簪花》（中）

2004 年第 2 期——王跃文：《乡村典故》（短）

2004 年第 2 期——张庆国：《意外》（中）

2004 年第 2 期——宋剑挺：《麻钱》（中）

2004 年第 3 期——孙惠芬：《上塘书》（长篇节选）

2004 年第 6 期——飞花：《卖米》（短）

2005 年第 1 期——夏天敏：《土里的鱼》（中）

2005 年第 1 期——王华：《桥溪庄》（长）

2005 年第 3 期——阿来：《天火》（长）

2005 年第 3 期——何申：《乡村无眠》（中）

2005 年第 4 期——邓宏顺：《退税》（中）

2005 年第 6 期——王大进：《葬礼》（中）

2005 年第 6 期——卢江良：《村里的两条狗》（短）

2006 年第 1 期——铁凝：《笨花》（长）

2006 年第 2 期——严歌苓：《第九位寡妇》（长）

2006 年第 4 期——胡学文：《命案高悬》（中）

2007 年第 1 期——张炜：《刺猬歌》（长）

2007 年第 2 期——罗伟章：《最后一课》（中）

2007 年第 3 期——董立勃：《白豆》（长）

2007 年第 4 期——徐则臣：《还乡记》（中）

2007 年第 4 期——王松：《竖吹·木鸡》（短）

2007 年第 5 期——贾平凹：《高兴》（长）

2007 年第 5 期——龙懋勤：《本是同根生》（中）

2007 年第 5 期——邵丽：《人民政府爱人民》（短）

2007 年第 6 期——胡学文：《逆水而行》（中）

2007 年第 6 期——韩永明：《鹧鸪天》（中）

2008 年第 2 期——范小青：《颊带惘怅你为哪般？》（短）

2008 年第 3 期——马笑泉：《梅山》（中）

2008 年第 3 期——傅恒：《也是生命》（中）

2008 年第 3 期——王祥夫：《驴肉球》（中）

2008 年第 4 期——周建新：《街灯不语》（短）

2009 年第 1 期——白天光：《香木镇的梆子响了》（中）

2009 年第 2 期——肖江虹：《百鸟朝凤》（中）

2009 年第 2 期——向本贵：《小年》（短）

2009 年第 3 期——胡学文：《向阳坡》（中）

2009 年第 6 期——徐贵祥：《马上天下》（长）

2010 年第 1 期——骆平：《蓝霜狐》（中）

2010 年第 1 期——铁扬：《丑婶子》（短）

2010 年第 1 期——孙方友：《小镇人物四题》（短）

2010 年第 1 期——杨遥：《唐强的仇人》（短）

2010 年第 3 期——王松：《故乡人物·村干部》（中）

2010 年第 3 期——赵光明：《恶报》（中）

2010 年第 3 期——何玉茹：《临窗下》（短）

2010 年第 3 期——周建新：《月亮也是亮》（短）

2010 年第 6 期——贾平凹：《古炉》（长）

二　《收获》

2000 年第 5 期——刘庆邦：《外面来的女人》（短）

2000 年第 3 期——贾平凹：《怀念狼》（长）

2001 年第 4 期——李修文：《夜半枪声》（短）

2001 年第 5 期——方方：《奔跑的火光》（中）

2002 年第 2 期——韩霭丽：《杏叶小记》（短）

2002 年第 3 期——吴玄：《西地》（中）

2002 年第 5 期——红柯：《白天鹅》（中）

2003 年第 1 期——叶辛:《玉蛙》

2003 年第 1 期——迟子建:《一匹马两个人》(短)

2003 年第 3 期——杨争光:《从两个蛋开始》(长)

2003 年第 4 期——叶弥:《霓裳》(短)

2003 年第 5 期——李洱:《龙凤呈祥》(中)

2003 年第 5 期——莫言:《木匠和狗》

2003 年第 6 期——迟子建:《踏着月光的行板》(中)

2003 年第 6 期——须一瓜:《怎么种好香蕉》(短)

2004 年第 3 期——莫言:《挂像》、《大嘴》、《麻风女的情人》(短)

2004 年第 4 期——丁伯刚:《宝莲这盏灯》(中)

2004 年第 4 期——鲁雁:《桃红杏红》(短)

2004 年第 5 期——李锐:《袴镰》、《残摩》(短)

2004 年第 5 期——迟子建:《采浆果的女人》(短)

2004 年第 6 期——荆歌:《蓖麻》(短)

2004 年第 6 期——刘庆邦:《摸鱼儿》(短)

2005 年第 1—2 期——贾平凹:《秦腔》(长)

2005 年第 3 期——田洱:《衣钵》(短)

2005 年第 4—5 期——毕飞宇:《平原》

2006 年第 2 期——王松:《双驴记》(中)

2007 年第 1 期——葛红兵:《过年》(短)

2007 年第 2 期——王松:《秋鸣山》(中)

2007 年第 2 期——晓苏:《我们应该感谢谁》(短)

2007 年第 3 期——存文学:《人间烟火》(中)

2007 年第 3 期——韦昌国:《城市灯光》(短)

2007 年第 3 期——郭文斌:《大生产》(短)

2007 年第 4 期——田耳:《牛人》(短)

2007 年第 4 期——徐则臣：《伞兵与卖油郎》（短）

2008 年第 4 期——红柯：《老镢头》（短）

2008 年第 5 期——川妮：《玩偶的眼睛》（中）

2008 年第 6 期——何丽萍：《水在瓶中》（短）

2009 年第 2 期——苏童：《河岸》（长）

2009 年第 3 期——阎连科：《桃园春醒》（中）

2009 年第 6 期——莫言：《蛙》（长）

2010 年第 1 期——王松：《牛皮吊》（中）

2010 年第 2 期——叶弥：《香炉山》（短）

2010 年第 3 期——杨少衡：《无可遁逃》（中）

2010 年第 3 期——王松：《烟盒上的月光》（中）

2010 年第 4 期——魏微：《沿河村纪事》（中）

三　《人民文学》

2000 年第 1 期——星竹：《中西部》（中）

2000 年第 2 期——王方晨：《乡村火焰》（短）

2000 年第 4 期——刘庆邦：《响器》（短）

2000 年第 5 期——红柯：《打羔》、《鸟》（短）

2000 年第 7 期——林希：《乡村记忆》（中）

2000 年第 7 期——津子围：《老铁道》（短）

2000 年第 8 期——韦俊海：《守望土地》（短）

2000 年第 9 期——徐庄：《快活的农民郑福》、《我怎样来当仓库保
管员》（短）

2000 年第 12 期——艾伟：《回故乡之路》（中）

2000 年第 12 期——郭文斌：《呼吸》（短）

2001 年第 2 期——迟子建：《鸭如花》（中）

2001 年第 2 期——梁晓声：《突围》（短）

2001 年第 3 期——刘庆邦：《乡村女教师》（短）

2001 年第 4 期——毕飞宇：《玉米》（中）

2001 年第 5 期——刘玉栋：《跟你说说话》（中）

2001 年第 6 期——王祥夫：《夹子》、《演出》（短）

2001 年第 7 期——贾平凹：《阿吉》（中）

2001 年第 8 期——陈忠实：《日子》（短）

2001 年第 9 期——徐庄：《发疯的村庄》（短）

2001 年第 11 期——陈世旭：《波湖谣》（短）

2001 年第 11 期——刘亮程：《榆树的影子》（短）

2002 年第 1 期——孙惠芬：《歇马山庄的两个女人》（中）

2002 年第 1 期——闫连科：《三棒槌》（短）

2002 年第 1 期——刘庆邦：《女儿家》（短）

2002 年第 2 期——关仁山：《伤心粮食》（中）

2002 年第 10 期——贾平凹：《库麦荣》（短）

2002 年第 12 期——红柯：《蝴蝶》（短）

2003 年第 1 期——北北：《寻找妻子古菜花》（中）

2003 年第 8 期——刘庆邦：《害怕了吧》（短）

2003 年第 12 期——阿来：《格拉长大》（短）

2003 年第 12 期——张笑天：《黑色幽默》（短）

2004 年第 1 期——孙惠芬：《岸边的蜻蜓》（中）

2004 年第 3 期——陈应松：《马嘶岭血案》（中）

2004 年第 5 期——迟子建：《草地上的云朵》（中）

2004 年第 6 期——王祥夫：《找啊找》（短）

2004 年第 7 期——罗伟章：《我们的成长》（中）

2004 年第 10 期——王新军：《早滩》、《夏天的河》（短）

2004 年第 11 期——葛水平：《喊山》（中）

2005 年第 7 期——杨粟：《煤》（短）

2005 年第 7 期——胡学文:《目光似血》(中)

2005 年第 8 期——葛水平:《黑雪球》(中)

2005 年第 8 期——王祥夫:《婚宴》(短)

2005 年第 10 期——李锐:《铁锹》、《镢》(短)

2005 年第 10 期——石舒清:《果园》(短)

2005 年第 11 期——罗伟章:《大嫂谣》(中)

2005 年第 12 期——刘庆邦:《回家》(短)

2005 年第 12 期——王祥夫:《五张犁》(短)

2006 年第 1 期——葛水平:《黑脉》(中)

2006 年第 2 期——杜淑梅:《清水》(中)

2006 年第 3 期——罗伟章:《变脸》(中)

2006 年第 4 期——刘庆邦:《穿堂风》(短)

2006 年第 4 期——张庆国:《疾风缠绵》(中)

2006 年第 5 期——凌可新:《鞋》(短)

2006 年第 5 期——海飞:《到处都是骨头》(中)

2006 年第 6 期——鲁敏:《烟》(短)

2006 年第 6 期——李来兵:《节日》(短)

2006 年第 7 期——石舒清:《长虫的故事》(短)

2006 年第 7 期——张锐强:《在丰镇的大街上嚎啕痛哭》(中)

2006 年第 7 期——王君:《香精》(中)

2006 年第 8 期——乔叶:《锈锄头》(中)

2006 年第 8 期——王祥夫:《端午》《红包》(短)

2006 年第 8 期——刘庆邦:《梅豆花开一串白》(短)

2006 年第 10 期——叶弥:《月亮的温泉》(短)

2006 年第 10 期——郭文斌:《吉祥如意》(短)

2006 年第 10 期——凤鸣:《小孙》(中)

2006 年第 10 期——张鲁镭:《幸福王阿牛》(短)

2006 年第 11 期——罗望子:《伴娘》(短)

2006 年第 11 期——董立勃:《见义勇为》(短)

2006 年第 11 期——叶梅:《雀儿飞飞》(短)

2007 年第 5 期——张忌：《夫妻店》（短）

2007 年第 6 期——刘庆邦《黄花绣》（短）

2007 年第 6 期——张庆国：《黄金画字》（中）

2007 年第 7 期——陈忠实：《李十三推磨》（短）

2007 年第 7 期——邢庆杰：《透明的琴声》（短）

2007 年第 7 期——杨遥：《闪亮的铁轨》（短）

2007 年第 8 期——鲁敏：《思无邪》（中）

2007 年第 8 期——郭文斌：《点灯时分》（短）

2007 年第 9 期——王松：《哭麦》（中）

2007 年第 9 期——白雪林：《霍林河歌谣》（中）

2007 年第 12 期——张树国：《梨花》（短）

2008 年第 1 期——鲁敏：《纸醉》（中）

2008 年第 4 期——阿来：《空山（第六卷）》（长）

2008 年第 6 期——刘庆邦：《美满家庭》（短）

2008 年第 6 期——罗伟章：《万物生长》（中）

2008 年第 7 期——郭文斌：《中秋》（短）

2008 年第 8 期——叶舟：《羊群进城》（中）

2008 年第 12 期——袁劲梅：《罗坎村》（中）

2008 年第 12 期——石舒清：《灰袍子》（短）

2008 年第 12 期——大解：《长歌》（中）

2009 年第 1 期——孙春平：《一树酸梨惊风雨》（中）

2009 年第 1 期——罗伟章：《那个人》（中）

2009 年第 1 期——东君：《子虚先生在乌有乡》（中）

2009 年第 1 期——刘亮程：《凿空·坎土曼学》（长）

2009 年第 2—3 期——刘震云：《一句顶一万句》（长）

2009 年第 2 期——王华：《在天上种玉米》（中）

2009 年第 2 期——郝炜：《卖果·盘鹰》（短）

2009 年第 4 期——郭文斌：《清明》（短）

2009 年第 5 期——陈世旭：《立冬·立春》（短）

2009 年第 6 期——庞余亮：《薄冰》（短）

2009 年第 6 期——刘庆邦：《沙家肉坊》（短）

2009 年第 6 期——张鲁镭：《夜下黑》（短）

2009 年第 7 期——钟求是：《大合唱·水下的村子》（短）

2009 年第 9 期——张炜：《魂魄收集者》（短）

2009 年第 10 期——莫言：《变》（中）

2009 年第 10 期——叶弥：《花码头一夜风雪》（短）

2009 年第 10 期——石舒清：《杂拌·小事情》（短）

2009 年第 11 期——韩少功：《赶马的老三》（中）

2009 年第 11 期——徐岩：《杀生鱼》（短）

2009 年第 11 期——张洁：《一生太长了》（短）

2010 年第 1 期——刘永涛：《银灰色的草原》（短）

2010 年第 1 期——杨怡芬：《追鱼》（中）

2010 年第 2 期——孙春平：《二舅二舅你是谁》（中）

2010 年第 2 期——东君：《述异记》（中）

2010 年第 2 期——叶弥：《另类报告》（短）

2010 年第 2 期——郭文斌：《寒衣》（短）

2010 年第 3 期——林那北：《龙舟》（中）

2010 年第 3 期——杨争光：《少年张冲六章》（长）

2010 年第 3 期——林白：《从银禾到雨仙，从棉花到芝麻》（短）

2010 年第 3 期——铁扬：《伟人马海旗》（短）

2010 年第 4 期——陈应松：《夜深沉》（中）

2010 年第 5 期——滕肖澜：《美丽的日子》（中）

2010 年第 5 期——冉正万：《纯生活》（短）

2010 年第 6 期——胡学文：《〈宋庄史〉拾遗》（中）

2010 年第 6 期——石舒清：《低保》（短）

2010 年第 6 期——刘庆邦：《回来吧妹妹》（短）

2010 年第 6 期——王棵：《营门望》（短）

2010 年第 7 期——葛亮：《英珠》（短）

2010 年第 9 期——梁鸿：《梁庄》（中）

2010 年第 9 期——刘亮程：《飞机配件门市部》（中）

2010 年第 9 期——罗伟章：《窄门》（中）

2010 年第 9 期——铁扬：《夜之惠·夜之过》（中）

2010 年第 10 期——萧相风：《词典：南方工业生活》

2010 年第 10 期——阿乙：《那晚十点》（中）

2010 年第 11 期——李娟：《羊道·春牧场》（中）

2010 年第 11 期——王族：《长眉驼》（中）

2010 年第 12 期——罗望子：《马年兔》（短）

2010 年第 12 期——付秀莹：《六月半》（短）

2010 年第 12 期——郑彦英：《醉荆芥》（短）

四　《小说月报》

2000 年第 1 期——闫连科：《耙耧天歌》（中）

2000 年第 1 期——察森敖拉：《鸽群》（中）

2000 年第 1 期——尤凤伟：《一桩案件的几种说法》（短）

2000 年第 5 期——尚志：《海选村长》（短）

2000 年第 6 期——柏原：《瘪沟》（短）

2001 年第 3 期——刘庆邦：《不定嫁给谁》（短）

2001 年第 5 期——刘庆邦：《姐妹》（短）

2001 年第 7 期——王建平：《回家》（短）

2001 年第 9 期——漠月：《放羊的女人》（短）

2001 年第 10 期——梁晓声：《民选》（中）

2001 年第 11 期——迟子建：《换牛记》（短）

2002 年第 4 期——张学东：《跪乳时期的羊》（短）

2002 年第 5 期——陈应松：《松鸦为什么鸣叫》（中）

2002 年第 5 期——刘庆邦：《金色小调》（短）

2002 年第 6 期——陈忠实：《腊月的故事》（短）

2002 年第 7 期——刘玉栋：《火色马》（短）

2002 年第 7 期——叶广芩：《黑鱼千岁》（中）

2002 年第 8 期——石舒清：《农事诗》（短）

2002 年第 11 期——阎连科：《去赶集的妮子》（短）

2003 年第 2 期——墨雨（回族）：《柳树梢上的弯月》

2003 年第 4 期——刘庆邦：《眼睛》（短）

2003 年第 5 期——胡学文：《一棵树的生长方式》（中）

2003 年第 8 期——刘庆邦：《红围巾》（短）

2003 年第 8 期——赵德发：《生命线》（短）

2003 年第 8 期——漠月：《夜走十三梁》（短）

2003 年第 8 期——遥远：《永远的羊》（短）

2003 年第 9 期——石舒清：《羊的故事》（短）

2004 年第 3 期——田东照：《还乡，还乡》（中）

2004 年第 3 期——刘庆邦：《眼光》（短）

2004 年第 3 期——葛水平：《甩鞭》（中）

2004 年第 4 期——阿成：《妆牛》（短）

2004 年第 5 期——红柯：《高高的白桦树》（短）

2004 年第 6 期——阎连科：《奴儿》（短）

2004 年第 9 期——孙惠芬：《狗皮袖筒》（短）

2004 年第 10 期——胡学文：《麦子的盖头》（中）

2004 年第 12 期——韩少功：《月光二题》（短）

2005 年第 1 期——陈启文：《太平土》（中）

2005 年第 1 期——红柯：《玫瑰绿洲》（短）

2005 年第 2 期——董立勃：《响泉》（中）

2005 年第 2 期——李锐：《樵斧》、《锄》（短）

2005 年第 3 期——陈应松：《火烧云》（中）

2005 年第 3 期——李锐：《青石碾》、《连枷》（短）

2005 年第 8 期——孙惠芬：《天河洗浴》（短）

2005 年第 12 期——葛水平：《浮生》（中）

2006 年第 1 期——胡学文：《在路上行走的鱼》（中）

2006 年第 3 期——王祥夫：《菜地》（短）

2006 年第 5 期——李锐：《犁铧》、《耧车》（短）

2006 年第 5 期——刘庆邦：《怎么还是你》（短）

2006 年第 5 期——向本贵：《老窑》（短）

2007 年第 1 期——何申：《老赫的乡村》（中）

2007 年第 1 期——韩永明：《滑坡》（中）

2007 年第 1 期——阿成：《白狼镇》（短）

2007 年第 1 期——王十月：《示众》（短）

2007 年第 1 期——田林：《回家》（短）

2007 年第 2 期——徐岩：《照相的日子》（中）

2007 年第 2 期——鲍十：《春秋引》（短）

2007 年第 3 期——陈应松：《像白云一样生活》（中）

2007 年第 3 期——王大进：《金窑主》（中）

2007 年第 3 期——刘庆邦：《八月十五月儿圆》（短）

2007 年第 3 期——胡学文：《海绵》（短）

2007 年第 3 期——陈启文：《河流的秘密》（短）

2007 年第 4 期——傅爱毛：《空心人》（中）

2007 年第 4 期——刘庆邦：《年礼》（短）

2007 年第 4 期——燕霄飞：《奶香》（中）

2007 年第 6 期——向本贵：《栽在城里的树》（短）

2007 年第 6 期——红柯：《大漠人家》（短）

2007 年第 6 期——陈川：《矿葬》（短）

2007 年第 6 期——王佩飞：《奔跑的树》（短）

2007 年第 7 期——范小青：《父亲还在渔隐街》（短）

2007 年第 9 期——迟子建：《百雀林》（短）

2007 年第 10 期——鲁敏：《风月剪》（中）

2007 年第 11 期——陈应松：《八里荒轶事》（中）

2007 年第 11 期——尤凤伟：《风雪迷蒙》（短）

2007 年第 11 期——鲍十：《黑发》（短）

2007 年第 12 期——王十月:《少年行》(中)

2007 年第 12 期——马步升:《知情者》(短)

2007 年第 12 期——鲍十:《东北平原写生集》(短)

2007 年第 12 期——王宝忠:《美元》(短)

2008 年第 1 期——孙慧芬:《天窗》(中)

2008 年第 1 期——何玉茹:《扛锄头的女人》(短)

2008 年第 1 期——乔叶:《防盗窗》(短)

2008 年第 1 期——徐岩:《女人朴光子》(短)

2008 年第 1 期——安庆:《花瓶》(短)

2008 年第 2 期——迟子建:《草原》(中)

2008 年第 2 期——刘庆邦:《好了》(短)

2008 年第 2 期——王保忠:《长城别》(短)

2008 年第 2 期——张树国:《梨花》(短)

2008 年第 3 期——王安忆:《骄傲的皮匠》(中)

2008 年第 3 期——范小青:《厨师履历》(短)

2008 年第 3 期——晓苏:《麦芽糖》(短)

2008 年第 4 期——高菊蕊:《纸天鹅》(中)

2008 年第 4 期——何玉茹:《一公里》(短)

2008 年第 4 期——艾玛:《人面桃花》(短)

2008 年第 4 期——蔡高选:《冬闲时节》(短)

2008 年第 5 期——韩少功:《西江月》(短)

2008 年第 5 期——刘庆邦:《冲喜》(短)

2008 年第 6 期——范小青:《右岗的茶树》(短)

2008 年第 7 期——迟子建:《一坛猪油》(短)

2008 年第 7 期——乔叶:《最慢的是活着》(中)

2008 年第 7 期——叶弥:《混沌年代》(短)

2008 年第 7 期——鲁敏:《离歌》(短)

2008 年第 7 期——火会亮:《风中絮语》(短)

2008 年第 8 期——刘庆邦:《四季歌》(短)

2008 年第 8 期——谈歌:《鱼塘女人》(短)

2008 年第 8 期——傅爱毛：《会说话的南瓜》（短）

2008 年第 9 期——迟子建：《布基兰小站的腊八夜》

2008 年第 9 期——阿来：《小说二题》（短）

2008 年第 9 期——谈歌：《笔记小说二题》（中）

2008 年第 9 期——何玉茹：《去安村》（短）

2008 年第 9 期——罗伟章：《赶街》（短）

2008 年第 10 期——王十月：《白斑马》（中）

2008 年第 10 期——刘庆邦：《玉米地》（短）

2008 年第 10 期——钟正林：《可恶的水泥》（中）

2008 年第 10 期——马金莲：《碎媳妇》（短）

2008 年第 11 期——葛水平：《我望灯》（短）

2008 年第 11 期——鲍十：《东北平原写真集》（短）

2008 年第 11 期——朱山坡：《陪夜的女人》（短）

2008 年第 12 期——陈应松：《山中奇闻》（短）

2008 年第 12 期——何玉茹：《堂姐和堂嫂》（短）

2008 年第 12 期——巴音博罗：《伐木人遥远的微笑》（短）

2008 年第 12 期——康志刚：《苹果的滋味》（短）

2009 年第 2 期——孙春平：《皇妃庵的香火》

2009 年第 2 期——武歆：《游坟》

2009 年第 2 期——马金莲：《发芽》

2009 年第 2 期——张楚：《被儿子燃烧》

2009 年第 3 期——罗伟章：《吉利的愿望》

2009 年第 3 期——曾哲：《西飘的浮云、两片天》

2009 年第 3 期——尤凤伟：《隆冬》（短）

2009 年第 3 期——聂鑫森：《岁月的行板》（短）

2009 年第 3 期——范小青：《茉莉花开满枝桠》（短）

2009 年第 3 期——蒋韵：《迹》（短）

2009 年第 4 期——铁凝：《咳嗽天鹅》（短）

2009 年第 4 期——王梓夫：《向土地下跪》（中）

2009 年第 4 期——红柯：《诊所》（短）

2009 年第 4 期——迟子建：《解冻》（短）

2009 年第 4 期——李进祥：《剃头匠》（短）

2009 年第 5 期——傅爱毛：《三月三》（短）

2009 年第 5 期——万玛才旦：《八只羊》（短）

2009 年第 6 期——张炜：《阿雅的故事》（短）

2009 年第 6 期——夏天敏：《跳呀，别愣着不跳》（中）

2009 年第 8 期——胡学文：《挂呀么挂红灯》（中）

2009 年第 9 期——何玉茹：《三个清洁工》（短）

2009 年第 9 期——红柯：《好人难寻》（短）

2009 年第 9 期——次仁罗布：《放生羊》（短）

2009 年第 9 期——季栋梁：《吼夜》（短）

2009 年第 9 期——秦岭：《分娩》（短）

2009 年第 10 期——胡学文：《谁吃了我的麦子》（短）

2010 年第 1 期——胡学文：《谎役》（中）

2010 年第 1 期——韩少功：《怒目金刚》（短）

2010 年第 1 期——马金莲：《老两口》（短）

2010 年第 2 期——温亚军：《回门礼》（短）

2010 年第 2 期——卢一萍：《快枪手黑胡子》（短）

2010 年第 2 期——王保忠：《教育诗》（短）

2010 年第 3 期——余一鸣：《沙丁鱼罐头》（中）

2010 年第 3 期——刘庆邦：《到处都很干净》（短）

2010 年第 3 期——陈应松：《祖坟》（短）

2010 年第 4 期——刘庆邦：《红蓼》（短）

2010 年第 4 期——红柯：《生命树》（短）

2010 年第 5 期——石钟山：《闯关东的女人》（中）

2010 年第 5 期——夏天敏：《村歌》（中）

2010 年第 5 期——马金莲：《坚硬的月光》（中）

2010 年第 5 期——萨娜：《巴尔虎草原》（短）

2010 年第 7 期——刘庆邦：《皮球》（短）

2010 年第 7 期——张学东：《绿芭蕉》（短）

2010 年第 7 期——马金莲：《蝴蝶瓦片》（短）

2010 年第 7 期——方如：《看大王》（短）

2010 年第 8 期——迟子建：《泥霞池》（中）

2010 年第 8 期——艾克拜尔·米吉提：《风化石带》（短）

2010 年第 8 期——郭文斌：《七巧》（短）

2010 年第 9 期——乔叶：《龙袍》（中）

2010 年第 9 期——范小青：《接头地点》（短）

2010 年第 9 期——黄咏梅：《瓜子》（中）

2010 年第 9 期——石舒清：《小米媳妇》（短）

2010 年第 10 期——姚鄂梅：《一线天》（中）

2010 年第 10 期——詹谷丰：《菩提树的根》（短）

2010 年第 10 期——王长元：《英雄壮举》（短）

2010 年第 11 期——孙春平：《何处栖身》

2010 年第 11 期——刘恪：《谱系学》（短）

2010 年第 11 期——傅爱毛：《换帖》（短）

2010 年第 12 期——郭雪波：《金羊车》（中）

2010 年第 12 期——季栋梁：《挣扎》（中）

2010 年第 12 期——晓苏：《给李风叔叔帮忙》（短）

2010 年第 12 期——王保忠：《普通话——甘家洼风景之八》（短）

2010 年第 12 期——安庆：《棉花棉花》（短）

五 其他

李锐：《颜色》、《寂静》（短），《上海文学》2004 年第 2 期。

刘庆邦：《到城里去》（中），《十月》2003 年第 3 期。

闫连科：《黑猪毛 白猪毛》（短），《广州文艺》2002 年第 9 期。

王祥夫：《上边》（短），《花城》2002 年第 4 期。

葛水平：《地气》（中），《黄河》2004 年第 1 期。

李洱：《石榴树上结樱桃》，江苏文艺出版社 2004 年版。

尤凤伟：《泥鳅》，春风文艺出版社 2002 年版。

阎连科：《受活》，春风文艺出版社 2003 年版。

阎连科：《丁庄梦》，上海文艺出版 2006 年版。

董立勃：《远荒》，山东文艺出版社 2005 年版。

董立勃：《烧荒》，人民文学出版社 2006 年版。

盛可以：《北妹》，长江文艺出版社 2004 年版。

迟子建：《额尔古纳河右岸》，北京十月文艺出版社 2005 年版。

莫言：《檀香刑》，作家出版社 2001 年版。

莫言：《四十一炮》，春风文艺出版社 2003 年版。

莫言：《生死疲劳》，作家出版社 2006 年出版。

莫言：《蛙》，上海文艺出版社 2009 年版。

张炜：《九月寓言》，上海文艺出版社 2001 年版。

张炜：《丑行或浪漫》，云南人民出版社 2003 年版。

张炜：《刺猬歌》，人民文学出版社 2007 年版。

周大新：《湖光山色》，作家出版社 2008 年版。

孙慧芬：《歇马山庄》，人民文学出版社 2000 年版。

孙慧芬：《上塘书》，人民文学出版社 2004 年版。

孙慧芬：《吉宽的马车》，作家出版社 2007 年版。

刘庆邦：《红煤》，北京十月文艺出版社 2006 年版。

李佩甫：《城的灯》，长江文艺出版社 2003 年版。

林白：《万物花开》，人民文学出版社 2003 年版。

林白：《妇女闲聊录》，新星出版社 2005 年版。

张懿翎：《把绵羊和山羊分开》，人民文学出版社 2002 年版。

王安忆：《富萍》，文汇出版社 2005 年版。

王安忆：《上种红菱下种藕》上海文艺出版社 2006 年。

红柯：《西去的骑手》，云南人民出版社 2002 年版。

红柯：《大河》，云南人民出版社 2004 年版。

红柯：《乌尔禾》，北京十月文艺出版社 2006 年版。

后　记

　　我大约从 2006 年开始关注乡村小说创作，当时要写硕士毕业论文，出于能力和客观条件的考虑，选定的范围是"新世纪"。毕业论文完成后，感觉意犹未尽，再到读博，便顺理成章把题目继续了下来，只是对象扩展到了 20 世纪 90 年代以来。当时还略有些随意的决定，后来却越来越发现它的必然，因为正是从 20 世纪 90 年代开始，中国社会转型步入了一个显著的"加速期"，而在此之前（鸦片战争以后）的近两百年时间里，中国的现代化进程从不曾像这段时间这般迅猛、激烈、广阔。数字是空泛僵化的，切身感受才最具冲击力，我从 20 世纪 90 年代离开故乡农村进入城市，那时的故乡已经开始发生很大变化，比如修马路、通自来水、播种收割的机械化等，直到 21 世纪前后，这种变化更显出了它的彻底性：先是世代的耕地被陆续占用，继而是居住的村子面临拆迁——不久前回去，发现两座巨型的烟囱已经竖起，庞然俯视着村子，而村里的人们也已如热锅上的蚂蚁争相盖房，但这边盖，那边穿制服和迷彩服的"工作人员"在挡……乔叶《拆楼记》里的故事，正在故乡上演。而去年此时，关于"拆迁"还只是一个无人相信的谣言，几乎一夜之间，谣言就变成了现实。身在这样的现实，我们怎么会没有一种虚幻感？也许，正是这种虚幻感，以及与此相关的茫然、期许、担忧、疼痛、无奈、麻木等种种情绪和感受，构成了近二十年乡村小说叙事发生、发展的内驱力。而观察此间的乡村小说创作，自然也便是观察着了这个时代，以及时代中的自我。

　　我生在 20 世纪 80 年代初的鲁北农村，在县城读中学，直到大学才真正进入大一点的城市——武汉，这是我个人的"进城"。十多年前的感受已经模糊，但关于那一刻的记忆却越来越清晰，自己从火车站下车后在人潮中拾起包裹的情景，经常像电影镜头一般，不经意间便在眼前浮现，而时间把情绪过滤后，镜头中的那个人也好像渐渐变成了陌生人。可是他真的陌生吗？我第一次读《人生》，和许多人一样，我也对高加林的负心不满，但随着时间流逝，不满就渐渐变成了理解，理解后来又变成了心疼。不是因为别的，只是因为我们和他走了同样的路：高加林从农村进县城，我们从县城进省城，有人则从省城进北上广，还有人从北上广进伦敦纽约华盛顿——时空在变，可心不变、路就不变。所以当我在城市回望故乡，当今天的我眺望昨天和童年的我，我所感受到的遥远和陌生其实并不真实。这是历史给予我的某种清晰，不管它使我沉重，还是超脱，我都感念它给我的成长。

我2001年考入华中师范大学语言学系，毕业后考入武汉大学中文系读研究生。这期间要感谢我的大学老师李遇春教授，那时的他还是刚参加工作的青年，是他的博学健谈让我对"博士"有了最初的印象——那时晚上课后我们一群人簇拥他从教学楼到他家楼下一路神聊的情景至今难忘，后来决定考研、考取后师从於可训先生，都源于他的鼓励和引介，读研后他更几乎成了我的"第二导师"，学问人生方面的指引和帮助非一言能道尽。也要衷心感谢华中师范大学文学院王又平教授，如果当年不是旁听他的《当代文学史》，我就不会报考这个专业的研究生，那一整年的旁听生涯是我大学最幸福、最充实的时光，而几年后他为引荐我付出的努力更让我终生铭记。

到武汉大学后，开始跟随於可训先生读研究生，前后五年。先生治学严谨，对我们却十分宽松，也许是觉得我们的压力已经够大，他不仅不给我们增压反而时时减负，就像在硕士、博士毕业时，没有他的关怀、扶助，我便很难摆脱当时的彷徨失路之境。先生宽和仁厚、心性豁达，跟他在一起总是如沐春风。忘不了那些闲谈小聚的时日，更不忘毕业前夕去他家，先生罕见地用了大半个下午跟我们聊天——"要爱惜自己的'羽毛'"，"要先上好课"……仿佛出师前最后的叮咛，殷殷不尽……那些话犹在耳畔，它们将永远鞭策我。

衷心感谢武汉大学现当代文学教研室的诸位老师们，他们是昌切教授、陈国恩教授、樊星教授、金宏宇教授、方长安教授、叶立文教授。在珞珈山的求学生涯里，他们的学识、个性潜移默化地影响了我，使我受益终生。

　　也特别感谢当年为我主持论文答辩的答辩委员会主席中国社会科学院文学研究所董之林研究员、华中师范大学文学院周晓明教授，感谢校外评审专家华中科技大学人文学院何锡章教授、湖南师范大学文学院谭桂林教授、暨南大学文学院宋剑华教授，感谢他们在答辩和评审中对论文的肯定与批评，他们中肯敏锐的意见对论文后来的改进提高大有裨益。

　　还要衷心感谢郑州大学文学院樊洛平教授，忘不了她在我身处困境时伸出的援手，她近年来的不吝教诲更使我在人生和学问上有新的收获。感谢郑州大学文学院为我提供的宽松自由的学术环境；感谢中国现当代文学教研室的诸位同事对我的关心和帮助。当然，还要特别感谢本书编辑中国社会科学出版社曲弘梅女士，本书凝聚着她的心血，没有她的肯定和鼓励，就不会有本书的出版。

　　时光如梭，离开美丽的珞珈山已近三年，住居东湖之滨的岁月是我生命迄今最美好的回忆。感谢当年那些同甘共苦的兄弟姐妹们，他们是杨建兵、张磊、纪海龙、余中华、蔡小容，以及王利、海超、肖扬宇等，当年时日艰苦，幸有他们作伴，那些吃酒放歌、在篮球场上大汗淋漓的日子真是让人无限怀念！

　　最后要把感激送给我的家人——感谢这么多年来一直含辛茹苦的父母，年迈的他们至今仍在劳作，让年过而立的我深感愧疚；还有我的妻子，是她的宽容、鼓励和牺牲使我度过了那段艰苦的日子，风雨人生路上幸有她为伴。

2012 年 12 月 6 日